劉毅「一口氣英語必考字彙極短句」 北京發佈會圓滿成功

　　2018年4月13日上午，劉毅老師「一口氣英語必考字彙極短句」北京發佈會圓滿成功，近200名來自全國各地的英語名師齊聚一堂，大家聆聽大師培訓，感受「一口氣英語」的獨特魅力。

劉毅老師熱情地與學員分享「一口氣英語」

　　劉毅老師親傳弟子第一名，百萬女神Windy老師當場展示這套方法，轟動全場，引起了老師們熱烈的掌聲！從四年前的濟南第一屆一口氣師訓的第一名，到如今眾人矚目的明星老師，Windy老師的成長經歷，讓每一位在座的老師動容。

本次會議由劉毅老師「一口氣英語」推廣大使關海南主持，關校為「一口氣英語」在大陸的推廣和發展方面做出了突出的貢獻，同時他也是劉毅老師的學生兼董事長助理，主持現場激情四射，掌聲連連。

楊晨老師　　　　　　　　　關海南校長

　　本次發佈會的成功舉辦，離不開「北京超常國際教育」董事長、「中高考批量滿分生產者」楊晨老師的精心組織，楊晨老師也在現場發表講話，述說和「一口氣英語」的獨特情緣。

這是一次有溫度的思想盛宴，英語圈智慧的交流。活動結束後，老師們仍然意猶未盡，大家排隊和劉毅老師合影、簽名，每位與會老師都獲得了劉毅老師贈送的厚厚的一口氣經典教材。

劉毅老師與「一口氣必考字彙極短句講座」學員合影

當天下午，來自北京教育培訓界的眾多大咖在楊晨老師的組織下，舉辦了「劉毅一口氣座談會」，共同就「一口氣英語」在海峽兩岸的傳承和推廣進行了深入探討，大家紛紛各抒己見，獻言獻策。

特別感謝座談會成員的支持（排名不分先後）

李國慶	華夏都市記者俱樂部主席	安　總	中國教育仲介服務行業協會
賈主任	全國青少年法制教育心理、		線上教育分會秘書長
	指導中心主任		直播與雙師課堂協會會發起人
	教育部下一代基金會主任	張　總	三好網教師幫秘書長
田院長	中國小作家報總編	黃　總	聞問線上教育平臺董事長
	中華少年國學院院長		北京課後港教育平臺創使人
方主席	中國中小學趣味數學教育	莊　校	莊則敬國學堂創始人
	聯盟主席	陳　總	北大新世紀教育集團總經理
苗　總	名師橋教師資源分享平臺	一　哥	北京校長眾籌俱樂部執行總裁
	董事長	蔡　箐	外文出版社編輯部主任
	北京育新苗教育創始人	楊　晨	北京超常國際教育董事長

如何背單字

背單字是學好英文的關鍵。我研究過無數的背單字方法,最有趣的,就是「比較法」,讓你唸一次就記得。例如:

$$\begin{cases} \underline{normal}^3 \text{ (ˈnɔrml) } adj. \ \ 正常的 \\ \underline{abnormal}^6 \text{ (æbˈnɔrml) } adj. \ \ 不正常的 \end{cases}$$

$$\begin{cases} \underline{board}^2 \text{ (bord) } v. \ \ 上車(船、飛機) \\ \underline{aboard}^3 \text{ (əˈbɔrd) } adv. \ \ 在車(船、飛機)上 \end{cases}$$

board 又作「木板」解,black<u>board</u> 是「黑板」。

$$\begin{cases} \underline{broad}^2 \text{ (brɔd) } adj. \ \ 寬的 \\ \underline{abroad}^2 \text{ (əˈbrɔd) } adv. \ \ 到國外 \end{cases}$$

學會用「比較法」背單字,碰到任何單字都難不倒你,都是一種自我挑戰。到最後,看到不認識的單字,就有興奮感,因為你有方法背下來,而且不會忘記。如此單字越背越多,把背單字變成一種習慣。

英文單字無限多,不能亂背,要背就要背常用、常考的。大陸「高考(大學入學考試)考綱詞彙 3500」,並未包含詞類變化,我們把詞類變化加上去,反倒好背。英雄所見略同,這 3500 字,剛好可以補「高中常用 7000 字」之不足。背完「高中常用 7000 字」,一般的文章可以看懂百分之九十,剩下的百分之十,可利用上下文來推測。如上面文章的最後一個字 alias (ˈelɪəs) n. 假名 你不認識,你就可以找出一個認識的單字,加以比較,例如,用 bias (ˈbaɪəs) n. 偏見來背 alias。你唸唸看,bias–alias,不是唸一遍就記得了嗎?

10,000字

常考
3,500

升大學7,000字

少考,背了划不來

背了單字不會用,怎麼辦?要背「一口氣必考字彙極短句」,背完了,立刻可以用英文演講和作文。本書雖經審慎編校,仍恐有疏漏之處,誠盼各界先進不吝指正。

劉 毅

CONTENTS

第一天 ⇨ DAY 1

1. **ban**⁵ 〔 bæn 〕 *v.* 禁止
   <u>abandon</u>⁴ 〔 ə'bændən 〕
   v. 拋棄

2. **able**¹ 〔'ebḷ 〕 *adj.* 能夠的
   <u>ability</u>² 〔 ə'bɪlətɪ 〕 *n.* 能力

   ability

3. **normal**³ 〔'nɔrmḷ 〕 *adj.* 正常的
   <u>abnormal</u>⁶ 〔 æb'nɔrmḷ 〕 *adj.*
   不正常的【ab（= *away from*）】

4. **board**² 〔 bord 〕 *v.* 上（車、船、
   飛機）
   <u>aboard</u>³ 〔 ə'bɔrd 〕 *adv.* 在車
   （船、飛機）上

5. **polish**⁴ 〔'palɪʃ 〕 *v.* 擦亮
   <u>abolish</u>⁵ 〔 ə'balɪʃ 〕 *v.* 廢除

6. **portion**³ 〔'porʃən 〕 *n.* 部分
   <u>abortion</u>⁵ 〔 ə'bɔrʃən 〕 *n.* 墮胎

7. **broad**² 〔 brɔd 〕 *adj.* 寬的
   <u>abroad</u>² 〔 ə'brɔd 〕 *adv.* 到國外

8. **abrupt**⁵ 〔 ə'brʌpt 〕 *adj.* 突然的
   <u>interrupt</u>³ 〔ˌɪntə'rʌpt 〕 *v.* 打斷

9. **absent**² 〔'æbsṇt 〕 *adj.* 缺席的
   <u>absence</u>² 〔'æbsṇs 〕 *n.* 缺席

10. **absolute**⁴ 〔'æbsəˌlut 〕 *adj.*
    絕對的；完全的
    <u>absolutely</u>⁴ 〔'æbsəˌlutlɪ 〕 *adv.*
    絕對地；完全地

11. **absorb**⁴ 〔 əb'sɔrb 〕 *v.* 吸收
    <u>absurd</u>⁵ 〔 əb'sɜd 〕
    adj. 荒謬的

12. **attract**³ 〔 ə'trækt 〕 *v.* 吸引
    <u>distract</u>⁶ 〔 dɪ'strækt 〕 *v.* 使分心
    <u>abstract</u>⁴ 〔'æbstrækt 〕 *adj.*
    抽象的

13. **abound**⁶ 〔 ə'baund 〕 *v.* 充滿；
    大量存在
    <u>abundant</u>⁵ 〔 ə'bʌndənt 〕 *adj.*
    豐富的
    <u>abundance</u>⁶ 〔 ə'bʌndəns 〕 *n.*
    豐富

DAY 1

14. **use**¹〔juz〕v. 使用

 <u>abuse</u>⁶〔ə'bjuz〕v. 濫用；虐待

abuse

15. **academy**⁵〔ə'kædəmɪ〕n.
學院

 <u>academic</u>⁴〔͵ækə'dɛmɪk〕adj.
學術的

16. **accelerate**⁶〔æk'sɛlə͵ret〕v.
加速

 <u>acceleration</u>⁶〔æk͵sɛlə'reʃən〕
n. 加速

accelerate

17. **accent**⁴〔'æksɛnt〕n. 口音

 <u>decent</u>⁶〔'disṇt〕adj. 高尚的

18. **accept**²〔ək'sɛpt〕v. 接受

 <u>acceptable</u>³〔ək'sɛptəbḷ〕adj.
可接受的

 <u>acceptance</u>⁴〔ək'sɛptəns〕n.
接受

19. **access**⁴〔'æksɛs〕n.
接近或使用權

 <u>accessible</u>⁶
〔æk'sɛsəbḷ〕adj. 容易接近的

20. **accident**³〔'æksədənt〕n. 意外

 <u>incident</u>⁴〔'ɪnsədənt〕n. 事件

21. **accommodate**⁶〔ə'kɑmə͵det〕
v. 容納；裝載（乘客）

 <u>accommodation</u>⁶
〔ə͵kɑmə'deʃən〕n. 住宿設備

22. **company**²〔'kʌmpənɪ〕n. 公司

 <u>accompany</u>⁴〔ə'kʌmpənɪ〕
v. 陪伴；伴隨

23. **accomplish**⁴〔ə'kɑmplɪʃ〕v.
完成

 <u>accomplishment</u>⁴
〔ə'kɑmplɪʃmənt〕n. 成就

24. **account**³〔ə'kaʊnt〕n. 帳戶

 <u>accountant</u>⁴〔ə'kaʊntənt〕n.
會計師

25. **accumulate**⁶〔ə'kjumjə͵let〕
v. 累積

 <u>accumulation</u>⁶
〔ə͵kjumjə'leʃən〕n. 累積

26. **accurate**[3] (ˈækjərɪt) *adj.* 準確的
    <u>accuracy</u>[4] (ˈækjərəsɪ) *n.* 準確

accurate

27. **accuse**[4] (əˈkjuz) *v.* 控告
    <u>accusation</u>[6] (ˌækjəˈzeʃən) *n.*
    控告

28. **custom**[2] (ˈkʌstəm) *n.* 習俗
    <u>accustomed</u>[5] (əˈkʌstəmd) *adj.*
    習慣於…的

29. **ache**[3] (ek) *v. n.* 疼痛
    <u>headache</u>[3] (ˈhɛdˌek)
    n. 頭痛

30. **achieve**[3] (əˈtʃiv) *v.* 達到
    <u>achievement</u>[3] (əˈtʃivmənt)
    n. 成就

31. **acid**[4] (ˈæsɪd) *adj.* 酸性的
    <u>acid rain</u> 酸雨

32. **knowledge**[2] (ˈnɑlɪdʒ) *n.* 知識
    <u>acknowledge</u>[5] (əkˈnɑlɪdʒ)
    v. 承認

33. **acquaint**[4] (əˈkwent) *v.* 使認
    識；使熟悉
    <u>acquaintance</u>[4] (əˈkwentəns)
    n. 認識的人

34. **acquire**[4] (əˈkwaɪr) *v.* 獲得；學會
    <u>acquisition</u>[6] (ˌækwəˈzɪʃən) *n.*
    獲得；增添之圖書

35. **ace**[5] (es) *n.* 撲克牌
    的 A；一流人才
    <u>acre</u>[4] (ˈekɚ) *n.* 英畝

ace

36. **cross**[2] (krɔs) *v.* 越過　*n.* 十字架
    <u>across</u>[1] (əˈkrɔs) *prep.* 橫越

37. **act**[1] (ækt) *n.* 行為
    <u>action</u>[1] (ˈækʃən) *n.* 行動

38. **active**[2] (ˈæktɪv) *adj.* 活躍的；
    主動的
    <u>activity</u>[3] (ækˈtɪvətɪ) *n.* 活動

39. **actor**[1] (ˈæktɚ) *n.* 演員
    <u>actress</u>[1] (ˈæktrɪs) *n.* 女演員

actor　　　actress

40. **actual**[3] 〔ˈæktʃuəl 〕 *adj.* 實際的

  actually[3] 〔ˈæktʃuəlɪ 〕 *adv.* 實際上

41. **cute**[1] 〔 kjut 〕 *adj.* 可愛的

  acute[6] 〔 əˈkjut 〕 *adj.* 急性的

42. **AD** 〔ˈeˈdi 〕 *abbr.* 西元…年

  (= *A.D.*)

  BC 〔ˈbiˈsi 〕 *abbr.* 西元前

  (= *B.C.*)

43. **adapt**[4] 〔 əˈdæpt 〕 *v.* 適應；改編

  adaptation[6] 〔ˌædəpˈteʃən 〕 *n.* 適應

44. **add**[1] 〔 æd 〕 *v.* 增加 (= *increase*)

  addition[2] 〔 əˈdɪʃən 〕 *n.* 增加

  additional[3] 〔 əˈdɪʃənḷ 〕 *adj.* 附加的

45. **addicted**[5] 〔 əˈdɪktɪd 〕 *adj.* 上癮的

  addiction[6] 〔 əˈdɪkʃən 〕 *n.* （毒）癮

46. **dress**[2] 〔 drɛs 〕 *n.* 衣服；洋裝

  address[1] 〔 əˈdrɛs , ˈædrɛs 〕 *n.* 地址

47. **equate**[5] 〔 ɪˈkwet 〕 *v.* 把…視為同等

  adequate[4] 〔ˈædəkwɪt 〕 *adj.* 足夠的

48. **adjust**[4] 〔 əˈdʒʌst 〕 *v.* 調整

  adjustment[4] 〔 əˈdʒʌstmənt 〕 *n.* 調整

adjust

49. **administer**[6] 〔 ədˈmɪnəstɚ 〕 *v.* 管理

  administration[6] 〔 ədˌmɪnəˈstreʃən 〕 *n.* 管理；（美國的）政府

50. **admire**[3] 〔 ədˈmaɪr 〕 *v.* 欽佩

  admirable[4] 〔ˈædmərəbḷ 〕 *adj.* 值得讚賞的；令人欽佩的

  【注意重音在第一音節上】

admire

51. **admit**³ 〔əd'mɪt 〕 v. 承認；
准許進入
admission⁴ 〔əd'mɪʃən 〕 n.
入場（許可）；入學（許可）

52. **adolescent**⁵ 〔ˌædḷ'ɛsṇt 〕 n.
青少年
adolescence⁵ 〔ˌædḷ'ɛsṇs 〕 n.
青春期

adolescent

53. **adopt**³ 〔ə'dɑpt 〕 v. 採用；
領養
adore⁵ 〔ə'dor 〕 v. 非常喜愛

54. **adult**¹ 〔ə'dʌlt 〕 n. 成人
adulthood⁵ 〔ə'dʌltˌhʊd 〕 n.
成年

55. **advance**² 〔əd'væns 〕 v. 前進

advanced³ 〔əd'vænst 〕 adj.
高深的；先進的

56. **advantage**³ 〔əd'væntɪdʒ 〕 n.
優點
disadvantage⁴
〔ˌdɪsəd'væntɪdʒ 〕 n. 缺點

57. **venture**⁵ 〔'vɛntʃɚ 〕 v. 冒險
n. 冒險的事業
adventure³ 〔əd'vɛntʃɚ 〕 n. 冒險

adventure

58. **advertise**³ 〔'ædvɚˌtaɪz 〕 v.
登廣告
advertisement³
〔ˌædvɚ'taɪzmənt 〕 n. 廣告（ = ad ）

59. **advice**³ 〔əd'vaɪs 〕 n. 勸告
advise³ 〔əd'vaɪz 〕 v. 勸告

60. **locate**² 〔'loket 〕 v. 使位於
advocate⁶ 〔'ædvəˌket 〕 v.
提倡

DAY 1

DAY 1

61. **fair**² 〔 fɛr 〕 *adj.* 公平的
    <u>affair</u>² 〔 ə'fɛr 〕 *n.* 事情

62. **affect**³ 〔 ə'fɛkt 〕 *v.* 影響
    <u>affection</u>⁵ 〔 ə'fɛkʃən 〕 *n.* 感情；
    （對子女、妻子的）愛

63. **Ford** 〔 ford 〕 *n.* 福特（人名）
    <u>afford</u>³ 〔 ə'ford 〕 *v.* 負擔得起

64. **raid**⁶ 〔 red 〕 *n.* 襲擊
    <u>afraid</u>¹ 〔 ə'fred 〕 *adj.* 害怕的

65. **Africa** 〔'æfrɪkə 〕 *n.* 非洲
    <u>African</u> 〔'æfrɪkən 〕 *adj.* 非洲的
    n. 非洲人

66. **after**¹ 〔'æftɚ 〕 *prep.* 在…之後
    <u>afterward(s)</u>³ 〔'æftɚwəd(z) 〕
    adv. 後來；之後

67. **again**¹ 〔 ə'gɛn 〕 *adv.* 再
    <u>against</u>¹ 〔 ə'gɛnst 〕 *prep.* 反對

68. **age**¹ 〔 edʒ 〕 *n.* 年紀
    <u>agent</u>⁴ 〔'edʒənt 〕 *n.* 代理人；
    經紀人
    <u>agency</u>⁴ 〔'edʒənsɪ 〕 *n.* 代辦處

69. **panda**² 〔'pændə 〕 *n.* 貓熊
    <u>agenda</u>⁵ 〔 ə'dʒɛndə 〕 *n.* 議程

panda

70. **aggressive**⁴ 〔 ə'grɛsɪv 〕 *adj.*
    有攻擊性的
    <u>aggression</u>⁶ 〔 ə'grɛʃən 〕 *n.* 侵略

71. **agree**¹ 〔 ə'gri 〕 *v.* 同意
    <u>agreement</u>¹ 〔 ə'grimənt 〕 *n.*
    協議

72. **culture**² 〔'kʌltʃɚ 〕 *n.* 文化
    <u>agriculture</u>³ 〔'ægrɪˌkʌltʃɚ 〕
    n. 農業
    <u>agricultural</u>⁵ 〔ˌægrɪ'kʌltʃərəl 〕
    adj. 農業的

73. **head**¹ 〔 hɛd 〕 *n.* 頭
    <u>ahead</u>¹ 〔 ə'hɛd 〕 *adv.* 在前方

74. **aid**[2] 〔 ed 〕 *n. v.* 幫助（ = *help*[1] ）
AIDS[4] 〔 edz 〕 *n.* 愛滋病；後天
免疫不全症候群

75. **aim**[2] 〔 em 〕 *n.* 目標
claim[2] 〔 klem 〕 *v.* 宣稱；要求

76. **air**[1] 〔 εr 〕 *n.* 空氣
airline[2] 〔'εr‚laɪn 〕 *n.* 航空公司

77. **aircraft**[2] 〔'εr‚kræft 〕 *n.* ⎫
飛機【集合名詞】　　　　　⎬ 同義字
airplane[1] 〔'εr‚plen 〕 *n.* ⎪
飛機（ = *plane* ）　　　　⎭

78. **port**[2] 〔 port 〕 *n.* 港口
airport[1] 〔'εr‚port 〕 *n.* 機場

79. **airmail**[1] 〔'εr‚mel 〕 *n.* 航空郵件
airspace 〔'εr‚spes 〕 *n.* 領空

airmail

80. **alarm**[2] 〔 ə'lɑrm 〕 *v.* 使驚慌
n. 警鈴
alarm clock 鬧鐘

81. **bum** 〔 bʌm 〕 *n.* 乞丐
（ = *beggar*[3] ）
album[2] 〔'ælbəm 〕 *n.* 專輯

82. **alcohol**[4] 〔'ælkə‚hɔl 〕 *n.* 酒；酒精
alcoholic[6] 〔‚ælkə'hɔlɪk 〕 *adj.*
含酒精的　*n.* 酒鬼

83. **bra** 〔 brɑ 〕 *n.* 胸罩
algebra[5] 〔'ældʒəbrə 〕 *n.* 代數

84. **alike**[2] 〔 ə'laɪk 〕 *adj.* 相像的
alive[2] 〔 ə'laɪv 〕 *adj.* 活的

85. **allergic**[5] 〔 ə'lɝdʒɪk 〕 *adj.* 過敏的
allergy[5] 〔'ælədʒɪ 〕 *n.* 過敏症

86. **alley**[3] 〔'ælɪ 〕 *n.* 巷子　　⎫同
lane[2] 〔 len 〕 *n.* 巷子；車道⎬義字

87. **locate**[2] 〔'loket 〕 *v.* 使位於
allocate[6] 〔'ælə‚ket 〕 *v.* 分配

88. **allow**[1] 〔 ə'laʊ 〕 *v.* 允許
allowance[4] 〔 ə'laʊəns 〕 *n.*
零用錢

89. **most**[1] 〔 most 〕 *adj.* 最多的
almost[1] 〔'ɔl‚most 〕 *adv.* 幾乎

DAY 1

90. **alone**¹〔ə'lon〕*adj.* 單獨的
　　adv. 單獨地
　　along¹〔ə'lɔŋ〕*prep.* 沿著
　　alongside⁶〔ə'lɔŋ'saɪd〕*prep.*
　　在⋯旁邊

alongside

91. **loud**¹〔laʊd〕*adj.* 大聲的
　　aloud²〔ə'laʊd〕*adv.* 出聲地；
　　大聲地

92. **bet**²〔bɛt〕*v.* 打賭
　　alphabet²〔'ælfə,bɛt〕*n.* 字母
　　系統【源自希臘字母的第一個和第
　　二個字母 alpha 及 beta】

**ABCDEF
GHIJKLM
NOPQRST
UVWXYZ**

alphabet

93. **alter**⁵〔'ɔltɚ〕*v.* 改變
　　alternate⁵〔'ɔltɚ,net〕*v.* 使輪流
　　alternative⁶〔ɔl'tɝnətɪv〕*n.*
　　可選擇的事物；替代物

94. **though**¹〔ðo〕*conj.* 雖然 ⎫
　　although²〔ɔl'ðo〕*conj.* 雖然 ⎭ 同義字

95. **altitude**⁵〔'æltə,tjud〕*n.* 海拔；
　　高度
　　latitude⁵〔'lætə,tjud〕*n.* 緯度

96. **together**¹〔tə'gɛðɚ〕*adv.* 一起
　　altogether²〔,ɔltə'gɛðɚ〕*adv.*
　　總共

97. **aluminum**⁴〔ə'lumɪnəm〕*n.*
　　鋁
　　illuminate⁶
　　〔ɪ'lumə,net〕*v.* 照亮

98. **always**¹〔'ɔlwez〕*adv.* 總是
　　airways⁵〔'ɛr,wez〕*n.* 航空
　　公司

99. **a.m.**⁴〔'e'ɛm〕上午
　　（= am = A.M. = AM）
　　p.m.⁴〔'pi'ɛm〕下午
　　（= pm = P.M. = PM）

100. **amaze**³〔ə'mez〕*v.* 使驚訝
　　　amazing〔ə'mezɪŋ〕*adj.* 令人
　　　驚訝的
　　　amateur⁴〔'æmə,tʃur〕*adj.*
　　　業餘的

101. **ambassador**[3] 〔 æm'bæsədə 〕
n. 大使
ambassadress[7] 〔 æm'bæsədrɪs 〕
n. 女大使；大使夫人
embassy[4] 〔'ɛmbəsɪ 〕 n. 大使館
【注意拼字】

embassy

102. **ambiguous**[6] 〔 æm'bɪgjʊəs 〕
adj. 含糊的；模稜兩可的
ambiguity[6] 〔ˌæmbɪ'gjuətɪ 〕
n. 含糊

103. **ambition**[3] 〔 æm'bɪʃən 〕 n. 抱負
ambulance[6] 〔'æmbjələns 〕 n.
救護車

ambulance

104. **America** 〔 ə'mɛrɪkə 〕 n. 美國
American 〔 ə'mɛrɪkən 〕 adj.
美國的　n. 美國人

105. **between**[1] 〔 bə'twin 〕 prep. 在
（兩者）之間

among[1] 〔 ə'mʌŋ 〕 prep.
在…之間

106. **mount**[5] 〔 maʊnt 〕 v. 登上；
爬上　n. …山；…峰
amount[2] 〔 ə'maʊnt 〕 n. 數量

107. **ample**[5] 〔'æmpḷ 〕 adj. 豐富的；
充裕的
amplify[6] 〔'æmplə,faɪ 〕 v. 放大

amplify

108. **amuse**[4] 〔 ə'mjuz 〕 v. 娛樂
amusement[4] 〔 ə'mjuzmənt 〕
n. 娛樂

109. **analyze**[4] 〔'ænḷ,aɪz 〕 v. 分析
（= analyse【英式用法】）
analysis[4] 〔 ə'næləsɪs 〕 n. 分析

110. **ancient**[2] 〔'enʃənt 〕 adj. 古代的
ancestor[4] 〔'ænsɛstə 〕 n. 祖先

111. **anchor**[5] 〔'æŋkə 〕 n. 錨
anchorman 〔'æŋkə,mæn 〕 n.
男主播
anchorwoman
〔'æŋkə,wʊmən 〕 n. 女主播

112. **dote**〔dot〕*v.* 溺愛
<u>anecdote</u>⁶〔'ænɪk,dot〕*n.* 軼事
She doted on her children.
她溺愛她的小孩。

113. **anger**¹〔'æŋgɚ〕*n.* 憤怒
<u>angry</u>¹〔'æŋgrɪ〕
adj. 生氣的

114. **angle**³〔'æŋgḷ〕*n.* 角度
<u>angel</u>³〔'endʒəl〕*n.* 天使

115. **animal**¹〔'ænəmḷ〕*n.* 動物
<u>animate</u>⁶〔'ænə,met〕*v.* 使有
活力

116. **uncle**¹〔'ʌŋkḷ〕*n.* 叔叔
<u>ankle</u>²〔'æŋkḷ〕
n. 腳踝

117. **annual**⁴〔'ænjʊəl〕*adj.* 一年
一度的；一年的
<u>anniversary</u>⁴〔,ænə'vɝsərɪ〕
n. 週年紀念

118. **announce**³〔ə'naʊns〕*v.* 宣佈
<u>announcement</u>³
〔ə'naʊnsmənt〕*n.* 宣佈

119. **annoy**⁴〔ə'nɔɪ〕*v.* 使心煩
<u>annoyance</u>⁶〔ə'nɔɪəns〕*n.*
討厭的人或物

120. **other**¹〔'ʌðɚ〕*adj.* 其他的
<u>another</u>¹〔ə'nʌðɚ〕*adj.*
另一個

121. **answer**¹〔'ænsɚ〕*v.* 回答
<u>answering machine</u> 答錄機

122. **ant**¹〔ænt〕*n.* 螞蟻 ⎫ 同
<u>aunt</u>¹〔ænt〕*n.* 阿姨 ⎬ 音
⎭ 字

123. **Arctic**⁶〔'ɑrktɪk〕*adj.* 北極的
<u>Antarctic</u>⁶〔ænt'ɑrktɪk〕*adj.*
南極的

Antarctic

124. **any**¹〔'ɛnɪ〕*adj.* 任何
<u>anyway</u>²〔'ɛnɪ,we〕*adv.* 無論
如何

Day 1 Exercise

※ 請根據上下文意，選出一個最正確的答案。

1. That old house has been _____ for a long time. No one has lived there for many years.
   - (A) abolished
   - (B) absorbed
   - (C) abused
   - (D) abandoned   (　)

2. The taxi driver _____ to pass the slow-moving car in front of us.
   - (A) accelerated
   - (B) accompanied
   - (C) accomplished
   - (D) accused   (　)

3. The convenience store is now _____ to people in wheelchairs.
   - (A) abundant
   - (B) academic
   - (C) absolute
   - (D) accessible   (　)

4. Bob has a nodding _____ with his new neighbor.
   - (A) accommodation
   - (B) achievement
   - (C) acquaintance
   - (D) acquisition   (　)

5. The _____ to staying in a dead-end job is to find a new position.
   - (A) affection
   - (B) agreement
   - (C) adolescent
   - (D) alternative   (　)

DAY 1

6. The family wanted a pet but the youngest daughter is _____
   to dogs.
   (A) admirable
   (B) abrupt
   (C) absurd
   (D) allergic   (   )

7. It was impossible to tell from his _____ expression whether
   he was joking or not.
   (A) aggressive
   (B) ambiguous
   (C) adequate
   (D) accurate   (   )

8. Every member of the sales team is eligible for an _____
   performance bonus.
   (A) annual
   (B) alcoholic
   (C) amateur
   (D) active   (   )

9. If Tina gets an A on the exam, her parents promised to double
   her _____.
   (A) anniversary
   (B) ambulance
   (C) altitude
   (D) allowance   (   )

10. The city council _____ higher salaries for teachers and
    school administrators.
    (A) advocated
    (B) advanced
    (C) accumulated
    (D) acquired   (   )

第二天 ⇨ DAY 2

1. **unique**[4] 〔 ju'nik 〕 *adj.* 獨特的
   <u>antique</u>[5] 〔 æn'tik 〕 *n.* 古董

2. **anxious**[4] 〔'æŋkʃəs 〕 *adj.* 焦慮
   的；渴望的
   <u>anxiety</u>[4] 〔 æŋ'zaɪətɪ 〕 *n.* 焦慮

3. **apart**[3] 〔 ə'pɑrt 〕 *adv.* 相隔；
   分開地
   <u>apartment</u>[2] 〔 ə'pɑrtmənt 〕 *n.*
   公寓

4. **apologize**[4] 〔 ə'pɑlə,dʒaɪz 〕 *v.*
   道歉
   <u>apology</u>[4] 〔 ə'pɑlədʒɪ 〕 *n.* 道歉

5. **parent** 〔'pɛrənt 〕 *n.* 父（母）
   <u>apparent</u>[3] 〔 ə'pærənt 〕 *adj.*
   明顯的

6. **appeal**[3] 〔 ə'pil 〕 *v.* 吸引
   <u>appear</u>[1] 〔 ə'pɪr 〕 *v.* 出現
   <u>appearance</u>[2] 〔 ə'pɪrəns 〕 *n.*
   外表；出現

7. **applaud**[5] 〔 ə'plɔd 〕
   v. 鼓掌
   <u>appendix</u> 〔 ə'pɛndɪks 〕 *n.* 盲腸

8. **appetite**[2] 〔'æpə,taɪt 〕 *n.* 食慾
   <u>appetizer</u> 〔'æpə,taɪzɚ 〕 *n.*
   開胃菜

appetizer

9. **apple**[1] 〔'æp!̩ 〕 *n.* 蘋果
   <u>apple pie</u> 蘋果派

10. **apply**[2] 〔 ə'plaɪ 〕 *v.* 申請；
    應徵；運用
    <u>application</u>[4] 〔,æplə'keʃən 〕 *n.*
    申請
    <u>applicant</u>[4] 〔'æpləkənt 〕 *n.*
    申請人；應徵者

11. **appoint**[4] 〔 ə'pɔɪnt 〕 *v.* 指派
    <u>appointment</u>[4] 〔 ə'pɔɪntmənt 〕
    n. 約會

12. **appreciate**[3] 〔 ə'priʃɪ,et 〕
    v. 欣賞；感激
    <u>appreciation</u>[4] 〔 ə,priʃɪ'eʃən 〕
    n. 感激

DAY 2

13. **roach**[2] 〔 rotʃ 〕 *n.* 蟑螂
（ = *cockroach*[2] ）
<u>approach</u>[3] 〔 ə'protʃ 〕 *v.* 接近
n. 方法

14. **proper**[3] 〔 'prɑpɚ 〕 *adj.*
適當的
<u>appropriate</u>[4]
〔 ə'proprɪɪt 〕 *adj.* 適當的

{ 同義字

15. **prove**[1] 〔 pruv 〕 *v.* 證明
<u>approve</u>[3] 〔 ə'pruv 〕 *v.* 贊成；
批准
<u>approval</u>[4] 〔 ə'pruvḷ 〕 *n.* 贊成

16. **approximate**[6]
〔 ə'prɑksəmɪt 〕 *adj.* 大約的
<u>approximately</u>[6]
〔 ə'prɑksəmɪtlɪ 〕 *adv.* 大約

17. **April**[1] 〔 'eprəl 〕 *n.* 四月
<u>apron</u>[2] 〔 'eprən 〕
n. 圍裙

18. **contrary**[4] 〔 'kɑntrɛrɪ 〕 *adj.*
相反的 *n.* 正相反
<u>arbitrary</u> 〔 'ɑrbə,trɛrɪ 〕 *adj.*
武斷的；專制的

19. **arch**[4] 〔 ɑrtʃ 〕 *n.* 拱門
<u>architect</u>[5] 〔 'ɑrkə,tɛkt 〕 *n.*
建築師
<u>architecture</u>[5] 〔 'ɑrkə,tɛktʃɚ 〕
n. 建築

arch

20. **are**[1] 〔 ɑr 〕 *v.* be 的第二人稱及
其他人稱的複數
<u>area</u>[1] 〔 'ɛrɪə , 'erɪə 〕 *n.* 地區

21. **argue**[2] 〔 'ɑrgju 〕 *v.* 爭論
<u>argument</u>[2] 〔 'ɑrgjəmənt 〕 *n.*
爭論

argue

22. **rise**[1] 〔 raɪz 〕 *v.* 上升
<u>arise</u>[4] 〔 ə'raɪz 〕 *v.* 發生

23. **lunatic**[6] ﹝'lunə,tɪk ﹞ *n.* 瘋子
    Catholic ﹝'kæθəlɪk ﹞ *adj.*
    天主教的
    arithmetic[3] ﹝ə'rɪθmə,tɪk ﹞ *n.*
    算術
    * 字尾 ic，重音在前一個音節上，
      但此三字例外。

24. **arm**[1,2] ﹝ arm ﹞ *n.* 手臂　*v.* 武裝
    armchair[2] ﹝'arm,tʃɛr ﹞
    n. 扶手椅
    army[1] ﹝'armɪ ﹞ *n.*
    軍隊；陸軍

25. **round**[1] ﹝ raʊnd ﹞ *adj.* 圓的
    n. 回合
    around[1] ﹝ə'raʊnd ﹞ *prep.* 環繞

26. **arrange**[2] ﹝ə'rendʒ ﹞ *v.* 安排；
    排列
    range[2] ﹝ rendʒ ﹞ *n.* 範圍
    v. (範圍) 包括
    arrangement[2] ﹝ə'rendʒmənt ﹞
    n. 安排；排列

27. **rest**[1] ﹝ rɛst ﹞ *v. n.* 休息
    arrest[2] ﹝ə'rɛst ﹞ *v.* 逮捕

    arrest

28. **arrive**[2] ﹝ə'raɪv ﹞ *v.* 到達
    arrival[3] ﹝ə'raɪvḷ ﹞ *n.* 到達

29. **row** ﹝ ro ﹞ *n.* 排
    arrow[2] ﹝'æro ﹞ *n.* 箭

30. **art**[1] ﹝ art ﹞ *n.* 藝術
    artist[2] ﹝'artɪst ﹞
    n. 藝術家；畫家

31. **article**[2,4] ﹝'artɪkḷ ﹞ *n.* 文章；
    物品
    artificial[4] ﹝,artə'fɪʃəl ﹞ *adj.*
    人造的；人工的

32. **ash**[3] ﹝ æʃ ﹞ *n.* 灰
    ashtray ﹝'æʃ,tre ﹞
    n. 煙灰缸

33. **ashamed**[4] ﹝ə'ʃemd ﹞ *adj.* 感到
    羞恥的
    shameful[4] ﹝'ʃemfʊl ﹞ *adj.*
    可恥的

34. **Asia** ﹝'eʃə ﹞ *n.* 亞洲
    Asian ﹝'eʃən ﹞ *adj.* 亞洲的
    n. 亞洲人

35. **side**[1] ﹝ saɪd ﹞ *n.* 邊
    aside[3] ﹝ə'saɪd ﹞ *adv.* 在一邊

DAY 2

36. **ask**¹ 〔 æsk 〕 v. 問

   task² 〔 tæsk 〕 n. 工作；任務

37. **sleep**¹ 〔 slip 〕 v. 睡　n. 睡眠

   asleep² 〔 ə'slip 〕 adj. 睡著的

38. **respect**² 〔 rɪ'spɛkt 〕 v. n. 尊敬

   aspect⁴ 〔'æspɛkt 〕 n. 方面

39. **assess**⁶ 〔 ə'sɛs 〕 v. 評估

   assessment⁶ 〔 ə'sɛsmənt 〕 n.
   評估

40. **assist**³ 〔 ə'sɪst 〕 v. 幫助

   assistance⁴ 〔 ə'sɪstəns 〕 n.
   幫助

   assistant² 〔 ə'sɪstənt 〕 n. 助手

41. **associate**⁴ 〔 ə'soʃɪ‚et 〕 v. 聯想

   association⁴ 〔 ə‚soʃɪ'eʃən 〕 n.
   協會

42. **assume**⁴ 〔 ə's(j)um 〕 v. 假定；
   認為

   assumption⁶ 〔 ə'sʌmpʃən 〕 n.
   假定

43. **astonish**⁵ 〔 ə'stɑnɪʃ 〕 v. 使驚訝

   astonishment⁵
   〔 ə'stɑnɪʃmənt 〕 n. 驚訝

44. **astronaut**⁵ 〔'æstrə‚nɔt 〕 n.
   太空人

   astronomy⁵ 〔 ə'strɑnəmɪ 〕 n.
   天文學

   astronomer⁵ 〔 ə'strɑnəmɚ 〕
   n. 天文學家

astronaut

45. **athlete**³ 〔'æθlit 〕 n. 運動員

   athletic⁴ 〔 æθ'lɛtɪk 〕 adj. 運動
   員的；強壯靈活的

athlete

46. **Atlantic** 〔 æt'læntɪk 〕 adj.
   大西洋的

   the Atlantic Ocean　大西洋

47. **atmosphere**[4] 〔'ætməs,fɪr 〕 *n.*
大氣層；氣氛
<u>hemisphere</u>[6] 〔'hɛməs,fɪr 〕 *n.*
半球

Northern Hemisphere

Southern Hemisphere

48. **atom**[4] 〔'ætəm 〕 *n.* 原子
<u>atomic</u>[4] 〔ə'tɑmɪk 〕 *adj.* 原子的

49. **attach**[4] 〔ə'tætʃ 〕 *v.* 附上
<u>attack</u>[2] 〔ə'tæk 〕 *n. v.* 攻擊

50. **attain**[6] 〔ə'ten 〕 *v.* 達到
<u>attainment</u>[6] 〔ə'tenmənt 〕 *n.*
達成

51. **tempt**[5] 〔tɛmpt 〕 *v.* 引誘
<u>attempt</u>[3] 〔ə'tɛmpt 〕 *v. n.* 企圖；
嘗試

52. **attend**[2] 〔ə'tɛnd 〕 *v.* 參加；
上（學）；服侍
<u>attention</u>[2] 〔ə'tɛnʃən 〕 *n.*
注意力

53. **attitude**[3] 〔'ætə,tjud 〕 *n.* 態度
<u>gratitude</u>[4] 〔'grætə,tjud 〕 *n.* 感激

54. **attract**[3] 〔ə'trækt 〕 *v.* 吸引
<u>attraction</u>[4] 〔ə'trækʃən 〕 *n.*
吸引力
<u>attractive</u>[3] 〔ə'træktɪv 〕 *adj.*
吸引人的

55. **audience**[3] 〔'ɔdɪəns 〕 *n.* 觀衆
<u>auditorium</u>[5] 〔,ɔdə'torɪəm 〕
n. 大禮堂

auditorium

56. **author**[3] 〔'ɔθɚ 〕 *n.* 作者
<u>authentic</u>[6] 〔ɔ'θɛntɪk 〕 *adj.*
眞正的
<u>authority</u>[4] 〔ə'θɔrətɪ 〕 *n.*
權威；權力

57. **auto**[3] 〔'ɔto 〕 *n.* 汽車
（ = *automobile*[3] ）
<u>automatic</u>[3] 〔,ɔtə'mætɪk 〕 *adj.*
自動的

58. **autonomy**[6] 〔ɔ'tɑnəmɪ 〕 *n.*
自治（ = *self-government* ）
<u>autonomous</u> 〔ɔ'tɑnəməs 〕
adj. 自治的

DAY 2

DAY 2

59. **autumn**[1] 〔'ɔtəm〕 *n.* 秋天
    <u>fall</u>[1] 〔fɔl〕 *v.* 落下
    n. 秋天
    } 同義字

60. **avail** 〔ə'vel〕 *v.* 利用   *n.* 效用
    <u>available</u>[3] 〔ə'veləbḷ〕 *adj.*
    可獲得的

61. **avenue**[3] 〔'ævə,nju〕 *n.* 大道
    <u>revenue</u>[6] 〔'rɛvə,nju〕 *n.* 收入

62. **average**[3] 〔'ævərɪdʒ〕 *n.*
    平均(數)   *adj.* 一般的
    <u>beverage</u>[6] 〔'bɛvərɪdʒ〕 *n.* 飲料

beverage

63. **void** 〔vɔɪd〕 *adj.* 無效的
    <u>avoid</u>[2] 〔ə'vɔɪd〕 *v.* 避免

void

64. **wake**[2] 〔wek〕 *v.* 醒來
    <u>awake</u>[3] 〔ə'wek〕 *v.* 醒來
    adj. 醒著的

65. **ward**[5] 〔wɔrd〕 *n.* 病房;囚房
    v. 躲避
    <u>award</u>[3] 〔ə'wɔrd〕
    v. 頒發   *n.* 獎

award

66. **ware**[5] 〔wɛr〕 *n.* 用品
    <u>aware</u>[3] 〔ə'wɛr〕 *adj.* 知道的;
    察覺到的

67. **away**[1] 〔ə'we〕 *adv.* 離開
    <u>sway</u>[4] 〔swe〕 *v.* 搖擺

68. **awe**[5] 〔ɔ〕 *n.* 敬畏
    <u>awful</u>[3] 〔'ɔfḷ〕 *adj.* 可怕的

69. **awesome**[6] 〔'ɔsəm〕 *adj.* 令人
    敬畏的;很棒的
    <u>awkward</u>[4] 〔'ɔkwəd〕
    adj. 笨拙的;不自在的

awkward

70. **baby**[1] 〔'bebɪ 〕 *n.* 嬰兒
<u>baby-sitter</u>[2]
〔'bebɪˌsɪtɚ 〕 *n.* 臨時褓姆

71. **bachelor**[5] 〔'bætʃələ 〕 *n.* 單身漢
<u>counselor</u>[5] 〔'kaʊnslə 〕 *n.* 顧問
(= *counsellor* 【英式用法】)

72. **back**[1] 〔 bæk 〕 *n.* 背面
<u>backache</u> 〔'bækˌek 〕 *n.* 背痛

73. **backward(s)**[2] 〔'bækwəd(z) 〕
adv. 向後
<u>background</u>[3] 〔'bækˌgraʊnd 〕
n. 背景

74. **bacon**[3] 〔'bekən 〕 *n.* 培根
<u>bacterium</u>[3] 〔 bæk'tɪrɪəm 〕 *n.*
細菌【 bacteria *n. pl.*】

75. **bad**[1] 〔 bæd 〕 *adj.* 不好的
<u>badminton</u>[2] 〔'bædmɪntən 〕 *n.*
羽毛球

badminton

76. **bag**[1] 〔 bæg 〕 *n.* 袋子
<u>baggage</u>[3] 〔'bægɪdʒ 〕 *n.* 行李

77. **bake**[2] 〔 bek 〕 *v.* 烘烤
<u>bakery</u>[2] 〔'bekərɪ 〕 *n.* 麵包店

78. **balance**[3] 〔'bæləns 〕 *n.* 平衡
<u>balcony</u>[2] 〔'bælkənɪ 〕 *n.* 陽台；
包廂

balcony

79. **ball**[1] 〔 bɔl 〕 *n.* 球
<u>ballet</u>[4] 〔 bæ'le 〕 *n.*
芭蕾舞
<u>balloon</u>[1] 〔 bə'lun 〕 *n.* 氣球

80. **bamboo**[2] 〔 bæm'bu 〕 *n.* 竹子
<u>shampoo</u>[3] 〔 ʃæm'pu 〕 *n.*
洗髮精

bamboo

81. **ban**[5] 〔 bæn 〕 *v.* 禁止
<u>bandage</u>[3] 〔'bændɪdʒ 〕 *n.* 繃帶

bandage

DAY 2

82. **Nana** (ˈnɑnɑ) *n.* 娜娜 (女子名)
<u>banana</u>¹ (bəˈnænə) *n.* 香蕉

83. **bank**¹ (bæŋk) *n.* 銀行
<u>bank account</u> 銀行帳戶

84. **cue**⁴ (kju) *v.* 暗示
<u>barbecue</u>² (ˈbɑrbɪ,kju) *n.* 烤肉
(= *Bar-B-Q*)

85. **barber**¹ (ˈbɑrbɚ) *n.* 理髮師
<u>barbershop</u>⁵ (ˈbɑrbɚ,ʃɑp) *n.*
理髮店

barber

86. **bare**³ (bɛr) *adj.* 赤裸的
<u>barefoot</u>⁵ (ˈbɛr,fʊt)
adj. 光著腳的

87. **gain**² (gen) *v.* 獲得
<u>bargain</u>⁴ (ˈbɑrgɪn) *v.* 討價還價

88. **bar**¹ (bɑr) *n.* 酒吧
<u>barrier</u>⁴ (ˈbærɪɚ) *n.* 障礙

89. **ark** (ɑrk) *n.* 方舟
<u>bark</u>² (bɑrk) *v.* 吠叫
n. 樹皮

90. **base**¹ (bes) *n.* 基礎；基地
<u>basis</u>² (ˈbesɪs) *n.* 基礎
<u>basic</u>¹ (ˈbesɪk) *adj.* 基本的

91. **baseball**¹ (ˈbes,bɔl) *n.* 棒球
<u>basement</u>² (ˈbesmənt) *n.*
地下室

92. **basin**⁴ (ˈbesn̩) *n.*
臉盆；盆地
<u>raisin</u>³ (ˈrezn̩) *n.* 葡萄乾

93. **basket**¹ (ˈbæskɪt) *n.* 籃子
<u>basketball</u>¹ (ˈbæskɪt,bɔl) *n.*
籃球

94. **bat**¹ (bæt) *n.* 球棒；蝙蝠
<u>battle</u>² (ˈbætl̩) *n.* 戰役
<u>battery</u>⁴ (ˈbætərɪ) *n.* 電池

95. **bath**¹ (bæθ) *n.* 洗澡
<u>bathe</u>¹ (beð) *v.* 洗澡

96. **bathroom**[1] 〔'bæθ,rum 〕 *n.*
浴室；廁所

bathtub 〔'bæθ,tʌb 〕 *n.* 浴缸

bathtub

97. **day**[1] 〔 de 〕 *n.* 天

bay[3] 〔 be 〕 *n.* 海灣

98. **each**[1] 〔 itʃ 〕 *adj.* 每個

beach[1] 〔 bitʃ 〕 *n.* 海灘

99. **bean**[2] 〔 bin 〕 *n.* 豆子

bean curd 豆腐

100. **bear**[2,1] 〔 bɛr 〕 *v.* 忍受
n. 熊

beard[2] 〔 bɪrd 〕 *n.* 鬍子

101. **east**[1] 〔 ist 〕 *n.* 東方

beast[3] 〔 bist 〕 *n.* 野獸

102. **eat**[1] 〔 it 〕 *v.* 吃

beat[1] 〔 bit 〕 *v.* 打

103. **beautiful**[1] 〔'bjutəfəl 〕 *adj.*
美麗的

beauty[1] 〔'bjutɪ 〕 *n.* 美

104. **cause**[1] 〔 kɔz 〕 *n.* 原因　*v.* 造成

because[1] 〔 bɪ'kɔz 〕 *conj.* 因為

105. **come**[1] 〔 kʌm 〕 *v.* 來

become[1] 〔 bɪ'kʌm 〕 *v.* 變成

106. **bed**[1] 〔 bɛd 〕 *n.* 床

bedding 〔'bɛdɪŋ 〕 *n.* 寢具；
被褥

bedroom[2] 〔'bɛd,rum 〕 *n.* 臥房

bedding

107. **bee**[1] 〔 bi 〕 *n.* 蜜蜂

beehive 〔'bi,haɪv 〕 *n.* 蜂窩

108. **beef**[2] 〔 bif 〕 *n.* 牛肉

beer[2] 〔 bɪr 〕 *n.* 啤酒

109. **beg**[2] 〔 bɛg 〕 *v.* 乞求

beggar[3] 〔'bɛgɚ 〕 *n.* 乞丐

110. **begin**[1] 〔 bɪ'gɪn 〕 *v.* 開始

beginner[2] 〔 bɪ'gɪnɚ 〕 *n.*
初學者

DAY 2

DAY 2

111. **behalf**⁵〔bɪ'hæf〕*n.* 方面
     behave³〔bɪ'hev〕*v.* 行為舉止
     behavior⁴〔bɪ'hevjɚ〕*n.* 行為

112. **being**³〔'biɪŋ〕*n.* 存在
     behind¹〔bɪ'haɪnd〕*prep.*
     在…之後

113. **believe**¹〔bɪ'liv〕*v.* 相信
     belief²〔bɪ'lif〕*n.* 相信；信仰

114. **bell**¹〔bɛl〕*n.* 鐘；鈴
     belly³〔'bɛlɪ〕*n.* 肚子
     belt²〔bɛlt〕*n.* 皮帶

115. **long**¹〔lɔŋ〕*adj.* 長的
     belong¹〔bə'lɔŋ〕*v.* 屬於

116. **low**¹〔lo〕*adj.* 低的
     blow¹〔blo〕*v.* 吹
     below¹〔bə'lo〕*prep.* 在…之下

117. **bend**²〔bɛnd〕*v.* 彎曲
     bent²〔bɛnt〕*adj.* 彎曲的；
     專心的
     bench²〔bɛntʃ〕*n.*
     長椅

118. **beneath**³〔bɪ'niθ〕*prep.*
     在…之下
     underneath⁵〔ˌʌndɚ'niθ〕
     prep. 在…之下

119. **benefit**³〔'bɛnəfɪt〕*n.*
     利益；好處
     beneficial⁵〔ˌbɛnə'fɪʃəl〕
     adj. 有益的

120. **beside**¹〔bɪ'saɪd〕*prep.*
     在…旁邊
     besides²〔bɪ'saɪdz〕*adv.*
     此外

121. **tray**³〔tre〕*n.* 托盤
     betray⁶〔bɪ'tre〕*v.* 出賣

tray

122. **be**¹〔bi〕*v.* 是
     beyond²〔bɪ'jɑnd〕*prep.*
     超過

123. **cycle**³〔'saɪkḷ〕*n.* 循環
     bicycle¹〔'baɪsɪkḷ〕*n.*
     腳踏車（= *bike*¹）

Day 2 Exercise

※ 請根據上下文意，選出一個最正確的答案。

1. For some people, flying in an airplane is a genuine source of
   _____.

   (A) appendix
   (B) assistance
   (C) appetite
   (D) anxiety   (   )

2. He was _____ for his tireless efforts to help the poor.

   (A) appointed
   (B) applauded
   (C) approached
   (D) associated   (   )

3. The test was designed to _____ intelligence.

   (A) arrest
   (B) arise
   (C) assess
   (D) assist   (   )

4. Please _____ a copy of your resume to the e-mail.

   (A) attach
   (B) assume
   (C) attain
   (D) approve   (   )

5. This orange juice is free of _____ additives and sweeteners.

   (A) arbitrary
   (B) appropriate
   (C) available
   (D) artificial   (   )

6. The erupting volcano blew massive clouds of toxic smoke into the _____.
   (A) barbecue
   (B) application
   (C) arithmetic
   (D) atmosphere （　）

7. The silk was used for making _____ traditional Asian garments.
   (A) aware
   (B) autonomous
   (C) authentic
   (D) automatic （　）

8. His back injury makes it _____ for Mr. Smith to drive.
   (A) average
   (B) awkward
   (C) athletic
   (D) attractive （　）

9. He _____ his parents' trust by throwing wild parties while they were out of town.
   (A) behaved
   (B) benefited
   (C) betrayed
   (D) bargained （　）

10. Several large men guarded the _____ between the stage and the audience.
    (A) barrier
    (B) bandage
    (C) battery
    (D) balance （　）

第三天 ⇨ DAY 3

1. **bid**⁵〔 bɪd 〕*v.* 出（價）；投標
   <u>big</u>¹〔 bɪg 〕*adj.* 大的

2. **bill**²〔 bɪl 〕*n.* 帳單；紙鈔
   <u>billion</u>³〔 ˈbɪljən 〕*n.* 十億

3. **go**¹〔 go 〕*v.* 去
   <u>bingo</u>³〔 ˈbɪŋgo 〕*n.* 賓果遊戲

bingo

4. **chemistry**⁴〔 ˈkɛmɪstrɪ 〕*n.* 化學
   <u>biochemistry</u>⁶
   〔 ˌbaɪoˈkɛmɪstrɪ 〕*n.* 生物化學

5. **biology**⁴〔 baɪˈɑlədʒɪ 〕*n.* 生物學
   <u>biography</u>⁴〔 baɪˈɑgrəfɪ 〕*n.* 傳記

6. **bird**¹〔 bɝd 〕*n.* 鳥
   <u>birdcage</u>〔 ˈbɝdˌkedʒ 〕*n.* 鳥籠

birdcage

7. **birth**¹〔 bɝθ 〕*n.* 出生；誕生
   <u>birthday</u>〔 ˈbɝθˌde 〕*n.* 生日
   <u>birthplace</u>〔 ˈbɝθˌples 〕*n.*
   出生地

8. **circuit**⁵〔 ˈsɝkɪt 〕*n.* 電路
   <u>biscuit</u>³〔 ˈbɪskɪt 〕*n.* 餅乾

9. **shop**¹〔 ʃɑp 〕*n.* 商店（= *store*¹）
   <u>bishop</u>〔 ˈbɪʃəp 〕*n.* 主教

bishop

10. **bit**¹〔 bɪt 〕*n.* 一點點
    <u>bitter</u>²〔 ˈbɪtɚ 〕*adj.* 苦的

11. **bite**¹〔 baɪt 〕*v.* 咬
    <u>rite</u>⁶〔 raɪt 〕*n.* 儀式

12. **black**¹〔 blæk 〕*adj.* 黑的
    <u>blackboard</u>²〔 ˈblækˌbord 〕*n.*
    黑板

blackboard

DAY 3

13. **lame**⁵〔lem〕*adj.* 跛的
    <u>blame</u>³〔blem〕*v.* 責備

14. **blank**²〔blæŋk〕*adj.* 空白的
    <u>blanket</u>³〔'blæŋkɪt〕*n.* 毯子

15. **blood**¹〔blʌd〕*n.* 血
    <u>bleed</u>³〔blid〕*v.* 流血

bleed

16. **less**¹〔lɛs〕*adj.* 較少的
    <u>bless</u>³〔blɛs〕*v.* 祝福

17. **bind**²〔baɪnd〕*v.* 綁
    <u>blind</u>²〔blaɪnd〕*adj.* 瞎的

18. **lock**²〔lak〕*v. n.* 鎖
    <u>block</u>¹〔blak〕*n.* 街區

19. **louse**〔laʊs〕*n.* 虱子
    【複數形是 lice〔laɪs〕】
    <u>blouse</u>³〔blaʊz〕
    n. 女用上衣

blouse

20. **blue**¹〔blu〕*adj.* 藍色的
    <u>glue</u>²〔glu〕*n.* 膠水

21. **boat**¹〔bot〕*n.* 船
    <u>float</u>³〔flot〕*v.* 飄浮；漂浮

22. **body**¹〔'badɪ〕*n.* 身體
    <u>antibody</u>⁶〔'æntɪ,badɪ〕*n.* 抗體

23. **oil**¹〔ɔɪl〕*n.* 油
    <u>boil</u>²〔bɔɪl〕*v.* 沸騰

24. **bomb**²〔bam〕*n.* 炸彈
    <u>bombard</u>⁶〔bam'bard〕*v.* 轟炸

25. **pond**¹〔pand〕*n.* 池塘
    <u>bond</u>⁴〔band〕*n.* 束縛；關係

26. **bone**¹〔bon〕*n.* 骨頭
    <u>bonus</u>⁵〔'bonəs〕*n.* 獎金；
    額外贈品

27. **book**¹〔bʊk〕*n.* 書　*v.* 預訂
    <u>bookcase</u>²〔'bʊk,kes〕*n.* 書架
    <u>bookmark</u>²〔'bʊk,mark〕*n.* 書籤

bookcase

28. **bookshop**〔ˋbʊkˌʃap〕
    n. 書店
    bookstore〔ˋbʊkˌstor〕
    n. 書店 } 同義字
    bookshelf〔ˋbʊkˌʃɛlf〕*n.* 書架

bookshelf

29. **boom**⁵〔bum〕*v.* 興隆
    zoom⁵〔zum〕*v.* 將畫面推進
    或拉遠

30. **boot**³〔but〕*n.* 靴子
    booth⁵〔buθ〕*n.*
    攤位;公共電話亭
    telephone booth
    電話亭

31. **order**¹〔ˋɔrdɚ〕*n.* 命令;順序
    border³〔ˋbɔrdɚ〕*n.* 邊界

32. **bore**³〔bor〕*v.* 使無聊
    bored〔bord〕*adj.* 覺得無聊的
    boring〔ˋborɪŋ〕*adj.* 無聊的

33. **born**¹〔bɔrn〕*adj.* 天生的
    stubborn³〔ˋstʌbən〕*adj.* 頑固的

34. **row**〔ro〕*n.* 排
    borrow²〔ˋbaro〕*v.* 借

35. **boss**¹〔bɔs〕*n.* 老闆
    bass⁵〔bes〕*adj.* 低音的

36. **botany**⁵〔ˋbatṇɪ〕*n.* 植物學
    botanical〔bəˋtænɪkḷ〕*adj.*
    植物學的

37. **bother**²〔ˋbaðɚ〕*v.* 打擾
    brother¹〔ˋbrʌðɚ〕*n.* 兄弟

38. **bottle**²〔ˋbatḷ〕*n.* 瓶子
    bottom¹〔ˋbatəm〕*n.* 底部

39. **ounce**⁵〔aʊns〕*n.* 盎司
    (略作 oz.,等於 ¹⁄₁₆磅)
    bounce⁴〔baʊns〕
    v. 反彈

40. **bound**⁵〔baʊnd〕*adj.* 被束
    縛的
    boundary⁵〔ˋbaʊndərɪ〕*n.*
    邊界

41. **bow**²〔bo〕*n.* 蝴蝶結
    bow²〔baʊ〕*v.* 鞠躬
    n. 船首【音像抱肚子】

DAY 3

42. **bowl**[1] 〔 bol 〕 *n.* 碗
　　<u>bowling</u>[2] 〔'bolɪŋ 〕 *n.* 保齡球

bowling

43. **box**[1] 〔 bɑks 〕 *n.* 箱子
　　<u>boxing</u>[5] 〔'bɑksɪŋ 〕 *n.* 拳擊

boxing

44. **boy**[1] 〔 bɔɪ 〕 *n.* 男孩
　　<u>boycott</u>[6] 〔'bɔɪ‚kɑt 〕 *v.* 聯合
抵制；杯葛

45. **rain**[1] 〔 ren 〕 *n.* 雨　　*v.* 下雨
　　<u>brain</u>[2] 〔 bren 〕 *n.* 頭腦

46. **break**[1] 〔 brek 〕 *v.* 打破 ⎱ 同
　　<u>brake</u>[3] 〔 brek 〕 *n.* 煞車 ⎰ 音字

47. **ranch**[5] 〔 ræntʃ 〕 *n.*
牧場
<u>branch</u>[2] 〔 bræntʃ 〕
n. 樹枝；分店

48. **brand**[2] 〔 brænd 〕 *n.* 品牌
　　<u>brand-new</u> 〔'brænd‚nju 〕 *adj.*
全新的

49. **brave**[1] 〔 brev 〕 *adj.* 勇敢的
　　<u>bravery</u>[3] 〔'brevərɪ 〕 *n.* 勇敢

50. **read**[1] 〔 rɛd 〕 *v.* 閱讀
　　【read 的過去式】
　　<u>bread</u>[1] 〔 brɛd 〕 *n.* 麵包

51. **breakfast**[1] 〔'brɛkfəst 〕 *n.* 早餐
　　<u>breakthrough</u>[6] 〔'brek‚θru 〕 *n.*
突破
　　【注意發音，break 作「破裂」解
　　時，ea 才讀 /e/】

52. **beast**[3] 〔 bist 〕 *n.* 野獸
　　<u>breast</u>[3] 〔 brɛst 〕 *n.* 胸部

53. **breath**[3] 〔 brɛθ 〕 *n.* 呼吸
　　<u>breathe</u>[3] 〔 brið 〕 *v.* 呼吸
　　<u>breathless</u>[3] 〔'brɛθləs 〕 *adj.*
呼吸急促的；喘不過氣來的

54. **brew**[6] 〔 bru 〕 *v.* 釀造
<u>brewery</u> 〔ˈbruərɪ〕 *n.* 啤酒
公司；啤酒廠

55. **brick**[2] 〔 brɪk 〕 *n.* 磚頭
<u>trick</u>[2] 〔 trɪk 〕 *n.* 詭計；把戲

brick

56. **bride**[3] 〔 braɪd 〕 *n.* 新娘
<u>bridegroom</u>[4] 〔ˈbraɪd͵grum 〕
n. 新郎 (= *groom*)

bridegroom / bride

57. **ridge**[5] 〔 rɪdʒ 〕 *n.* 山脊
<u>bridge</u>[1] 〔 brɪdʒ 〕 *n.* 橋

ridge

58. **brief**[2] 〔 brif 〕 *adj.* 簡短的
<u>briefcase</u>[5] 〔ˈbrif͵kes 〕
n. 公事包

59. **right**[1] 〔 raɪt 〕 *adj.* 對的；
右邊的　*n.* 權利；右邊
<u>bright</u>[1] 〔 braɪt 〕 *adj.* 明亮的

60. **brilliant**[3] 〔ˈbrɪljənt 〕 *adj.*
燦爛的
<u>valiant</u>[6] 〔ˈvæljənt 〕 *adj.*
英勇的

valiant

61. **broad**[2] 〔 brɔd 〕 *adj.* 寬的
<u>broadcast</u>[2] 〔ˈbrɔd͵kæst 〕 *v.*
廣播；播送

62. **sure**[1] 〔 ʃur 〕 *adj.* 確定的
<u>brochure</u>[6] 〔 broˈʃur 〕 *n.*
小冊子
【注意拼字】

DAY 3

63. **broke**[4]〔brok〕*adj.* 沒錢的；
破產的
broken (ˈbrokən)〔*adj.* 壞了的

64. **room**[1]〔rum〕*n.* 房間；空間
broom[3]〔brum〕*n.*
掃帚

65. **brow**[3]〔braʊ〕*n.* 眉毛
（= *eyebrow*[2]）
brown[1]〔braʊn〕*adj.* 棕色的

66. **lunch**[1]〔lʌntʃ〕*n.* 午餐
brunch[2]〔brʌntʃ〕*n.* 早午餐

67. **rush**[2]〔rʌʃ〕*v.* 衝
n. 匆忙
brush[2]〔brʌʃ〕*n.* 刷子

68. **Buddha** (ˈbʊdə)*n.* 佛陀
Buddhist (ˈbʊdɪst)*n.* 佛教徒
Buddhism (ˈbʊdɪzəm)*n.*
佛教

Buddha

69. **bud**[3]〔bʌd〕*n.* 芽；
花蕾
budget[3]（ˈbʌdʒɪt）
n. 預算

70. **but**[1]〔bʌt〕*conj.* 但是
buffet[3]〔bʌˈfe〕*n.* 自助餐

71. **build**[1]〔bɪld〕*v.* 建造
building[1]（ˈbɪldɪŋ）*n.* 建築物

72. **bun**[2]〔bʌn〕*n.* 小圓麵包
bunch[3]〔bʌntʃ〕*n.*（水果的）
串；（花）束
bungalow（ˈbʌŋɡəˌlo）*n.* 平房

bungalow

73. **garden**[1]（ˈɡɑrdn̩）*n.* 花園
burden[3]（ˈbɝdn̩）*n.* 負擔

74. **bureaucracy**[6]〔bjʊˈrɑkrəsɪ〕
n. 官僚作風
bureaucratic[6]〔ˌbjʊrəˈkrætɪk〕
adj. 官僚的；官僚作風的

75. **burger**[2]〔'bɝgɚ〕n. 漢堡
(= *hamburger*[2])

burglar[3] 〔'bɝglɚ〕n. 竊賊

burger

76. **bus**[1] 〔bʌs〕n. 公車

bus stop 公車站

77. **bush**[3] 〔bʊʃ〕n. 灌木叢

ambush[6] 〔'æmbʊʃ〕n. 埋伏

bush

78. **busy**[1] 〔'bɪzɪ〕adj. 忙碌的

business[2] 〔'bɪznɪs〕n. 生意

79. **businessman** 〔'bɪznɪs,mæn〕
n. 商人

businesswoman
〔'bɪznɪs,wʊmən〕n. 女商人

80. **butcher**[5] 〔'bʊtʃɚ〕n. 屠夫

butchery 〔'bʊtʃərɪ〕n. 屠殺

butcher

81. **butter**[1] 〔'bʌtɚ〕n. 奶油

butterfly[1] 〔'bʌtɚ,flaɪ〕n. 蝴蝶

butterfly

82. **button**[2] 〔'bʌtn̩〕n. 按鈕;
鈕扣

mutton[5] 〔'mʌtn̩〕n. 羊肉

83. **by**[1] 〔baɪ〕prep. 藉由;
搭乘

bye 〔baɪ〕interj. 再見

buy[1] 〔baɪ〕v. 買

} 同音字

84. **cab** 〔kæb〕n. 計程車 (= *taxi*[1])

cabbage[2] 〔'kæbɪdʒ〕n. 甘藍菜

DAY 3

85. **cafe**² 〔 kə'fe 〕 *n.* 咖啡店
(= *café*)
<u>cafeteria</u>² 〔ˌkæfə'tɪrɪə 〕 *n.* 自助
餐廳

86. **age**¹ 〔 edʒ 〕 *n.* 年紀
<u>cage</u>¹ 〔 kedʒ 〕 *n.* 籠子

87. **cake**¹ 〔 kek 〕 *n.* 蛋糕
<u>lake</u>¹ 〔 lek 〕 *n.* 湖

88. **calculate**⁴ 〔'kælkjəˌlet 〕 *v.*
計算
<u>calculator</u>⁴ 〔'kælkjəˌletɚ 〕 *n.*
計算機

calculator

89. **calm**² 〔 kɑm 〕 *adj.* 冷靜的
<u>palm</u>² 〔 pɑm 〕 *n.* 手掌；棕櫚樹

90. **came** 〔 kem 〕 *v.* 來
【come 的過去式】
<u>camel</u>¹ 〔'kæml̩ 〕 *n.* 駱駝
<u>camera</u>¹ 〔'kæmərə 〕 *n.* 照相機；
攝影機

camel

91. **camp**¹ 〔 kæmp 〕 *v.* 露營
<u>campaign</u>⁴ 〔 kæm'pen 〕 *n.*
活動

camp

92. **can**¹ 〔 kæn 〕 *aux.* 能夠
n. 罐頭
<u>garbage can</u> 垃圾筒
<u>can opener</u> 開罐器

can opener

93. **canal**⁵ 〔 kə'næl 〕 *n.* 運河
<u>canary</u>⁵ 〔 kə'nɛrɪ 〕
n. 金絲雀

94. **cancer**[2] 〔ˈkænsɚ〕 *n.* 癌症
　　<u>cancel</u>[2] 〔ˈkænsḷ〕 *v.* 取消

95. **candy**[1] 〔ˈkændɪ〕 *n.* 糖果
　　<u>candle</u>[2] 〔ˈkændḷ〕 *n.* 蠟燭
　　<u>candidate</u>[4] 〔ˈkændə‚det〕 *n.*
　　候選人

candle

96. **nineteen**[1] 〔naɪnˈtin〕 *n.* 十九
　　<u>canteen</u> 〔kænˈtin〕 *n.* 餐廳

97. **cap**[1] 〔kæp〕 *n.* (無邊的) 帽子
　　<u>capital</u>[3,4] 〔ˈkæpətḷ〕 *n.* 首都；
　　資本
　　<u>capsule</u>[6] 〔ˈkæpsḷ〕 *n.* 膠囊

capsule

98. **captain**[2] 〔ˈkæptən〕 *n.* 船長
　　<u>caption</u>[6] 〔ˈkæpʃən〕 *n.* 標題；
　　(照片的) 說明

99. **car**[1] 〔kɑr〕 *n.* 汽車
　　<u>carbon</u>[5] 〔ˈkɑrbən〕 *n.* 碳
　　<u>cartoon</u>[2] 〔kɑrˈtun〕 *n.* 卡通

100. **card**[1] 〔kɑrd〕 *n.* 卡片
　　　<u>card games</u> 紙牌遊戲

card games

101. **care**[1] 〔kɛr〕 *v.* 在乎　*n.* 照顧
　　　<u>careful</u>[1] 〔ˈkɛrfəl〕 *adj.* 小心的
　　　<u>careless</u> 〔ˈkɛrlɪs〕 *adj.* 不小心的

102. **carpet**[2] 〔ˈkɑrpɪt〕 *n.* 地毯
　　　<u>carpenter</u>[3] 〔ˈkɑrpəntɚ〕 *n.*
　　　木匠

103. **carry**[1] 〔ˈkærɪ〕 *v.* 攜帶；拿著
　　　<u>carrier</u>[4] 〔ˈkærɪɚ〕 *n.* 帶菌者
　　　<u>carriage</u>[3] 〔ˈkærɪdʒ〕 *n.* 四輪
　　　馬車

carriage

DAY 3

104. **carrot**² 〔'kærət 〕 *n.*
胡蘿蔔
<u>parrot</u>² 〔'pærət 〕 *n.* 鸚鵡

105. **carve**⁴ 〔 kɑrv 〕 *v.* 雕刻
<u>starve</u>³ 〔 stɑrv 〕 *v.* 饑餓；餓死

106. **case**¹ 〔 kes 〕 *n.* 情況；例子
<u>suitcase</u>⁵ 〔'sut,kes 〕
n. 手提箱

107. **cash**² 〔 kæʃ 〕 *n.* 現金
<u>cashier</u>⁶ 〔 kæ'ʃɪr 〕 *n.* 出納員

cashier

108. **cigarette**³ 〔'sɪgə,rɛt 〕 *n.* 香煙
<u>cassette</u>² 〔 kæ'sɛt 〕 *n.* 卡式錄音帶

109. **cast**³ 〔 kæst 〕 *v.* 投擲
<u>castle</u>² 〔'kæsl̩ 〕 *n.* 城堡

castle

110. **casual**³ 〔'kæʒuəl 〕 *adj.* 非正式的
<u>usual</u>² 〔'juʒuəl 〕 *adj.* 平常的

111. **cat**¹ 〔 kæt 〕 *n.* 貓
<u>catalogue</u>⁴ 〔'kætl̩,ɔg 〕 *n.*
目錄 (= *catalog*)
catastrophe⁶ 〔 kə'tæstrəfɪ 〕
n. 大災難

112. **catch**¹ 〔 kætʃ 〕 *v.* 抓住；吸引（注意）
<u>hatch</u>³ 〔 hætʃ 〕 *v.* 孵化

hatch

113. **glory**³ 〔'glorɪ 〕 *n.* 光榮
<u>category</u>⁵ 〔'kætə,gorɪ 〕 *n.*
範疇；類別

114. **cater**⁶ 〔'ketɚ 〕 *v.* 迎合 < *to* >
<u>crater</u>⁵ 〔'kretɚ 〕 *n.* 火山口

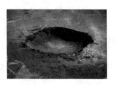

crater

Day 3 Exercise

※ 請根據上下文意，選出一個最正確的答案。

1. If you're interested in the history of classical music, you should read this _____ of Mozart.
   - (A) biology
   - (B) bishop
   - (C) biography
   - (D) biochemistry
       (　　)

2. She tore a _____ page from the notebook.
   - (A) casual
   - (B) blank
   - (C) broad
   - (D) bureaucratic
       (　　)

3. The _____ left a number of clues at the scene of the crime.
   - (A) bridegroom
   - (B) bishop
   - (C) butcher
   - (D) burglar
       (　　)

4. Drug smugglers frequently cross international _____.
   - (A) bravery
   - (B) carpets
   - (C) boundaries
   - (D) burdens
       (　　)

5. The fashion boutique _____ to affluent women.
   - (A) catered
   - (B) burst
   - (C) buried
   - (D) cast
       (　　)

6. He was a _____ scientist who made many ground-breaking discoveries.

   (A) brief

   (B) breathless

   (C) brilliant

   (D) breathless   ( )

7. A man was standing on the corner, passing out _____ for a new local business.

   (A) budgets

   (B) brochures

   (C) buttons

   (D) bunches   ( )

8. The hotel offers a free _____ breakfast.

   (A) buffet

   (B) brand

   (C) bottom

   (D) bonus   ( )

9. The Ministry of Tourism introduced a new _____ to attract more foreign visitors.

   (A) caption

   (B) capsule

   (C) campaign

   (D) cassette   ( )

10. Many climatologists are warning that the Earth is headed for an environmental _____.

   (A) catastrophe

   (B) catalogue

   (C) category

   (D) carriage   ( )

DAY 3

第四天 ⇨ DAY 4

1. **Catholic**（ˈkæθəlɪk）adj. 天主教的
   <u>cathedral</u>⁵（kəˈθidrəl）n. 大教堂

cathedral

2. **cattle**³（ˈkætḷ）n. 牛
   <u>battle</u>²（ˈbætḷ）n. 戰役

3. **caution**⁵（ˈkɔʃən）n. 小心；謹慎
   <u>cautious</u>⁵（ˈkɔʃəs）adj. 小心的；謹慎的

4. **cave**²（kev）n. 洞穴
   <u>wave</u>²（wev）n. 波浪

cave

5. **CD**⁴ n. 雷射唱片
   （= compact disk）
   <u>CD-ROM</u>（ˌsidiˈrɑm）n. 唯讀光碟

6. **ceiling**²（ˈsilɪŋ）n. 天花板
   <u>shilling</u>⁶（ˈʃɪlɪŋ）n. 先令
   （英國貨幣單位）

ceiling

7. **celebrate**³（ˈsɛləˌbret）v. 慶祝
   <u>celebration</u>⁴（ˌsɛləˈbreʃən）n. 慶祝活動

8. **cell**²（sɛl）n. 細胞
   <u>cellar</u>⁵（ˈsɛlə）n. 地窖

9. **cent**¹（sɛnt）n. 分
   <u>centigrade</u>⁵（ˈsɛntəˌgred）adj. 攝氏的
   <u>centimeter</u>³（ˈsɛntəˌmitə）n. 公分（= centimetre【英式用法】）

10. **center**¹（ˈsɛntə）n. 中心
    （= centre【英式用法】）
    <u>central</u>²（ˈsɛntrəl）adj. 中央的
    <u>century</u>²（ˈsɛntʃərɪ）n. 世紀

DAY 4

11. **ceremony**⁵ (ˈsɛrəˌmonɪ) *n.*
典禮
harmony⁴ (ˈhɑrmənɪ) *n.* 和諧

12. **certain**¹ (ˈsɜtṇ) *adj.* 確定的
certainly¹ (ˈsɜtṇlɪ) *adv.* 一定；
當然

13. **certify**⁶ (ˈsɜtəˌfaɪ) *v.* 證明
certificate⁵ (səˈtɪfəkɪt) *n.* 證書

14. **chain**³ (tʃen) *n.* 鏈子
chainstore (ˈtʃenˌstor) *n.*
連鎖店

15. **chair**¹ (tʃɛr) *n.* 椅子
chairman⁵ (ˈtʃɛrmən) *n.* 主席
chairwoman⁵ (ˈtʃɛrˌwumən)
n. 女主席

16. **chalk**² (tʃɔk) *n.* 粉筆
chunk⁶ (tʃʌŋk) *n.*
厚塊

chalk

17. **challenge**³ (ˈtʃælɪndʒ) *n.*
挑戰
challenging (ˈtʃælɪndʒɪŋ) *adj.*
有挑戰性的

18. **champ** (tʃæmp) *n.* 冠軍
champion³ (ˈtʃæmpɪən)
n. 冠軍
championship⁴
(ˈtʃæmpɪənˌʃɪp) *n.* 冠軍資格

} 同義字

championship

19. **chance**¹ (tʃæns) *n.* 機會
change² (tʃendʒ) *v.* 改變
changeable³ (ˈtʃendʒəbḷ)
adj. 可改變的

20. **channel**³ (ˈtʃænḷ) *n.* 頻道；
海峽
Chanel (ʃɑˈnel) *n.* 香奈兒
【品牌名】

CHANEL

DAY 4

21. **chant**[5] 〔 tʃænt 〕 *v.* 吟唱

    merchant[3] 〔 ˈmɝtʃənt 〕 *n.* 商人

checkbook

22. **chaos**[6] 〔 ˈkeɑs 〕 *n.* 混亂

    disorder[4] 〔 dɪsˈɔrdɚ 〕

    n. 混亂；疾病

    } 同義字

29. **cheek**[3] 〔 tʃik 〕 *n.* 臉頰

    cheer[3] 〔 tʃɪr 〕 *v.* 使振作

    cheer up 高興起來；振作起來

cheek

23. **character**[2] 〔 ˈkærɪktɚ 〕 *n.* 性格

    characteristic[4]

    〔 ˌkærɪktəˈrɪstɪk 〕 *n.* 特性

30. **Cheers!** 〔 tʃɪrz 〕 *interj.* 乾杯！

    cheerful[3] 〔 ˈtʃɪrfəl 〕

    adj. 愉快的

24. **charge**[2] 〔 tʃɑrdʒ 〕 *v.* 收費；控告

    discharge[6] 〔 dɪsˈtʃɑrdʒ 〕 *v.*

    解雇

31. **cheese**[3] 〔 tʃiz 〕 *n.* 起司

    cheesecake 〔 ˈtʃizˌkek 〕 *n.* 起司

    蛋糕

25. **chart**[1] 〔 tʃɑrt 〕 *n.* 圖表

    chapter[3] 〔 ˈtʃæptɚ 〕 *n.* 章

32. **chief**[1] 〔 tʃif 〕 *adj.* 主要的

    n. 首長

    chef[5] 〔 ʃɛf 〕 *n.* 主廚

26. **chat**[3] 〔 tʃæt 〕 *v.* 聊天

    chatter[5] 〔 ˈtʃætɚ 〕 *v.* 喋喋不休

27. **cheap**[2] 〔 tʃip 〕 *adj.* 便宜的

    cheat[2] 〔 tʃit 〕 *v.* 欺騙；作弊

33. **chemistry**[4] 〔 ˈkɛmɪstrɪ 〕 *n.* 化學

    chemical[2] 〔 ˈkɛmɪkl̩ 〕 *n.* 化學

    物質　*adj.* 化學的

28. **check**[1] 〔 tʃɛk 〕 *v.* 檢查　*n.* 支票

    checkbook[5] 〔 ˈtʃɛkˌbʊk 〕 *n.*

    支票簿

    chemist[5] 〔 ˈkɛmɪst 〕 *n.* 化學家

DAY 4

34. **chess**² 〔 tʃɛs 〕 *n.* 西洋棋
    chest³ 〔 tʃɛst 〕 *n.* 胸部

chess

35. **chew**³ 〔 tʃu 〕 *v.* 嚼
    crew³ 〔 kru 〕 *n.* (船、飛機的)
    全體工作人員

36. **chick**¹ 〔 tʃɪk 〕 *n.* 小雞
    chicken¹ 〔'tʃɪkən 〕 *n.*
    雞;雞肉

37. **child**¹ 〔 tʃaɪld 〕 *n.* 小孩
    childhood³ 〔'tʃaɪld‚hʊd 〕 *n.*
    童年

38. **choke**³ 〔 tʃok 〕 *v.* 使窒息;
    噎住
    chocolate² 〔'tʃɔkəlɪt 〕 *n.*
    巧克力   *adj.* 巧克力的

39. **choose**² 〔 tʃuz 〕 *v.* 選擇
    choice² 〔 tʃɔɪs 〕 *n.* 選擇

40. **choir**⁵ 〔 kwaɪr 〕 *n.* 唱詩班;
    合唱團【注意發音】
    chorus⁴ 〔'korəs 〕 *n.* 合唱團
    同義字

chorus

41. **chop**³ 〔 tʃɑp 〕 *v.* 砍;剁碎
    chopsticks² 〔'tʃɑp‚stɪks 〕 *n. pl.*
    筷子

chopsticks

42. **Christmas**¹ 〔'krɪsməs 〕 *n.*
    聖誕節 (= *Xmas*)
    Christian 〔'krɪstʃən 〕 *adj.*
    基督教的   *n.* 基督徒

43. **church**¹ 〔 tʃɝtʃ 〕 *n.* 教堂
    clutch⁵ 〔 klʌtʃ 〕 *v.* 緊抓
    n. 離合器

church

DAY 4

44. **cigar**[4]〔 sɪ'gɑr 〕*n.* 雪茄
    cigarette[3]〔'sɪgə,rɛt 〕*n.* 香煙

45. **cinema**[4]〔'sɪnəmə 〕*n.*
    電影（= movie[1]）；電影院
    theater[2]〔'θiətə 〕*n.* 戲院 〕同義字

46. **circle**[2]〔'sɝkḷ 〕*n.* 圓圈
    circuit[5]〔'sɝkɪt 〕*n.* 電路
    circus[3]〔'sɝkəs 〕*n.* 馬戲團

47. **circulate**[4]〔'sɝkjə,let 〕*v.*
    循環
    circulation[4]〔,sɝkjə'leʃən 〕*n.*
    循環

48. **stance**〔 stæns 〕*n.* 立場
    circumstance[4]
    〔'sɝkəm,stæns 〕*n.* 情況

49. **city**[1]〔'sɪtɪ 〕*n.* 都市
    citizen[2]〔'sɪtəzn̩ 〕*n.* 公民

50. **civil**[3]〔'sɪvḷ 〕*adj.* 公民的
    civilian[4]〔 sə'vɪljən 〕*n.* 平民
    civilization[4]〔,sɪvḷə'zeʃən 〕
    n. 文明

51. **lap**[2]〔 læp 〕*n.* 膝上
    clap[2]〔 klæp 〕*v.* 鼓掌

52. **clarify**[4]〔'klærə,faɪ 〕*v.* 清楚地
    說明
    clarity[6]〔'klærətɪ 〕*n.* 清晰

53. **class**[1]〔 klæs 〕*n.* 班級
    classify[4]〔'klæsə,faɪ 〕*v.* 分類

54. **classic**[2]〔'klæsɪk 〕*adj.* 第一
    流的；古典的
    classical[3]〔'klæsɪkḷ 〕*adj.* 古典的

55. **classroom**〔'klæs,rum 〕*n.* 教室
    classmate〔'klæs,met 〕*n.*
    同班同學

56. **law**[1]〔 lɔ 〕*n.* 法律
    claw[2]〔 klɔ 〕*n.* 爪

claw

57. **lay**[1]〔 le 〕*v.* 下（蛋）；放置；
    奠定
    clay[2]〔 kle 〕*n.* 黏土

58. **clean**[1]〔 klin 〕*adj.* 乾淨的
    cleaner[2]〔'klinə 〕*n.* 清潔工；
    乾洗店

59. **clear**¹〔klɪr〕*adj.* 清楚的；
   清澈的
   <u>clearly</u>¹〔ˋklɪrlɪ〕*adv.* 清楚地

60. **clerk**²〔klɝk〕*n.* 店員；職員
   <u>clever</u>²〔ˋklɛvɚ〕*adj.* 聰明的

61. **lick**²〔lɪk〕*v.* 舔
   <u>click</u>³〔klɪk〕*n.*
   喀嗒聲

click

62. **mate**²〔met〕*n.* 伴侶
   <u>climate</u>²〔ˋklaɪmɪt〕*n.* 氣候

63. **limb**³〔lɪm〕*n.* 四肢
   <u>climb</u>¹〔klaɪm〕*v.* 爬；攀登
   【字尾 mb 的 b 不發音】

64. **clinic**³〔ˋklɪnɪk〕*n.* 診所
   <u>chronic</u>⁶〔ˋkranɪk〕*adj.* 慢性的

65. **clock**¹〔klɑk〕*n.* 時鐘
   <u>o'clock</u>¹〔əˋklɑk〕*adv.* …點鐘

66. **lone**²〔lon〕*adj.* 孤單的
   <u>clone</u>⁶〔klon〕*n.* 複製的生物
   v. 複製

67. **close**¹〔kloz〕*v.* 關上
   〔klos〕*adj.* 接近的
   <u>closet</u>²〔ˋklɑzɪt〕*n.* 衣櫥

closet

68. **cloth**²〔klɔθ〕*n.* 布
   <u>clothes</u>²〔kloz〕*n. pl.* 衣服
   <u>clothing</u>²〔ˋkloðɪŋ〕*n.* 衣服
   【集合名詞】

69. **cloud**¹〔klaʊd〕*n.* 雲
   <u>cloudy</u>²〔ˋklaʊdɪ〕*adj.* 多雲的

70. **club**²〔klʌb〕*n.* 俱樂部；社團
   <u>clumsy</u>⁴〔ˋklʌmzɪ〕*adj.* 笨拙的

71. **coal**²〔kol〕*n.* 煤
   <u>coach</u>²〔kotʃ〕*n.* 教練

72. **coat**¹〔kot〕*n.* 外套；大衣
   <u>coast</u>¹〔kost〕*n.* 海岸

coast

73. **Coco**〔ˈkoko〕*n.* 可可
（女子名）

cocoa〔ˈkoko〕*n.* 可可粉

同音字

74. **coffee**[1]〔ˈkɔfɪ〕*n.* 咖啡

caffeine[6]〔ˈkæfiɪn〕*n.*
咖啡因

75. **coin**[2]〔kɔɪn〕*n.* 硬幣

coincidence[6]
〔koˈɪnsədəns〕*n.* 巧合

76. **coke**[1]〔kok〕*n.* 可樂

Coca-Cola
〔ˌkokəˈkolə〕*n.* 可口可樂
（= *Coke*）

77. **cold**[1]〔kold〕*adj.* 冷的

cold-blooded〔ˈkoldˈblʌdɪd〕
adj. 冷血的

78. **collar**[3]〔ˈkɑlɚ〕*n.*
衣領

color[1]〔ˈkʌlɚ〕*n.* 顏色
【注意發音不同】

79. **league**[5]〔lig〕*n.* 聯盟

colleague[5]〔ˈkɑlig〕*n.* 同事
【注意發音】

80. **collect**[2]〔kəˈlɛkt〕*v.* 收集

collection[3]〔kəˈlɛkʃən〕*n.*
收集；收藏品

81. **college**[3]〔ˈkɑlɪdʒ〕*n.* 大學；
學院

knowledge[2]〔ˈnɑlɪdʒ〕*n.*
知識

82. **collide**[6]〔kəˈlaɪd〕*v.* 相撞

collision[6]〔kəˈlɪʒən〕*n.* 相撞

collision

83. **color**[1]〔ˈkʌlɚ〕*n.* 顏色

colorful[2]〔ˈkʌləfəl〕*adj.* 多彩
多姿的
（= *colourful*【英式用法】）

84. **comb**[2]〔kom〕*n.* 梳子

tomb[4]〔tum〕*n.* 墳墓
【字尾 mb 中的 b 不發音】

85. **combine**[3]〔kəmˈbaɪn〕*v.* 結合

combination[4]〔ˌkɑmbəˈneʃən〕
n. 結合

86. **come**¹ 〔 kʌm 〕 v. 來
    comedy⁴ 〔'kamədɪ 〕 n. 喜劇

87. **comfort**³ 〔'kʌmfət 〕 n. 舒適
    v. 安慰
    comfortable² 〔'kʌmfətəbḷ 〕
    adj. 舒適的；舒服的

88. **comma**³ 〔'kamə 〕 n. 逗點
    command³ 〔 kə'mænd 〕 v.
    命令

89. **comment**⁴ 〔'kamɛnt 〕 n. 評論
    commentary⁶ 〔'kamən,tɛrɪ 〕
    n. 評論
    commentator⁵
    〔'kamən,tetə 〕 n. 評論家

90. **commerce**⁴ 〔'kamɝs 〕 n. 商業
    commercial³ 〔 kə'mɝʃəl 〕 adj.
    商業的　n.（電視、廣播的）商
    業廣告

91. **commit**⁴ 〔 kə'mɪt 〕 v. 犯（罪）
    commitment⁶ 〔 kə'mɪtmənt 〕
    n. 承諾
    committee³ 〔 kə'mɪtɪ 〕
    n. 委員會

92. **common**¹ 〔'kamən 〕 adj.
    常見的
    commonplace⁵
    〔'kamən,ples 〕 n. 老生常談

93. **communicate**³
    〔 kə'mjunə,ket 〕 v. 溝通；聯繫
    communication⁴
    〔 kə,mjunə'keʃən 〕 n. 溝通；
    通訊

94. **communist**⁵ 〔'kamju,nɪst 〕
    n. 共產主義者
    communism⁵
    〔'kamju,nɪzəm 〕 n. 共產主義

95. **company**² 〔'kʌmpənɪ 〕 n.
    公司；同伴
    companion⁴ 〔 kəm'pænjən 〕
    n. 同伴；朋友

96. **compare**² 〔 kəm'pɛr 〕 v.
    比較；比喻
    comparative⁶ 〔 kəm'pærətɪv 〕
    adj. 比較的

compare

97. **pass**[1] 〔 pæs 〕 *v.* 經過

　　compass[5] 〔'kʌmpəs 〕

　　n. 羅盤；指南針

compass

98. **compensate**[6] 〔'kampən‚set 〕

　　v. 補償

　　compensation[6]

　　〔‚kampən'seʃən 〕 *n.* 補償

99. **compete**[3] 〔 kəm'pit 〕 *v.* 競爭

　　complete[2] 〔 kəm'plit 〕 *adj.*

　　完整的　 *v.* 完成

compete

100. **competition**[4] 〔‚kampə'tɪʃən 〕

　　n. 競爭

　　competitor[4] 〔 kəm'pɛtətɚ 〕

　　n. 競爭者

101. **competent**[6] 〔'kampətənt 〕

　　adj. 能幹的

　　competence[6] 〔'kampətəns 〕

　　n. 能力

102. **complex**[3] 〔'kamplɛks ,

　　kəm'plɛks 〕 *adj.* 複雜的

　　complexity[6] 〔 kəm'plɛksətɪ 〕

　　n. 複雜

103. **opponent**[5] 〔 ə'ponənt 〕

　　n. 對手

　　component[6] 〔 kəm'ponənt 〕

　　n. 成分

104. **position**[1] 〔 pə'zɪʃən 〕 *n.* 位置

　　composition[4]

　　〔‚kampə'zɪʃən 〕 *n.* 作文

105. **comprehend**[5]

　　〔‚kamprɪ'hɛnd 〕 *v.* 理解

　　comprehension[5]

　　〔‚kamprɪ'hɛnʃən 〕 *n.* 理解力

106. **promise**[2] 〔'pramɪs 〕 *v.* 保證

　　compromise[5]

　　〔'kamprə‚maɪz 〕 *v.* 妥協

107. **compulsory** 〔 kəm'pʌlsərɪ 〕

　　adj. 義務的；強制性的

　　compulsory education

　　義務教育

108. **computer**[2] 〔 kəm'pjutɚ 〕 *n.*

　　電腦

　　computer game　電腦遊戲

DAY 4

109. **concentrate**⁴ (ˈkɑnsṇˌtret)
   v. 專心；集中
   concentration⁴
   (ˌkɑnsṇˈtreʃən) *n.* 專心；集中

condemn

110. **concept**⁴ (ˈkɑnsɛpt) *n.*
   觀念
   conception⁶
   (kənˈsɛpʃən) *n.* 觀念
   同義字

111. **concern**³ (kənˈsɜn) *n.* 關心
   concert³ (ˈkɑnsɜt) *n.* 音樂會；
   演唱會

112. **conclude**³ (kənˈklud) *v.*
   下結論；結束
   conclusion³ (kənˈkluʒən)
   n. 結論

113. **concrete**⁴ (kɑnˈkrit)
   adj. 具體的
   abstract⁴ (ˈæbstrækt)
   adj. 抽象的
   反義詞

114. **condemn**⁵ (kənˈdɛm) *v.*
   譴責
   condense⁶ (kənˈdɛns) *v.*
   濃縮

115. **condition**³ (kənˈdɪʃən) *n.*
   情況
   tradition² (trəˈdɪʃən) *n.* 傳統

116. **conduct**⁵ (kənˈdʌkt)
   v. 進行；做
   conductor⁴
   (kənˈdʌktɚ) *n.* 指揮

117. **conference**⁴ (ˈkɑnfərəns) *n.*
   會議
   reference⁴ (ˈrɛfərəns) *n.* 參考

118. **confident**³ (ˈkɑnfədənt)
   adj. 有信心的
   confidential⁶ (ˌkɑnfəˈdɛnʃəl)
   adj. 機密的

Day 4　Exercise

※ 請根據上下文意，選出一個最正確的答案。

1. The deer were very _____ and reluctant to approach humans.
   - (A)　certain
   - (B)　cautious
   - (C)　central
   - (D)　civil　　　　　　　　　　　　　　　(　)

2. He earned a _____ in welding from Thompson Vocational School.
   - (A)　certificate
   - (B)　chapter
   - (C)　cheek
   - (D)　circuit　　　　　　　　　　　　　(　)

3. He _____ the boys to stop fighting.
   - (A)　cloned
   - (B)　concluded
   - (C)　commanded
   - (D)　condemned　　　　　　　　　　　(　)

4. Her sparkling blue eyes are her most attractive _____.
   - (A)　collision
   - (B)　civilization
   - (C)　characteristic
   - (D)　character　　　　　　　　　　　(　)

5. The documents are _____ and not to be shared with anyone.
   - (A)　confidential
   - (B)　confident
   - (C)　commercial
   - (D)　complex　　　　　　　　　　　(　)

DAY 4

6. The footnotes at the bottom of each page should _____ any questions you might have about the text.
   - (A) classify
   - (B) compete
   - (C) conduct
   - (D) clarify   ( )

7. By an amazing _____, all three daughters were born on the same date.
   - (A) circumstance
   - (B) conference
   - (C) coincidence
   - (D) competence   ( )

8. Bored by his job at a factory, he started looking for a more _____ position.
   - (A) cheerful
   - (B) clumsy
   - (C) challenging
   - (D) compulsory   ( )

9. They have to work on Saturday to _____ for the upcoming holiday.
   - (A) communicate
   - (B) combine
   - (C) commit
   - (D) compensate   ( )

10. It will take a few moments for the medication to _____ through your blood stream.
    - (A) concentrate
    - (B) circulate
    - (C) charge
    - (D) chant   ( )

DAY 4

第五天 ⇨ DAY 5

1. **firm**[2] 〔 fɝm 〕 *adj.* 堅定的　*n.* 公司
   confirm[2] 〔 kən'fɝm 〕 *v.* 證實；
   確認

2. **conflict**[2] 〔 kən'flɪkt 〕 *v.* 衝突　｜破
   conflict[2] 〔 'kɑnflɪkt 〕 *n.* 衝突　｜音字

3. **fuse**[5] 〔 fjuz 〕 *n.* 保險絲
   confuse[3] 〔 kən'fjuz 〕
   v. 使困惑

4. **congratulate**[4]
   〔 kən'grætʃə,let 〕 *v.* 祝賀
   congratulation[2]
   〔 kən,grætʃə'leʃən 〕 *n.* 祝賀；
   （ *pl.* ）恭喜

5. **connect**[3] 〔 kə'nɛkt 〕 *v.* 連接
   connection[3] 〔 kə'nɛkʃən 〕 *n.*
   關聯

6. **conscience**[4] 〔 'kɑnʃəns 〕 *n.* 良心
   conscientious[6] 〔 ,kɑnʃɪ'ɛnʃəs 〕
   adj. 有良心的；負責盡職的

7. **sense**[1] 〔 sɛns 〕 *n.* 感覺
   consensus[6] 〔 kən'sɛnsəs 〕 *n.*
   共識

8. **sequence**[6] 〔 'sikwəns 〕 *n.*
   連續；一連串
   consequence[4]
   〔 'kɑnsə,kwɛns 〕 *n.* 後果

sequence

9. **conserve**[5] 〔 kən'sɝv 〕 *v.*
   節省；保護
   conservation[6]
   〔 ,kɑnsə'veʃən 〕 *n.* 節省；保護
   conservative[6]
   〔 kən'sɝvətɪv 〕 *adj.* 保守的

10. **consider**[2] 〔 kən'sɪdə 〕 *v.*
    認為；考慮
    considerate[5] 〔 kən'sɪdərɪt 〕
    adj. 體貼的
    consideration[3]
    〔 kən,sɪdə'reʃən 〕 *n.* 考慮

11. **consist**[4] 〔 kən'sɪst 〕 *v.* 由…
    組成 < of >
    consistent[4] 〔 kən'sɪstənt 〕
    adj. 一致的

DAY 5

12. **constant**[3]〔'kɑnstənt〕*adj.*
不斷的
instant[2]〔'ɪnstənt〕
adj. 立即的　*n.* 瞬間

13. **constitute**[4]〔'kɑnstə,tjut〕
v. 構成
constitution[4]
〔,kɑnstə'tjuʃən〕*n.* 憲法

14. **construct**[4]〔kən'strʌkt〕*v.*
建造
construction[4]
〔kən'strʌkʃən〕*n.* 建設

construct

15. **consult**[4]〔kən'sʌlt〕*v.* 查閱；
請教
consultant[4]〔kən'sʌltənt〕*n.*
顧問

16. **consume**[4]〔kən'sum,-'sjum〕
v. 消耗；吃（喝）
consumption[6]〔kən'sʌmpʃən〕
n. 消耗；吃（喝）

17. **contain**[2]〔kən'ten〕*v.* 包含
container[4]〔kən'tenɚ〕*n.*
容器；貨櫃

container

18. **temporary**[3]〔'tɛmpə,rɛrɪ〕
adj. 暫時的
contemporary[5]
〔kən'tɛmpə,rɛrɪ〕*adj.* 當代的；
同時代的

19. **tent**[2]〔tɛnt〕*n.* 帳篷
content[4]〔'kɑntɛnt〕*n.* 內容
〔kən'tɛnt〕*adj.* 滿足的

tent

20. **continent**[3]〔'kɑntənənt〕
n. 洲；大陸
continental[5]〔,kɑntə'nɛntḷ〕
adj. 大陸的

21. **continue**[1]〔kən'tɪnju〕*v.* 繼續
continuous[4]〔kən'tɪnjʊəs〕
adj. 連續的

DAY 5

22. **contradict** [6] (ˌkɑntrə'dɪkt) v.
與…矛盾
contradiction [6]
(ˌkɑntrə'dɪkʃən) n. 矛盾
contradictory
(ˌkɑntrə'dɪktərɪ) adj. 矛盾的

23. **contrary** [4] ('kɑntrɛrɪ) adj.
相反的　n. 正相反
contrast [4] ('kɑntræst) n. 對比

contrast

24. **contribute** [4] (kən'trɪbjut)
v. 貢獻
contribution [4]
(ˌkɑntrə'bjuʃən) n. 貢獻

25. **control** [2] (kən'trol) v. n. 控制
controversial [6]
(ˌkɑntrə'vɝʃəl) adj. 引起爭論
的；有爭議的

26. **convenient** [2] (kən'vinjənt)
adj. 方便的
convenience [4] (kən'vinjəns)
n. 方便

27. **convention** [4] (kən'vɛnʃən)
n. 代表大會
conventional [4]
(kən'vɛnʃən!) adj. 傳統的

28. **converse** [4] (kən'vɝs) v. 談話
conversation [2]
(ˌkɑnvɚ'seʃən) n. 對話

29. **convey** [4] (kən've) v. 傳達
survey [3] (sɚ've) v. 調查

30. **convince** [4] (kən'vɪns) v.
使相信
province [5] ('prɑvɪns) n. 省

31. **cook** [1] (kʊk) v. 做菜
cookie [1] ('kʊkɪ) n.
餅乾
cooker [2] ('kʊkɚ) n. 烹調器具

32. **cool** [1] (kul) adj. 涼爽的
pool [1] (pul) n. 水池；游泳池

33. **copy** [2] ('kɑpɪ) v. 影印
n. 影本；複製品
copyright [5] ('kɑpɪˌraɪt) n.
著作權

DAY 5

34. **corn**[1] 〔 kɔrn 〕 *n.* 玉米

   <u>corn</u>er[2] 〔'kɔrnɚ〕 *n.* 角落

corn

35. **operation**[4] 〔ˌɑpə'reʃən〕 *n.* 手術

   <u>cooperation</u>[4] 〔 koˌɑpə'reʃən 〕 *n.* 合作

36. **correct**[1] 〔 kə'rɛkt 〕 *adj.* 正確的 *v.* 改正

   <u>correct</u>ion 〔 kə'rɛkʃən 〕 *n.* 訂正；修正

37. **pond**[1] 〔 pɑnd 〕 *n.* 池塘

   <u>corre</u>spond[4] 〔ˌkɔrə'spɑnd 〕 *v.* 通信；符合

38. **corrupt**[5] 〔 kə'rʌpt 〕 *adj.* 貪污的；腐敗的

   <u>bankrupt</u>[4] 〔'bæŋkrʌpt 〕 *adj.* 破產的

39. **cost**[1] 〔 kɔst 〕 *v.* 花費 *n.* 費用

   <u>cost</u>ly[2] 〔'kɔstlɪ 〕 *adj.* 昂貴的

40. **cosy** 〔'kozɪ 〕 *adj.* 溫暖而舒適的【英式用法】

   <u>cozy</u>[5] 〔'kozɪ 〕 *adj.* 溫暖而舒適的

   〕同義字

41. **cotton**[2] 〔'kɑtn̩ 〕 *n.* 棉

   <u>cottage</u>[4] 〔'kɑtɪdʒ 〕 *n.* 農舍

cottage

42. **cough**[2] 〔 kɔf 〕 *n. v.* 咳嗽

   <u>tough</u>[4] 〔 tʌf 〕 *adj.* 困難的【注意發音】

43. **count**[1] 〔 kaʊnt 〕 *v.* 數；重要

   <u>count</u>er[4] 〔'kaʊntɚ 〕 *n.* 櫃台

44. **country**[1] 〔'kʌntrɪ 〕 *n.* 國家

   <u>country</u>side[2] 〔'kʌntrɪˌsaɪd 〕 *n.* 鄉間

45. **couple**[2] 〔'kʌpl̩ 〕 *n.* 一對男女；夫婦

   <u>double</u>[2] 〔'dʌbl̩ 〕 *adj.* 兩倍的

46. **courage**[2] 〔ˈkɝɪdʒ〕 *n.* 勇氣
    encourage[2] 〔ɪnˈkɝɪdʒ〕 *v.*
    鼓勵

47. **course**[1] 〔kors〕 *n.* 課程
    curse[4] 〔kɝs〕 *v. n.* 詛咒

48. **court**[2] 〔kort〕 *n.* 法院；
    （網球）球場
    courtyard[5] 〔ˈkortˌjɑrd〕 *n.*
    庭院

court

49. **sin**[3] 〔sɪn〕 *n.* 罪
    cousin[2] 〔ˈkʌzn̩〕 *n.* 表（堂）兄
    弟姊妹

50. **cover**[1] 〔ˈkʌvɚ〕 *v.* 覆蓋
    recover[3] 〔rɪˈkʌvɚ〕 *v.* 恢復

51. **cow**[1] 〔kaʊ〕 *n.* 母牛
    cowboy[1] 〔ˈkaʊˌbɔɪ〕 *n.* 牛仔

cowboy

52. **rash**[6] 〔ræʃ〕 *adj.* 輕率的
    crash[3] 〔kræʃ〕 *v. n.* 墜毀；撞毀

crash

53. **crazy**[2] 〔ˈkrezɪ〕 *adj.* 瘋狂的
    crayon[2] 〔ˈkreən〕 *n.* 蠟筆

54. **cream**[2] 〔krim〕 *n.* 奶油
    scream[3] 〔skrim〕 *v.* 尖叫

55. **create**[2] 〔krɪˈet〕 *v.* 創造
    creature[3] 〔ˈkritʃɚ〕 *n.* 生物；
    動物

56. **credit**[3] 〔ˈkrɛdɪt〕 *n.* 信用
    credit card 信用卡

57. **crew**[3] 〔kru〕 *n.* （船、飛機的）
    全體工作人員
    crow[1,2] 〔kro〕 *n.* 烏鴉
    v.（公雞）啼叫

crow

58. **crime**[2] 〔kraɪm〕 *n.* 罪
    criminal[3] 〔ˈkrɪmənl̩〕 *n.* 罪犯
    adj. 犯罪的

59. **criterion**[6] (kraɪˋtɪrɪən) n.
標準
criteria (kraɪˋtɪrɪə) n. pl. 標準

60. **cop** (kɑp) n. 警察
crop[2] (krɑp) n. 農作物

cop

61. **cross**[2] (krɔs) v. 越過
crossing[5] (ˋkrɔsɪŋ) n. 穿越處
crossroads (ˋkrɔsˏrodz) n.
十字路口

crossing

62. **crowd**[2] (kraʊd) n. 群眾;人群
crowded (ˋkraʊdɪd) adj.
擁擠的

63. **cruel**[2] (ˋkruəl) adj. 殘忍的
cruelty[4] (ˋkruəltɪ) n. 殘忍

64. **cry**[1] (kraɪ) v. 哭
crystal[5] (ˋkrɪstl̩) n. 水晶

65. **cube**[4] (kjub) n. 立方體
cubic (ˋkjubɪk) adj.
立方體的

66. **cuisine**[5] (kwɪˋzin) n. 菜餚
French cuisine 法國菜

67. **culture**[2] (ˋkʌltʃɚ) n. 文化
agriculture[3] (ˋægrɪˏkʌltʃɚ)
n. 農業

68. **cup**[1] (kʌp) n. 杯子
cupboard[3] (ˋkʌbɚd) n. 碗櫥
【注意發音】

cupboard

69. **cure**[2] (kjʊr) v. 治療
curious[2] (ˋkjʊrɪəs) adj.
好奇的

70. **current**³〔'kɝənt〕*adj.*
現在的

　　currency⁵〔'kɝənsɪ〕*n.* 貨幣

currency

71. **curry**⁵〔'kɝɪ〕*n.* 咖哩

　　curriculum⁵〔kə'rɪkjələm〕
　　n. 課程

curry

72. **curtain**²〔'kɝtn̩〕*n.* 窗簾

　　certain¹〔'sɝtn̩〕*adj.* 確定的

curtain

73. **fashion**³〔'fæʃən〕*n.* 流行

　　cushion⁴〔'kuʃən〕*n.* 墊子

cushion

74. **custom**²〔'kʌstəm〕*n.* 習俗

　　customer²〔'kʌstəmɚ〕*n.*
顧客

　　customs⁵〔'kʌstəmz〕*n.* 海關

75. **cut**¹〔kʌt〕*v.* 切；割

　　haircut¹〔'hɛr͵kʌt〕*n.* 理髮

76. **cycle**³〔'saɪkl̩〕*n.* 循環
　　v. 騎腳踏車

　　cyclist〔'saɪklɪst〕*n.* 騎腳踏
車的人

cyclist

77. **dad**¹〔dæd〕*n.* 爸爸

　　daddy¹〔'dædɪ〕*n.* 爸爸
　　(= *papa* = *pa* = *pop*)

同義字

DAY 5

78. **day**¹〔de〕*n.* 天
    <u>daily</u>²〔'delɪ〕*adj.* 每天的

79. **dam**³〔dæm〕*n.* 水壩
    <u>damage</u>²〔'dæmɪdʒ〕*v. n.* 損害
    <u>damp</u>⁴〔dæmp〕*adj.* 潮濕的

dam

80. **dance**¹〔dæns〕*v.* 跳舞
    <u>dancer</u>¹〔'dænsɚ〕*n.* 舞者

81. **danger**¹〔'dendʒɚ〕*n.* 危險
    <u>dangerous</u>²〔'dendʒərəs〕*adj.*
    危險的

82. **dare**³〔dɛr〕*v.* 敢
    <u>rare</u>²〔rɛr〕*adj.* 罕見的

83. **dark**¹〔dɑrk〕*adj.* 黑暗的
    <u>darkness</u>〔'dɑrknɪs〕*n.* 黑暗

84. **dash**³〔dæʃ〕*v.* 猛衝
    <u>mash</u>⁵〔mæʃ〕*v.* 搗碎

mash

85. **data**²〔'detə〕*n. pl.* 資料
    【單數為 datum〔'detəm〕】
    <u>database</u>〔'detə,bes〕*n.* 資料庫

database

86. **daughter**¹〔'dɔtɚ〕*n.* 女兒
    <u>slaughter</u>⁵〔'slɔtɚ〕*n.* 屠殺

87. **dawn**²〔dɔn〕*n.* 黎明
    <u>lawn</u>³〔lɔn〕*n.* 草地

lawn

88. **dead**¹〔dɛd〕*adj.* 死的
    <u>deadline</u>⁴〔'dɛd,laɪn〕*n.* 最後
    期限

89. **deaf**²〔dɛf〕*adj.* 聾的
    <u>death</u>¹〔dɛθ〕*n.* 死亡

90. **deal**¹〔dil〕*n.* 交易；協議
    v. 處理 <*with*>
    <u>dealer</u>³〔'dilɚ〕*n.* 商人

DAY 5

91. **date**[1] 〔 det 〕 *n.* 日期;約會
    <u>debate</u>[2] 〔 dɪ'bet 〕 *v. n.* 辯論

92. **debt**[2] 〔 dɛt 〕 *n.* 債務
    <u>decade</u>[3] 〔'dɛked 〕 *n.* 十年

93. **decide**[1] 〔 dɪ'saɪd 〕 *v.* 決定
    <u>decision</u>[2] 〔 dɪ'sɪʒən 〕 *n.* 決定

94. **declare**[4] 〔 dɪ'klɛr 〕 *v.* 宣佈
    <u>declaration</u>[5] 〔,dɛklə'reʃən 〕
    n. 宣言

95. **decline**[6] 〔 dɪ'klaɪn 〕 *v.* 拒絕;
    衰退
    <u>incline</u>[6] 〔 ɪn'klaɪn 〕 *v.* 使傾
    向於

96. **decorate**[2] 〔'dɛkə,ret 〕 *v.* 裝飾
    <u>decoration</u>[4] 〔,dɛkə'reʃən 〕 *n.*
    裝飾

97. **decrease**[4] 〔 dɪ'kris 〕 *v.*
    減少
    <u>increase</u>[2] 〔 ɪn'kris 〕 *v.*
    增加
    } 反義詞

98. **deed**[3] 〔 did 〕 *n.* 行為
    <u>indeed</u>[3] 〔 ɪn'did 〕 *adv.* 的確;
    真正地

99. **deep**[1] 〔 dip 〕 *adj.* 深的
    <u>depth</u>[2] 〔 dɛpθ 〕 *n.* 深度

100. **dear**[1] 〔 dɪr 〕 *adj.* 親愛的
    <u>deer</u>[1] 〔 dɪr 〕 *n.*
    鹿【單複數同形】
    } 同音字

101. **feat** 〔 fit 〕 *n.* 功績
    <u>defeat</u>[4] 〔 dɪ'fit 〕 *v.* 打敗

102. **fence**[2] 〔 fɛns 〕 *n.* 籬笆;圍牆
    <u>defence</u> 〔 dɪ'fɛns 〕 *n.* 防禦
    【英式用法】(= *defense*[4])

fence

103. **defend**[4] 〔 dɪ'fɛnd 〕 *v.* 保衛
    <u>offend</u>[4] 〔 ə'fɛnd 〕 *v.* 冒犯;
    觸怒

DAY 5

104. **degree**[2]〔dɪ'gri〕*n.* 程度；
學位
<u>agree</u>[1]〔ə'gri〕*v.* 同意

105. **lay**[1]〔le〕*v.* 下（蛋）；放置；
奠定
<u>delay</u>[2]〔dɪ'le〕*v.* 延遲；耽擱

106. **delete**〔dɪ'lit〕*v.* 刪除
<u>athlete</u>[3]〔'æθlit〕*n.* 運動員

107. **deliberate**[6]〔dɪ'lɪbərɪt〕*adj.*
故意的
<u>deliberately</u>[6]〔dɪ'lɪbərɪtlɪ〕
adv. 故意地

108. **delicate**[4]〔'dɛləkət, -kɪt〕*adj.*
細緻的
<u>dedicate</u>[6]〔'dɛdə‚ket〕*v.*
奉獻；使致力於

109. **delicious**[2]〔dɪ'lɪʃəs〕*adj.*
美味的
<u>vicious</u>[6]〔'vɪʃəs〕*adj.* 邪惡的；
兇猛的

110. **delight**[4]〔dɪ'laɪt〕*n.* 高興
<u>delighted</u>〔dɪ'laɪtɪd〕*adj.*
高興的

111. **liver**[3]〔'lɪvɚ〕*n.* 肝臟
<u>deliver</u>[2]〔dɪ'lɪvɚ〕*v.* 遞送

112. **demand**[4]〔dɪ'mænd〕*v.* 要求
<u>command</u>[3]〔kə'mænd〕*v.*
命令

113. **dental**[6]〔'dɛntḷ〕*adj.* 牙齒的
<u>dentist</u>[2]〔'dɛntɪst〕*n.* 牙醫

dentist

114. **department**[2]〔dɪ'pɑrtmənt〕
n. 部門；系
<u>department store</u> 百貨公司

115. **depart**[4]〔dɪ'pɑrt〕*v.* 離開
<u>departure</u>[4]〔dɪ'pɑrtʃɚ〕*n.*
離開

DAY 5

Day 5 Exercise

※ 請根據上下文意，選出一個最正確的答案。

1. My _____ told me to vote against the others and stand up for what I think is right.
   (A) connection
   (B) conscience
   (C) consensus
   (D) consequence （　）

2. His father is very _____ and sticks to his old-fashioned methods.
   (A) considerate
   (B) constant
   (C) conservative
   (D) delicate （　）

3. It took them five hours to _____ the bookshelf they bought from IKEA.
   (A) construct
   (B) consume
   (C) consist
   (D) contain （　）

4. There are several cans of soup in the _____.
   (A) cottage
   (B) cupboard
   (C) counter
   (D) crayon （　）

5. Our _____ was delayed by 30 minutes due to mechanical issues.
   (A) defence
   (B) demand
   (C) department
   (D) departure （　）

DAY 5

6. Most of the _____ on the FBI's Most Wanted List are considered armed and dangerous.

(A) cyclists

(B) dentists

(C) cousins

(D) criminals ( )

7. The _____ for our book reports has been changed to next Wednesday.

(A) currency

(B) curriculum

(C) continent

(D) deadline ( )

8. The politician went on a local news program to _____ his support for the new law.

(A) decline

(B) defeat

(C) decorate

(D) declare ( )

9. It's best to avoid discussing _____ topics when visiting a foreign country.

(A) controversial

(B) contradictory

(C) conventional

(D) contemporary ( )

10. The students wished to _____ their gratitude to the teacher by throwing her a retirement party.

(A) correspond

(B) convey

(C) contribute

(D) consult ( )

第六天 ⇨ DAY 6

1. **depend**[2]〔dɪˋpɛnd〕v. 依賴
   <u>dependable</u>[4]〔dɪˋpɛndəbḷ〕
   adj. 可靠的

2. **deposit**[3]〔dɪˋpɑzɪt〕v.
   存（款）　*n.* 訂金；押金
   <u>withdraw</u>[4]〔wɪðˋdrɔ〕
   v. 撤退；提（款）
   　　　　　　　　　反義詞

3. **describe**[2]〔dɪˋskraɪb〕v. 描述
   <u>description</u>[3]〔dɪˋskrɪpʃən〕*n.*
   描述

4. **desert**[2]〔ˋdɛzɚt〕*n.* 沙漠
   <u>desert</u>[2]〔dɪˋzɝt〕v. 拋棄
   <u>dessert</u>[2]〔dɪˋzɝt〕*n.* 甜點
   　　　　　　　　　同音字

dessert

5. **sign**[2]〔saɪn〕*n.* 告示牌　v. 簽名
   <u>design</u>[2]〔dɪˋzaɪn〕v. *n.* 設計

sign

6. **desire**[2]〔dɪˋzaɪr〕*n.* 慾望；渴望
   <u>desirable</u>[3]〔dɪˋzaɪrəbḷ〕*adj.*
   合意的

7. **destiny**[5]〔ˋdɛstənɪ〕*n.* 命運
   <u>destination</u>[5]〔͵dɛstəˋneʃən〕*n.*
   目的地

8. **destroy**[3]〔dɪˋstrɔɪ〕v. 破壞
   <u>destruction</u>[4]〔dɪˋstrʌkʃən〕*n.*
   破壞

9. **detect**[2]〔dɪˋtɛkt〕v. 發現；察覺
   <u>detective</u>[4]〔dɪˋtɛktɪv〕
   n. 偵探

10. **determine**[3]〔dɪˋtɝmɪn〕v.
    決定；決心
    <u>determination</u>[4]
    〔dɪ͵tɝməˋneʃən〕*n.* 決心

11. **develop**[2]〔dɪˋvɛləp〕v. 發展；
    研發
    <u>development</u>[2]〔dɪˋvɛləpmənt〕
    n. 發展

12. **devote**⁴ 〔 dɪ'vot 〕 v. 使致力於
    <u>devotion</u>⁵ 〔 dɪ'voʃən 〕 n. 致力；
    熱愛

13. **gram**³ 〔 græm 〕 n. 公克
    <u>diagram</u>⁶ 〔'daɪə,græm 〕 n. 圖表

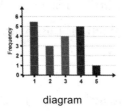

diagram

14. **dial**² 〔'daɪəl 〕 v. 撥（號）
    <u>dialogue</u>³ 〔'daɪə,lɔg 〕 n. 對話

15. **diamond**² 〔'daɪəmənd 〕 n. 鑽石
    <u>diary</u>² 〔'daɪərɪ 〕 n. 日記

diamond

16. **dictate**⁶ 〔'dɪktet 〕 v. 聽寫
    <u>dictation</u>⁶ 〔 dɪk'teʃən 〕 n. 聽寫

17. **diction** 〔'dɪkʃən 〕 n. 措詞；
    用字遣詞
    <u>dictionary</u>² 〔'dɪkʃən,ɛrɪ 〕 n.
    字典

18. **die**¹ 〔 daɪ 〕 v. 死
    <u>diet</u>³ 〔'daɪət 〕 n. 飲食；節食

19. **differ**⁴ 〔'dɪfɚ 〕 v. 不同
    <u>different</u>¹ 〔'dɪfərənt 〕 adj.
    不同的
    <u>difference</u>² 〔'dɪfərəns 〕 n.
    不同

20. **difficult**¹ 〔'dɪfə,kʌlt 〕 adj.
    困難的
    <u>difficulty</u>² 〔'dɪfə,kʌltɪ 〕 n.
    困難

21. **dig**¹ 〔 dɪg 〕 v. 挖
    <u>digital</u>⁴ 〔'dɪdʒɪtl̩ 〕 adj. 數位的
    <u>dignity</u>⁴ 〔'dɪgnətɪ 〕 n. 尊嚴

22. **digest** 〔 daɪ'dʒɛst 〕 v. 消化
    <u>digest</u> 〔'daɪdʒɛst 〕 n. 文摘
    Reader's Digest 讀者文摘

23. **comma**³ (ˈkɑmə) *n.* 逗點
    <u>dilemma</u>⁶ (dəˈlɛmə) *n.* 困境

24. **dime**³ (daɪm) *n.*
    一角硬幣
    <u>dimension</u>⁶ (dəˈmɛnʃən) *n.*
    尺寸；(…度) 空間

25. **dinner**¹ (ˈdɪnɚ) *n.* 晚餐；
    大餐 }同義字
    <u>supper</u>¹ (ˈsʌpɚ) *n.* 晚餐

26. **dine**³ (daɪn) *v.* 用餐
    <u>dinosaur</u>² (ˈdaɪnəˌsɔr) *n.*
    恐龍

dinosaur

27. **oxygen**⁴ (ˈɑksədʒən) *n.* 氧
    <u>oxide</u> (ˈɑksaɪd) *n.* 氧化物
    <u>dioxide</u> (daɪˈɑksaɪd) *n.* 二氧
    化物

28. **carbon**⁵ (ˈkɑrbən) *n.* 碳
    <u>carbon dioxide</u> 二氧化碳

29. **dip**³ (dɪp) *v.* 沾；浸
    <u>diploma</u>⁴ (dɪˈplomə) *n.* 畢業
    證書

dip

30. **direct**¹ (dəˈrɛkt) *adj.* 直接的
    v. 指導
    <u>direction</u>² (dəˈrɛkʃən) *n.* 方向

31. **director**² (dəˈrɛktɚ) *n.* 導演；
    主任
    <u>directory</u>⁶ (dəˈrɛktərɪ) *n.*
    電話簿

32. **dirt**³ (dɜt) *n.* 污垢
    <u>dirty</u>¹ (ˈdɜtɪ) *adj.* 髒的

33. **disabled**⁶ (dɪsˈebld) *adj.*
    殘障的
    <u>disability</u>⁶ (ˌdɪsəˈbɪlətɪ) *n.*
    無能力
    <u>the disabled</u> 殘障人士

disabled

DAY 6

34. **disagree**[2] (ˌdɪsə'gri) v. 不同意
    <u>disagreement</u>[2] (ˌdɪsə'grimənt)
    n. 意見不合

35. **disappear**[2] (ˌdɪsə'pɪr) v. 消失
    <u>disappearance</u> (ˌdɪsə'pɪrəns)
    n. 消失

36. **disappoint**[3] (ˌdɪsə'pɔɪnt) v.
    使失望
    <u>disappointed</u>[3] (ˌdɪsə'pɔɪntɪd)
    adj. 失望的
    <u>disappointment</u>[3]
    (ˌdɪsə'pɔɪntmənt) n. 失望

37. **master**[1] ('mæstə) v. 精通
    n. 主人；大師；碩士
    <u>disaster</u>[4] (dɪz'æstə) n. 災難

38. **count**[1] (kaʊnt) v. 數；重要
    <u>discount</u>[3] ('dɪskaʊnt)
    n. 折扣

39. **encourage**[2] (ɪn'kɝɪdʒ) v.
    鼓勵
    <u>discourage</u>[4] (dɪs'kɝɪdʒ) v.
    使氣餒
    反義詞

40. **discover**[1] (dɪ'skʌvə) v. 發現
    <u>discovery</u>[3] (dɪ'skʌvərɪ) n.
    發現

41. **discriminate**[5]
    (dɪ'skrɪməˌnet) v. 歧視
    <u>discrimination</u>[6]
    (dɪˌskrɪmə'neʃən) n. 歧視

discriminate

42. **discuss**[2] (dɪ'skʌs) v. 討論
    <u>discussion</u>[2] (dɪ'skʌʃən) n.
    討論

43. **ease**[1] (iz) n. 容易；輕鬆
    <u>disease</u>[3] (dɪ'ziz) n. 疾病

44. **disgust**[4] (dɪs'gʌst) v. 使厭惡
    <u>disgusting</u> (dɪs'gʌstɪŋ) adj.
    令人厭惡的；令人噁心的

45. **dish**[1] (dɪʃ) n. 盤子；菜餚
    <u>disk</u>[3] (dɪsk) n. 光碟
    (= disc)

DAY 6

46. **like**¹〔 laɪk 〕*v.* 喜歡　*prep.* 像

  <u>dislike</u>³〔 dɪsˈlaɪk 〕*v.* 不喜歡

47. **miss**¹〔 mɪs 〕*v.* 錯過；想念

  <u>dismiss</u>⁴〔 dɪsˈmɪs 〕*v.* 解散；
  下（課）

48. **distant**²〔ˈdɪstənt 〕*adj.* 遙遠的

  <u>distance</u>²〔ˈdɪstəns 〕*n.* 距離

49. **distinct**⁴〔 dɪˈstɪŋkt 〕*adj.*
  獨特的

  <u>distinction</u>⁵〔 dɪˈstɪŋkʃən 〕*n.*
  差別

50. **distinguish**⁴〔 dɪˈstɪŋgwɪʃ 〕
  v. 分辨

  <u>extinguish</u>
  〔 ɪkˈstɪŋgwɪʃ 〕*v.* 撲滅

51. **distribute**⁴〔 dɪˈstrɪbjut 〕*v.*
  分配；分發

  <u>distribution</u>⁴〔ˌdɪstrəˈbjuʃən 〕
  n. 分配

52. **strict**²〔 strɪkt 〕*adj.* 嚴格的

  <u>district</u>⁴〔ˈdɪstrɪkt 〕*n.* 地區

53. **disturb**⁴〔 dɪˈstɝb 〕*v.* 打擾

  <u>disturbing</u>〔 dɪˈstɝbɪŋ 〕*adj.*
  adj. 令人煩惱的；令人不安的

54. **dive**³〔 daɪv 〕*v.* 潛水

  <u>diverse</u>⁶〔 dəˈvɝs , daɪ- 〕*adj.*
  各種的

dive

55. **divide**²〔 dəˈvaɪd 〕*v.* 劃分；
  分割

  <u>division</u>²〔 dəˈvɪʒən 〕*n.* 劃分；
  分配

56. **force**¹〔 fors 〕*n.* 力量
  v. 強迫

  <u>divorce</u>⁴〔 dəˈvors 〕*n.* 離婚

57. **dizzy**²〔ˈdɪzɪ 〕*adj.* 頭暈的

  <u>crazy</u>²〔ˈkrezɪ 〕*adj.* 瘋狂的

dizzy

58. **dock**³ 〔 dɑk 〕 *n.* 碼頭
<u>doctor</u>¹ 〔'dɑktɚ 〕 *n.* 醫生
(= *Dr.*² = *doc* = *physician*⁴)

59. **document**⁵ 〔'dɑkjəmənt 〕 *n.*
文件
<u>documentary</u>⁶
〔,dɑkjə'mɛntərɪ 〕 *n.* 記錄片

60. **dog**¹ 〔 dɔg 〕 *n.* 狗
<u>hot dog</u>　熱狗　

61. **doll**¹ 〔 dɑl 〕 *n.* 洋娃娃
<u>dollar</u>¹ 〔'dɑlɚ 〕 *n.* 元

62. **donate**⁶ 〔'donet 〕 *v.* 捐贈
<u>donation</u>⁶ 〔 do'neʃən 〕 *n.*
捐贈

63. **door**¹ 〔 dɔr 〕 *n.* 門
<u>dorm</u> 〔 dɔrm 〕 *n.* 宿舍 ⎫
<u>dormitory</u>⁴,⁵　　　　　⎬ 同義字
〔'dɔrmə,torɪ 〕 *n.* 宿舍 ⎭

64. **dot**² 〔 dɑt 〕 *n.* 點
<u>pot</u>² 〔 pɑt 〕 *n.* 鍋子

65. **doubt**² 〔 daʊt 〕 *v. n.* 懷疑
<u>doubtful</u>³ 〔'daʊtfəl 〕 *adj.* 懷疑
的；不確定的【注意 b 不發音】

66. **download**⁴ 〔'daʊn,lod 〕 *v.*
下載　　　　　　⎫
<u>upload</u>⁴ 〔 ʌp'lod 〕 *v.* 上傳 ⎬ 反義詞

67. **downstairs**¹
〔'daʊn'stɛrz 〕 *adv.* 到樓下 ⎫
<u>upstairs</u>¹ 〔'ʌp'stɛrz 〕 *adv.* ⎬ 反義詞
到樓上 ⎭

68. **town**¹ 〔 taʊn 〕 *n.* 城鎮
<u>downtown</u>² 〔'daʊn'taʊn 〕 *adv.*
到市中心

69. **dozen**¹ 〔'dʌzn̩ 〕 *n.* 一打
<u>frozen</u> 〔'frozn̩ 〕 *adj.* 結冰的

70. **raft**⁶ 〔 ræft 〕 *n.* 木筏；救生筏
<u>draft</u>⁴ 〔 dræft 〕 *n.* 草稿

raft

71. **rag**³〔ræg〕*n.* 破布
    <u>drag</u>²〔dræg〕*v.* 拖

72. **draw**¹〔drɔ〕*v.* 畫；拉；吸引
    <u>drawing</u>²〔'drɔɪŋ〕*n.* 圖畫

73. **drawer**²〔drɔr〕*n.* 抽屜
    <u>drawback</u>⁶〔'drɔ,bæk〕*n.* 缺點

74. **dream**¹〔drim〕*n.* 夢
    <u>cream</u>²〔krim〕*n.* 奶油

75. **drill**⁴〔drɪl〕*n.* 鑽孔機
    <u>grill</u>⁶〔grɪl〕*n.* 烤架
    v. 用烤架烤

drill   grill

76. **rink**〔rɪŋk〕*n.* 溜冰場
    <u>drink</u>¹〔drɪŋk〕*v.* 喝   *n.* 飲料

rink

77. **drive**¹〔draɪv〕*v.* 開車
    <u>driver</u>¹〔'draɪvɚ〕*n.* 駕駛人

78. **drop**²〔drɑp〕*v.* 落下
    <u>drop by</u> 順道拜訪
    I'll drop by after class.
    下課後我會去找你。

79. **drown**³〔draʊn〕
    v. 淹死
    <u>clown</u>²〔klaʊn〕
    n. 小丑

80. **rug**³〔rʌg〕*n.*（小塊）地毯
    <u>drug</u>²〔drʌg〕*n.* 藥

rug

81. **drum**²〔drʌm〕*n.* 鼓
    <u>drummer</u>〔'drʌmɚ〕*n.* 鼓手

drummer

82. **drunk**³〔drʌŋk〕*adj.* 喝醉的
    <u>drunkard</u>〔'drʌŋkɚd〕
    n. 醉漢

DAY 6

83. **dry**[1] 〔draɪ〕 *adj.* 乾的
　　<u>drier</u> 〔'draɪə〕 *n.* 烘乾機
　　(= *dryer*)

84. **duck**[1] 〔dʌk〕 *n.*
　　鴨子
　　<u>dusk</u>[5] 〔dʌsk〕 *n.* 黃昏

85. **due**[3] 〔dju〕 *adj.* 到期的；
　　應得的
　　<u>due to</u> 由於 (= *owing to*)

86. **dull**[2] 〔dʌl〕 *adj.* 遲鈍的；笨的
　　<u>dullard</u> 〔'dʌləd〕 *n.* 笨蛋

87. **dump**[3] 〔dʌmp〕 *v.* 傾倒
　　<u>dumpling</u>[2] 〔'dʌmplɪŋ〕 *n.*
　　水餃

dumpling

88. **bring**[1] 〔brɪŋ〕 *v.* 帶來
　　<u>during</u>[1] 〔'djʊrɪŋ〕 *prep.* 在…
　　期間

89. **desk**[1] 〔dɛsk〕 *n.* 書桌
　　<u>dusk</u>[5] 〔dʌsk〕 *n.* 黃昏

90. **dust**[3] 〔dʌst〕 *n.* 灰塵
　　<u>dustbin</u> 〔'dʌst,bɪn〕 *n.* 垃圾筒
　　<u>dusty</u>[4] 〔'dʌstɪ〕 *adj.* 滿是灰塵的

91. **duty**[2] 〔'djutɪ〕 *n.* 責任；關稅
　　<u>duty-free</u> 〔'djutɪ,fri〕 *adj.*
　　免稅的

92. **DVD** *n.* 數位影音光碟 ⎫
　　digital versatile disk ⎬ 同義字
　　數位影音光碟 ⎭

DVD

93. **dye**[4] 〔daɪ〕 *v.* 染
　　<u>dynamic</u>[4] 〔daɪ'næmɪk〕 *adj.*
　　充滿活力的

94. **nasty**[5] 〔'næstɪ〕 *adj.* 令人作嘔的
　　<u>dynasty</u>[4] 〔'daɪnəstɪ〕 *n.* 朝代

95. **eager**[3] （ˈigɚ ）*adj.* 渴望的

    eagle[1] （ˈigḷ ）*n.* 老鷹

eagle

96. **ear**[1] （ ɪr ）*n.* 耳朵

    earphone （ˈɪrˌfon ）*n.* 耳機

earphone

97. **earn**[2] （ ɝn ）*v.* 賺

    earth[1] （ ɝθ ）*n.* 地球

    earthquake[2] （ˈɝθˌkwek ）*n.*
    地震

98. **east**[1] （ ist ）*n.* 東方

    Easter （ˈistɚ ）*n.* 復活節

    eastern[2] （ˈistɚn ）*adj.* 東方的

Easter

99. **easy**[1] （ˈizɪ ）*adj.* 容易的

    easily （ˈizɪlɪ ）*adv.* 容易地

    easy-going （ˈizɪˌgoɪŋ ）*adj.*
    隨遇而安的

100. **ecology**[6] （ ɪˈkɑlədʒɪ ）*n.*
     生態學

     economy[4] （ ɪˈkɑnəmɪ ）*n.* 經濟

101. **edge**[1] （ ɛdʒ ）*n.* 邊緣

     pledge[5] （ plɛdʒ ）*v.* 保證；發誓

pledge

102. **edit**[3] （ˈɛdɪt ）*v.* 編輯

     edition[3] （ ɪˈdɪʃən ）*n.* （發行物
     的）版

     editor[3] （ˈɛdɪtɚ ）*n.* 編輯

103. **educate**[3] （ˈɛdʒəˌket ）*v.* 教育

     educator （ˈɛdʒəˌketɚ ）*n.*
     教育家

     education[2] （ˌɛdʒəˈkeʃən ）*n.*
     教育

104. **effect**[2] （ ɪˈfɛkt ）*n.* 影響

     affect[3] （ əˈfɛkt ）*v.* 影響

105. **fort**[4] （ fɔrt ）*n.* 堡壘

     effort[2] （ˈɛfɚt ）*n.* 努力

106. **egg**[1] 〔 ɛg 〕 *n.* 蛋

eggplant 〔'ɛg,plænt 〕 *n*

茄子

107. **either**[1] 〔'iðɚ 〕 *adv.* …或～;

也（不）

neither[2] 〔'niðɚ 〕 *conj.* 也不

108. **older**[1] 〔'oldɚ 〕 *adj.* 較老的

elder[2] 〔'ɛldɚ 〕 *adj.* 年長的

n. 年長者

109. **elect**[2] 〔 ɪ'lɛkt 〕 *v.* 選舉

select[2] 〔 sə'lɛkt 〕 *v.* 挑選

110. **electric**[3] 〔 ɪ'lɛktrɪk 〕 *adj.* 電的

electrical[3] 〔 ɪ'lɛktrɪkḷ 〕 *adj.*

與電有關的

electricity[3] 〔 ɪ,lɛk'trɪsətɪ 〕 *n.* 電

111. **electronic**[3] 〔 ɪ,lɛk'trɑnɪk 〕 *adj.*

電子的

electronics[4] 〔 ɪ,lɛk'trɑnɪks 〕 *n.*

電子學

112. **elegant**[4] 〔'ɛləgənt 〕 *adj.* 優雅的

elephant[1] 〔'ɛləfənt 〕

n. 大象

113. **else**[1] 〔 ɛls 〕 *adv.* 其他

elsewhere[4] 〔'ɛls,hwɛr 〕 *adv.*

在別處

114. **mail**[1] 〔 mel 〕 *v.* 郵寄 *n.* 信件

e-mail[4] 〔'i,mel 〕 *n.* 電子郵件

（= *electronic mail* ）

115. **embarrass**[4] 〔 ɪm'bærəs 〕 *v.*

使尷尬

embarrassment[4]

〔 ɪm'bærəsmənt 〕 *n.* 尷尬

embarrassment

116. **emerge**[4] 〔 ɪ'mɝdʒ 〕 *v.* 出現

emergency[3] 〔 ɪ'mɝdʒənsɪ 〕 *n.*

緊急情況

117. **empire**[4] 〔'ɛmpaɪr 〕 *n.* 帝國

emperor[3] 〔'ɛmpərɚ 〕 *n.* 皇帝

emperor

Day 6 Exercise

※ 請根據上下文意，選出一個最正確的答案。

1. Being stuck in traffic, it seemed _____ that Mr. Jones would catch his flight.
   - (A) digital
   - (B) disabled
   - (C) disgusting
   - (D) doubtful　　　　　　　　　　　　　　（　　）

2. Let's have cheesecake for _____.
   - (A) dumpling
   - (B) dessert
   - (C) eggplant
   - (D) duck　　　　　　　　　　　　　　　（　　）

3. Lucy found herself in a _____ when her two best friends were fighting.
   - (A) devotion
   - (B) dictation
   - (C) dilemma
   - (D) dimension　　　　　　　　　　　　　（　　）

4. There is a cafeteria in the basement of the _____.
   - (A) directory
   - (B) diploma
   - (C) dinosaur
   - (D) dormitory　　　　　　　　　　　　　（　　）

5. The Health Department began a campaign to _____ smoking among teenagers.
   - (A) deserve
   - (B) describe
   - (C) determine
   - (D) discourage　　　　　　　　　　　　　（　　）

DAY 6

6. The easiest way to _____ monkeys from gorillas is to look for a tail; gorillas don't have them.

    (A) digest
    (B) distribute
    (C) distinguish
    (D) disturb　　　　　　　　　　　　　　　　　　　( )

7. The residents of Hawaii are used to dealing with natural _____ like earthquakes and volcanic eruptions.

    (A) disasters
    (B) discriminations
    (C) dignities
    (D) diagrams　　　　　　　　　　　　　　　　　　( )

8. Something is wrong with the Internet. It's taking forever to _____ this file.

    (A) divide
    (B) download
    (C) donate
    (D) discover　　　　　　　　　　　　　　　　　　( )

9. The company is seeking associates to join a _____ and innovative marketing team.

    (A) disturbing
    (B) distant
    (C) dynamic
    (D) dizzy　　　　　　　　　　　　　　　　　　　( )

10. The actress appeared on the red carpet at the Oscar Awards in an _____ black dress by Vera Wang.

    (A) elegant
    (B) electric
    (C) eastern
    (D) eager　　　　　　　　　　　　　　　　　　　( )

第七天 ⇨ DAY 7

1. **employ**³〔ɪmˈplɔɪ〕*v.* 雇用
   <u>employer</u>³〔ɪmˈplɔɪɚ〕*n.* 雇主

2. **empty**³〔ˈɛmptɪ〕*adj.* 空的
   <u>empty-headed</u>〔ˌɛmptɪˈhɛdɪd〕
   adj. 沒有頭腦的；愚笨的
   She's empty-headed and selfish.
   她既笨又自私。

3. **encourage**²〔ɪnˈkɝɪdʒ〕*v.* 鼓勵
   <u>encouragement</u>²
   〔ɪnˈkɝɪdʒmənt〕*n.* 鼓勵

4. **end**¹〔ɛnd〕*n. v.* 結束
   <u>ending</u>²〔ˈɛndɪŋ〕*n.* 結局
   <u>endless</u>〔ˈɛndlɪs〕*adj.* 無窮的；
   無盡的

5. **enemy**²〔ˈɛnəmɪ〕*n.* 敵人
   <u>academy</u>⁵〔əˈkædəmɪ〕*n.* 學院

6. **energy**²〔ˈɛnɚdʒɪ〕*n.* 活力
   <u>energetic</u>³〔ˌɛnɚˈdʒɛtɪk〕*adj.*
   充滿活力的

7. **engine**³〔ˈɛndʒən〕*n.* 引擎
   <u>engineer</u>³〔ˌɛndʒəˈnɪr〕*n.*
   工程師

8. **enjoy**²〔ɪnˈdʒɔɪ〕*v.* 享受；喜歡
   <u>enjoyable</u>³〔ɪnˈdʒɔɪəbḷ〕*adj.*
   令人愉快的

9. **large**¹〔lardʒ〕*adj.* 大的
   <u>enlarge</u>⁴〔ɪnˈlardʒ〕*v.* 擴大；
   放大

enlarge

10. **rough**³〔rʌf〕*adj.* 粗糙的
    <u>enough</u>¹〔ɪˈnʌf, əˈnʌf〕*adj.*
    足夠的

11. **inquiry**⁶〔ɪnˈkwaɪ(ə)rɪ,
    ˈɪnkwərɪ〕*n.* 詢問
    <u>enquiry</u>〔ɪnˈkwaɪ(ə)rɪ〕
    n. 詢問　}同義字

12. **enter**¹〔ˈɛntɚ〕*v.* 進入
    <u>enterprise</u>⁵〔ˈɛntɚˌpraɪz〕*n.*
    企業

DAY 7

13. **entertain**⁴ 〔͵ɛntɚ'ten〕 v. 娛樂
    <u>entertainment</u>⁴
    〔͵ɛntɚ'tenmənt〕 n. 娛樂

14. **enthusiastic**⁵ 〔ɪn͵θjuzɪ'æstɪk〕
    adj. 熱心的
    <u>enthusiasm</u>⁴ 〔ɪn'θjuzɪ͵æzəm〕
    n. 熱忱

15. **tire**¹ 〔taɪr〕 v. 使疲倦 n. 輪胎
    <u>entire</u>² 〔ɪn'taɪr〕 adj. 整個的

16. **entry**³ 〔'ɛntrɪ〕 n. 進入
    <u>entrance</u>² 〔'ɛntrəns〕 n. 入口

17. **envelope**² 〔'ɛnvə͵lop〕 n. 信封
    <u>red envelope</u> 紅包

    envelope

18. **environment**² 〔ɪn'vaɪrənmənt〕
    n. 環境
    <u>environmental</u>³
    〔ɪn͵vaɪrən'mɛntl̩〕 adj. 環境的

19. **envy**³ 〔'ɛnvɪ〕 n. v. 羨慕
    <u>envious</u>⁴ 〔'ɛnvɪəs〕 adj. 羨慕的

20. **equal**¹ 〔'ikwəl〕 adj. 相等的
    <u>equality</u>⁴ 〔ɪ'kwɑlətɪ〕 n.
    相等

21. **equip**⁴ 〔ɪ'kwɪp〕 v. 裝備；
    使配備
    <u>equipment</u>⁴ 〔ɪ'kwɪpmənt〕
    n. 設備

22. **erase**³ 〔ɪ'res〕 v. 擦掉
    <u>eraser</u>² 〔ɪ'resɚ〕 n.
    橡皮擦

23. **error**² 〔'ɛrɚ〕 n. 錯誤
    <u>terror</u>⁴ 〔'tɛrɚ〕 n. 恐怖

24. **erupt**⁵ 〔ɪ'rʌpt〕 v. 爆發
    <u>eruption</u>⁶ 〔ɪ'rʌpʃən〕 n.
    爆發

    eruption

25. **cape**⁴ 〔kep〕 n. 披風
    <u>escape</u>³ 〔ə'skep〕
    v. 逃走

DAY 7

26. **specially**[1] (ˈspɛʃəlɪ) *adv.*
   特別地；非常（ = *very much* ）
   especially[2] (əˈspɛʃəlɪ) *adv.*
   尤其；特別是（ = *particularly*[2] ）

27. **say**[1] (se) *v.* 說
   essay[4] (ˈɛse) *n.* 文章；論說文

28. **Europe** (ˈjurəp) *n.* 歐洲
   European (ˌjurəˈpiən) *adj.*
   歐洲的　*n.* 歐洲人

Europe

29. **evaluate**[4] (ɪˈvæljuˌet) *v.* 評估
   evaluation[4] (ɪˌvæljuˈeʃən) *n.*
   評價

30. **even**[1] (ˈivən) *adv.* 甚至
   evening[1] (ˈivnɪŋ) *n.* 傍晚

31. **event**[2] (ɪˈvɛnt) *n.* 事件
   eventually[4] (ɪˈvɛntʃuəlɪ) *adv.*
   最後

32. **ever**[1] (ˈɛvɚ) *adv.* 曾經
   never[1] (ˈnɛvɚ) *adv.* 從未

33. **everyday** (ˈɛvrɪˌde) *adj.*
   每天的
   every day 每天

34. **evident**[4] (ˈɛvədənt) *adj.* 明顯的
   evidence[4] (ˈɛvədəns) *n.* 證據

35. **evolution**[6] (ˌɛvəˈluʃən) *n.* 進化
   revolution[4] (ˌrɛvəˈluʃən) *n.*
   革命；重大改革

36. **exact**[2] (ɪgˈzækt) *adj.* 精確的
   exactly (ɪgˈzæktlɪ) *adv.*
   精確地；正好

37. **exam**[1] (ɪgˈzæm) *n.* 考試
   examine[1] (ɪgˈzæmɪn) *v.* 檢查
   examination[1]
   (ɪgˌzæməˈneʃən) *n.* 考試

exam

38. **ample**[5] (ˈæmpḷ) *adj.* 豐富的；
   充裕的
   example[1] (ɪgˈzæmpḷ) *n.* 例子

39. **excel**[5] 〔 ɪk'sɛl 〕 *v.* 勝過；擅長
    excellence[3] 〔'ɛksl̩əns 〕 *n.*
    優秀

40. **except**[1] 〔 ɪk'sɛpt 〕 *prep.* 除了
    exception[4] 〔 ɪk'sɛpʃən 〕 *n.*
    例外

41. **change**[2] 〔 tʃendʒ 〕 *v.* 改變
    exchange[3] 〔 ɪks'tʃendʒ 〕 *v.*
    交換

exchange

42. **cite**[5] 〔 saɪt 〕 *v.* 引用
    excite[2] 〔 ɪk'saɪt 〕 *v.* 使興奮

43. **excuse**[2] 〔 ɪk'skjuz 〕 *v.* 原諒
    excuse me 對不起

44. **exercise**[2] 〔'ɛksɚˌsaɪz 〕 *v. n.* 運動
    concise[6] 〔 kən'saɪs 〕 *adj.* 簡明的

45. **exhibit**[4] 〔 ɪg'zɪbɪt 〕 *v.* 展示；展現
    exhibition[3] 〔ˌɛksə'bɪʃən 〕 *n.*
    展覽會

46. **exist**[2] 〔 ɪg'zɪst 〕 *v.* 存在
    existence[3] 〔 ɪg'zɪstəns 〕 *n.*
    存在

47. **exit**[3] 〔'ɛgzɪt,'ɛksɪt 〕 *n.* 出口
    exile[5] 〔 ɪg'zaɪl 〕 *v.* 放逐

48. **expand**[4] 〔 ɪk'spænd 〕 *v.* 擴大
    expansion[4] 〔 ɪk'spænʃən 〕 *n.*
    擴大

49. **expect**[2] 〔 ɪk'spɛkt 〕 *v.* 期待
    expectation[3] 〔ˌɛkspɛk'teʃən 〕
    n. 期望

50. **expense**[3] 〔 ɪk'spɛns 〕 *n.* 費用
    expensive[2] 〔 ɪk'spɛnsɪv 〕 *adj.*
    昂貴的

51. **experience**[2] 〔 ɪk'spɪrɪəns 〕 *n.*
    經驗
    experiment[3] 〔 ɪk'spɛrəmənt 〕
    n. 實驗

experiment

52. **expert**[2] ('εkspɝt) *n.* 專家
　 expertise[6] (,εkspɚ'tiz) *n.*
　 專門的知識

53. **explain**[2] (ɪk'splen) *v.* 解釋
　 explanation[4] (,εksplə'neʃən)
　 n. 解釋

54. **explicit**[6] (ɪk'splɪsɪt) *adj.*
　 明確的 ⎫
　 　　　　　⎬ 反義詞
　 implicit[6] (ɪm'plɪsɪt) *adj.* ⎭
　 暗示的

55. **explode**[3] (ɪk'splod) *v.* 爆炸
　 explosion[4] (ɪk'sploʒən) *n.*
　 爆炸

explosion

56. **exploit**[6] (ɪk'splɔɪt) *v.* 開發；
　 利用
　 explore[4] (ɪk'splor) *v.* 探險；
　 探討
　 exploration[6] (,εksplə'reʃən)
　 n. 探險

57. **import**[3] (ɪm'port) *v.* 進口 ⎫
　 　　　　　　　　　　　　　　⎬ 反義詞
　 export[3] (ɪks'port , εks'port) ⎭
　 v. 出口

58. **impose**[5] (ɪm'poz) *v.* 強加
　 expose[4] (ɪk'spoz) *v.* 暴露；
　 使接觸

59. **express**[2] (ɪk'sprεs) *v.* 表達
　 adj. 快遞的；快速的
　 expression[3] (ɪk'sprεʃən)
　 n. 表達；表情；說法

60. **extend**[4] (ɪk'stεnd) *v.* 延伸；延長
　 extension[5] (ɪk'stεnʃən) *n.*
　 延伸；（電話）分機

61. **extra**[2] ('εkstrə) *adj.* 額外的
　 extraordinary[4] (ɪk'strɔrdṇ,εrɪ)
　 adj. 不尋常的；特別的

62. **extreme**[3] (ɪk'strim) *adj.* 極端的
　 extremely (ɪk'strimlɪ) *adv.*
　 極端地；非常

63. **eye**[1] (aɪ) *n.* 眼睛
　 eyesight[6] ('aɪ,saɪt) *n.* 視力

eyesight

64. **face**[1]〔fes〕*n.* 臉　*v.* 面對；
使面對
<u>facial</u>[4]〔'feʃəl〕*adj.* 臉部的

65. **fact**[1]〔fækt〕*n.* 事實
<u>factory</u>[1]〔'fæktrɪ〕*n.* 工廠

66. **fad**[5]〔fæd〕*n.* 一時的流行
<u>fade</u>[3]〔fed〕*v.* 褪色

67. **fail**[2]〔fel〕*v.* 失敗
<u>failure</u>[2]〔'feljɚ〕*n.* 失敗

68. **fair**[2]〔fɛr〕*adj.* 公平的
<u>fairly</u>〔'fɛrlɪ〕*adv.* 公平地
<u>fairness</u>〔'fɛrnɪs〕*n.* 公平

69. **faith**[3]〔feθ〕*n.* 信念；信任
<u>faithful</u>[4]〔'feθfəl〕*adj.* 忠實的

70. **fall**[1]〔fɔl〕*n.* 秋天
（= *autumn*）
<u>fall</u>[1]〔fɔl〕*v.* 落下

fall

71. **false**[1]〔fɔls〕*adj.* 錯誤的
<u>falter</u>[5]〔'fɔltɚ〕
v. 蹣跚；搖晃地走

72. **familiar**[3]〔fə'mɪljɚ〕*adj.* 熟悉的
<u>familiarity</u>[6]〔fə,mɪlɪ'ærətɪ〕*n.*
熟悉

73. **family**[1]〔'fæməlɪ〕*n.* 家庭；家人
<u>family name</u> 姓

74. **fame**[4]〔fem〕*n.* 名聲
<u>famous</u>[2]〔'feməs〕*adj.* 有名的

75. **fan**[3,1]〔fæn〕*n.*（影、歌、球）迷；
風扇
<u>fancy</u>[3]〔'fænsɪ〕*adj.* 花俏的；
昂貴的

76. **fantasy**[4]〔'fæntəsɪ〕*n.* 幻想
<u>fantastic</u>[4]〔fæn'tæstɪk〕*adj.*
極好的

77. **far**[1]〔fɑr〕*adj.* 遠的
<u>farther</u>[3]〔'fɑrðɚ〕*adj.* 更遠的
<u>further</u>[2]〔'fɝðɚ〕*adj.* 更進一步的
adv. 更進一步地

78. **fare**³ 〔fɛr〕 *n.* 車資
    <u>farewell</u>⁴ 〔ˌfɛr'wɛl〕 *n.* 告別

79. **farm**¹ 〔fɑrm〕 *n.* 農田
    <u>farmer</u>¹ 〔'fɑrmɚ〕 *n.* 農夫

80. **fast**¹ 〔fæst〕 *adj.* 快的
    <u>fasten</u>³ 〔'fæsn̩〕 *v.* 繫上

fasten

81. **fat**¹ 〔fæt〕 *adj.* 胖的
    <u>flat</u>² 〔flæt〕 *adj.* 平的

82. **father**¹ 〔'fɑðɚ〕 *n.* 父親
    <u>grandfather</u>¹ 〔'grænd͵fɑðɚ〕 *n.*
    祖父 (= *grandpa*)

83. **fault**² 〔fɔlt〕 *n.* 過錯
    <u>assault</u>⁵ 〔ə'sɔlt〕 *v.n.* 襲擊；
    毆打

assault

84. **favor**² 〔'fevɚ〕 *n.* 恩惠；幫忙
    (= *favour* 【英式用法】)
    <u>favorite</u>² 〔'fevərɪt〕 *adj.* 最喜
    愛的 (= *favourite* 【英式用法】)

85. **ax**³ 〔æks〕 *n.* 斧頭
    (= *axe*)
    <u>fax</u>³ 〔fæks〕 *v.* 傳眞

86. **ear**¹ 〔ɪr〕 *n.* 耳朵
    <u>fear</u>¹ 〔fɪr〕 *n.* 恐懼

87. **feast**⁴ 〔fist〕 *n.* 盛宴
    <u>beast</u>³ 〔bist〕 *n.* 野獸

88. **feather**³ 〔'fɛðɚ〕 *n.* 羽毛
    <u>leather</u>³ 〔'lɛðɚ〕 *n.* 皮革

89. **federal**⁵ 〔'fɛdərəl〕 *adj.*
    聯邦的
    <u>federation</u>⁶ 〔ˌfɛdə'reʃən〕 *n.*
    聯邦政府

90. **fee**² 〔fi〕 *n.* 費用
    <u>feeble</u>⁵ 〔'fibl̩〕 *adj.*
    虛弱的

DAY 7

91. **feed**¹〔fid〕*v.* 餵
    feedback⁶〔'fid,bæk〕*n.*
    反應;反饋

92. **feel**¹〔fil〕*v.* 覺得
    feeling¹〔'filɪŋ〕*n.* 感覺
    feelings¹〔'filɪŋz〕*n. pl.* 感情

93. **fellow**²〔'fɛlo〕*n.* 傢伙;同伴
    follow¹〔'falo〕*v.* 跟隨;遵守
    following²〔'faloɪŋ〕*adj.*
    下列的

94. **male**²〔mel〕*adj.* 男性的
    n. 男性
    female²〔'fimel〕*adj.* 女性的
    n. 女性

95. **fence**²〔fɛns〕*n.* 籬笆;圍牆
    offence〔ə'fɛns〕*n.* 冒犯
    【英式用法】(= *offense*)

96. **ferry**⁴〔'fɛrɪ〕*n.* 渡輪
    berry³〔'bɛrɪ〕*n.*
    漿果

97. **arrival**³〔ə'raɪvḷ〕*n.* 到達
    festival²〔'fɛstəvḷ〕*n.* 節日

98. **fetch**⁴〔fɛtʃ〕*v.* 拿來
    sketch⁴〔skɛtʃ〕*n.* 素描

99. **ever**¹〔'ɛvɚ〕*adv.* 曾經
    fever²〔'fivɚ〕*n.* 發燒

100. **few**¹〔fju〕*adj.* 很少的
     dew²〔dju〕*n.* 露水

101. **barber**¹〔'barbɚ〕*n.* 理髮師
     fiber⁵〔'faɪbɚ〕*n.* 纖維

102. **fiction**⁴〔'fɪkʃən〕*n.* 小說;
     虛構的事
     friction⁶〔'frɪkʃən〕*n.* 摩擦

103. **field**²〔fild〕*n.* 田野
     yield⁵〔jild〕*v.* 出產;屈服

104. **fierce**⁴〔fɪrs〕*adj.* 兇猛的;
     激烈的
     pierce⁶〔pɪrs〕*v.* 刺穿

pierce

105. **fight**¹〔faɪt〕*v.* 打架
     fighter²〔'faɪtɚ〕*n.* 戰士

106. **fig**〔 fɪg 〕*n.* 無花果
     <u>figure</u>[2]〔'fɪgjə 〕*n.*
     數字；人物

107. **file**[3]〔 faɪl 〕*n.* 檔案
     <u>profile</u>[5]〔'profaɪl 〕
     n. 側面；輪廓

108. **fill**[1]〔 fɪl 〕*v.* 使充滿
     <u>film</u>[2]〔 fɪlm 〕*n.* 影片

109. **final**[1]〔'faɪn!〕*adj.* 最後的
     <u>finally</u>[1]〔'faɪn!ɪ〕*adv.* 最後；
     終於

110. **finance**[4]〔'faɪnæns , fə'næns 〕
     n. 財務   *v.* 資助
     <u>financial</u>[4]〔 faɪ'nænʃəl 〕*adj.*
     財務的

111. **find**[1]〔 faɪnd 〕*v.* 找到
     <u>finder</u>[1]〔'faɪndə 〕*n.* 發現者；
     拾獲者

112. **fine**[1]〔 faɪn 〕*adj.* 好的
     <u>define</u>[3]〔 dɪ'faɪn 〕*v.* 下定義

113. **finger**[1]〔'fɪŋgə 〕*n.* 手指
     <u>fingernail</u>〔'fɪŋgəˌnel 〕*n.* 指甲

114. **fin**[5]〔 fɪn 〕*n.* 鰭
     <u>finish</u>[1]〔'fɪnɪʃ 〕*v.*
     結束；完成

115. **fire**[1]〔 faɪr 〕*n.* 火
     <u>firefighter</u>〔'faɪrˌfaɪtə 〕*n.*
     消防隊員（ = *fireman* ）

116. **fireplace**[4]〔'faɪrˌples 〕*n.* 壁爐
     <u>firewood</u>〔'faɪrˌwʊd 〕*n.* 木材
     <u>fireworks</u>[3]〔'faɪrˌwɜks 〕*n. pl.*
     煙火

fireworks

117. **firm**[2]〔 fɜm 〕*adj.* 堅定的
     n. 公司
     <u>firmly</u>[2]〔'fɜmlɪ 〕*adv.* 堅定地

118. **fish**[1]〔 fɪʃ 〕*n.* 魚
     <u>fisherman</u>[2]〔'fɪʃəmən 〕*n.*
     漁夫

119. **first**[1]〔 fɜst 〕*adj.* 第一的
     <u>fist</u>[3]〔 fɪst 〕*n.* 拳頭

DAY 7

120. **fit²** 〔 fɪt 〕 v. 適合
　　 fitting room 試衣間

121. **six¹** 〔 sɪks 〕 n. 六
　　 fix² 〔 fɪks 〕 v. 修理

122. **lag⁴** 〔 læg 〕 n. 落後
　　 flag² 〔 flæg 〕 n. 旗子

123. **lame⁵** 〔 lem 〕 adj. 跛的
　　 flame³ 〔 flem 〕 n. 火焰

124. **flash²** 〔 flæʃ 〕 n. 閃光；
　　 （光的）閃爍
　　 flashlight² 〔'flæʃˌlaɪt 〕 n. 手電
　　 筒；閃光燈

flashlight

125. **flat²** 〔 flæt 〕 adj. 平的
　　 flatter⁴ 〔'flætɚ 〕 v. 奉承；討好

126. **flee⁴** 〔 fli 〕 v. 逃走；逃離
　　 fleet⁶ 〔 flit 〕 n. 艦隊；船隊

fleet

127. **fresh¹** 〔 frɛʃ 〕 adj. 新鮮的；
　　 沒有鹽份的
　　 flesh³ 〔 flɛʃ 〕 n. 肉

128. **flexible⁴** 〔'flɛksəbḷ 〕 adj. 有彈
　　 性的
　　 flexibility 〔ˌflɛksə'bɪlətɪ 〕 n.
　　 彈性

flexible

129. **light¹** 〔 laɪt 〕 n. 燈
　　 flight² 〔 flaɪt 〕 n. 班機

130. **goat²** 〔 got 〕 n. 山羊
　　 float³ 〔 flot 〕 v.
　　 飄浮；漂浮

131. **blood¹** 〔 blʌd 〕 n. 血
　　 flood² 〔 flʌd 〕 n. 水災

132. **floor¹** 〔 flor 〕 n. 地板；樓層
　　 second floor 二樓

133. **flour²** 〔 flaʊr 〕 n. 麵粉 ⎫
　　 【注意發音】 ⎬ 同音字
　　 flower¹ 〔'flaʊɚ 〕 n. 花 ⎭

Day 7 Exercise

※ 請根據上下文意，選出一個最正確的答案。

1. This breed of dog is very _____ and needs lots of exercise.

   (A) extreme
   (B) explicit
   (C) energetic
   (D) evident   (   )

2. When the basketball star arrived at the airport, he received an _____ welcome from his fans.

   (A) exact
   (B) equal
   (C) evident
   (D) enthusiastic   (   )

3. Scientists can predict when a volcano will _____.

   (A) erupt
   (B) evaluate
   (C) examine
   (D) equip   (   )

4. Darwin's theory of _____ is based upon the idea of natural selection.

   (A) evidence
   (B) exhibition
   (C) evolution
   (D) equality   (   )

5. The company is prepared to _____ its business overseas.

   (A) explode
   (B) expand
   (C) explore
   (D) exist   (   )

6. Mr. Peterson can be reached at 323-9090, _____ 7.

   (A) extension

   (B) existence

   (C) experiment

   (D) expectation   ( )

7. Passengers were instructed to _____ their seat belts.

   (A) flee

   (B) fetch

   (C) fasten

   (D) float   ( )

8. The birthday of the nation is always celebrated with a big _____ display.

   (A) figures

   (B) fireworks

   (C) festivals

   (D) enterprises   ( )

9. He needed a _____ to see behind the refrigerator without moving the appliance away from the wall.

   (A) fiction

   (B) fingernail

   (C) feather

   (D) flashlight   ( )

10. Ms. Taylor has a _____ work schedule which allows for a lot of free time during the day.

   (A) federal

   (B) flexible

   (C) fierce

   (D) false   ( )

第八天 ⇨ DAY 8

DAY 8

1. **flow**² 〔 flo 〕 *v.* 流
   <u>glow</u>³ 〔 glo 〕 *v.* 發光

2. **flu**² 〔 flu 〕 *n.* 流行性感冒
   (= *influenza*)
   <u>fluent</u>⁴ 〔 'fluənt 〕 *adj.* 流利的
   <u>fluency</u>⁵ 〔 'fluənsɪ 〕 *n.* 流利

3. **fly**¹ 〔 flaɪ 〕 *v.* 飛 *n.* 蒼蠅
   <u>sly</u>⁵ 〔 slaɪ 〕 *adj.* 狡猾的

4. **focus**² 〔 'fokəs 〕 *n.* 焦點
   v. 對準焦點；集中
   <u>circus</u>³ 〔 'sɝkəs 〕 *n.* 馬戲團

circus

5. **fog**¹ 〔 fɔg, fɑg 〕 *n.* 霧
   <u>foggy</u>² 〔 'fɑgɪ 〕 *adj.* 多霧的

6. **fold**³ 〔 fold 〕 *v.* 摺疊
   <u>folk</u>³ 〔 fok 〕 *adj.* 民間的 *n.* 人們

fold

7. **fond**³ 〔 fɑnd 〕 *adj.* 喜歡的
   <u>be fond of</u> 喜歡

8. **food**¹ 〔 fud 〕 *n.* 食物
   <u>fool</u>² 〔 ful 〕 *n.* 傻瓜
   <u>foolish</u>² 〔 'fulɪʃ 〕 *adj.* 愚蠢的

9. **foot**¹ 〔 fʊt 〕 *n.* 腳；英尺
   <u>football</u>² 〔 'fʊt,bɔl 〕
   n. 橄欖球

10. **bid**⁵ 〔 bɪd 〕 *v.* 出（價）；投標
    <u>forbid</u>⁴ 〔 fə'bɪd 〕 *v.* 禁止

11. **force**¹ 〔 fors 〕 *n.* 力量 *v.* 強迫
    <u>air force</u> 空軍

12. **forecast**⁴ 〔 'for,kæst 〕 *n.* 預測
    〔 for'kæst 〕 *v.*
    <u>forehead</u>³ 〔 'forɪd,
    'for,hɛd 〕 *n.* 額頭

13. **foreign**¹ 〔 'fɔrɪn 〕 *adj.* 外國的
    <u>foreigner</u>² 〔 'fɔrɪnɚ 〕 *n.* 外國人
    【注意 g 不發音】

14. **see**¹ 〔 si 〕 *v.* 看見
    <u>foresee</u>⁶ 〔 for'si 〕 *v.* 預料

DAY 8

15. **rest**[1] ﹝rɛst﹞ *v. n.* 休息
    forest[1] ﹝'fɔrɪst﹞ *n.* 森林

16. **ever**[1] ﹝'ɛvə﹞ *adv.* 曾經
    forever[3] ﹝fə'ɛvə﹞ *adv.* 永遠

17. **forget**[1] ﹝fə'gɛt﹞ *v.* 忘記
    forgetful[5] ﹝fə'gɛtfəl﹞ *adj.*
    健忘的

18. **give**[1] ﹝gɪv﹞ *v.* 給
    forgive[2] ﹝fə'gɪv﹞ *v.* 原諒

19. **fork**[1] ﹝fɔrk﹞ *n.* 叉子
    knife[1] ﹝naɪf﹞ *n.* 刀子

20. **form**[2] ﹝fɔrm﹞ *v.* 形成
    n. 形式
    format[5] ﹝'fɔrmæt﹞ *n.* 格式
    former[2] ﹝'fɔrmə﹞ *pron.* 前者

21. **fort**[4] ﹝fɔrt﹞ *n.* 堡壘
    fortnight ﹝'fɔrt,naɪt﹞ *n.* 十四日；
    兩星期

22. **fortune**[3] ﹝'fɔrtʃən﹞ *n.* 運氣；
    財富
    fortunate[4] ﹝'fɔrtʃənɪt﹞ *adj.*
    幸運的

23. **ward**[5] ﹝wɔrd﹞ *n.* 病房；囚房
    v. 躲避
    forward[2] ﹝'fɔrwəd﹞ *adv.* 向前

24. **poster**[3] ﹝'postə﹞ *n.* 海報
    foster[6] ﹝'fɔstə﹞ *adj.* 收養的

poster

25. **found**[3] ﹝faʊnd﹞ *v.* 建立
    founding ﹝'faʊndɪŋ﹞ *n.* 建立

26. **fountain**[3] ﹝'faʊntṇ﹞ *n.* 噴泉；
    泉源
    fountain pen 鋼筆

27. **box**[1] ﹝bɑks﹞ *n.* 箱子
    fox[2] ﹝fɑks﹞ *n.* 狐狸

28. **fragile**[6] ﹝'frædʒəl﹞ *adj.* 脆弱的
    fragrant[4] ﹝'fregrənt﹞ *adj.*
    芳香的

29. **frame**[4]〔 frem 〕 *n.* 框架
    framework[5]〔'frem,wɜk 〕 *n.* 骨架

frame

30. **franc**[7]〔 fræŋk 〕 *n.* 法朗 ⎫ 同
    frank[2]〔 fræŋk 〕 *adj.* 坦白的 ⎬ 音
    　　　　　　　　　　　　　　　　 ⎭ 字

31. **free**[1]〔 fri 〕 *adj.* 自由的；免費的
    freedom[2]〔'fridəm 〕 *n.* 自由
    freeway[4]〔'fri,we 〕 *n.* 高速公路

32. **freeze**[3]〔 friz 〕 *v.* 結冰
    freezing〔'frizɪŋ 〕 *adj.* 極冷的

freezing

33. **frequent**[3]〔'frikwənt 〕 *adj.*
    經常的
    frequently〔'frikwəntlɪ 〕 *adv.*
    常常

34. **fresh**[1]〔 frɛʃ 〕 *adj.* 新鮮的；
    沒有鹽份的
    refresh[4]〔 rɪ'frɛʃ 〕 *v.* 使提神

35. **ridge**[5]〔 rɪdʒ 〕 *n.* 山脊
    fridge[7]〔 frɪdʒ 〕 *n.* 冰箱
    （ = *refrigerator* ）

36. **friend**[1]〔 frɛnd 〕 *n.* 朋友
    friendly[2]〔'frɛndlɪ 〕 *adj.* 友善的
    friendship[3]〔'frɛnd,ʃɪp 〕 *n.*
    友誼

37. **fright**[2]〔 fraɪt 〕 *n.* 驚嚇
    frighten[2]〔'fraɪtn̩ 〕 *v.* 使驚嚇

38. **frog**[1]〔 frɑg 〕 *n.* 青蛙
    toad〔 tod 〕 *n.* 蟾蜍；
    癩蛤蟆

39. **front**[1]〔 frʌnt 〕 *n.* 前面
    frontier[5]〔 frʌn'tɪr 〕 *n.* 邊境

40. **host**[2,4]〔 host 〕 *n.* 主人；主持人
    v. 擔任…的主人；主辦
    frost[4]〔 frɔst 〕 *n.* 霜

41. **fruit**[1]〔 frut 〕 *n.* 水果
    fruit juice 果汁

DAY 8

DAY 8

42. **fry**[3] 〔fraɪ〕*v.* 油炸

 <u>fried</u>[3] 〔fraɪd〕*adj.* 油炸的

 <u>fried chicken</u> 炸雞

fried chicken

43. **fuel**[4] 〔'fjuəl〕*n.* 燃料

 <u>duel</u> 〔'duəl , 'djuəl〕*n.* 決鬥

duel

44. **full**[1] 〔fʊl〕*adj.* 充滿的

 <u>bull</u>[3] 〔bʊl〕*n.* 公牛

bull

45. **fun**[1] 〔fʌn〕*n.* 樂趣

 <u>funny</u>[1] 〔'fʌnɪ〕*adj.* 好笑的

46. **function**[2] 〔'fʌŋkʃən〕*n.*
 功能

 <u>functional</u>[4] 〔'fʌŋkʃənḷ〕*adj.*
 功能的

47. **mental**[3] 〔'mɛntḷ〕*adj.* 心理的

 <u>fundamental</u>[4] 〔ˌfʌndə'mɛntḷ〕
 adj. 基本的

48. **general**[1,2] 〔'dʒɛnərəl〕*adj.*
 一般的　*n.* 將軍

 <u>funeral</u>[4] 〔'fjunərəl〕*n.* 葬禮

49. **fur**[3] 〔fɝ〕*n.* 毛皮

 <u>furnish</u>[4] 〔'fɝnɪʃ〕*v.* 裝置傢俱

 <u>furniture</u>[3] 〔'fɝnɪtʃɚ〕*n.* 傢俱

furniture

50. **picture**[1] 〔'pɪktʃɚ〕*n.* 圖畫；
 照片

 <u>future</u>[2] 〔'fjutʃɚ〕*n.* 未來

51. **gain**² 〔 gen 〕 *v.* 獲得
    <u>again</u>¹ 〔 ə'gɛn 〕 *adv.* 再

52. **gallon**³ 〔'gælən 〕 *n.* 加侖
    （容量單位）
    <u>gallery</u>⁴ 〔'gælərɪ 〕 *n.* 畫廊

gallery

53. **game**¹ 〔 gem 〕 *n.* 遊戲
    <u>gamble</u>³ 〔'gæmbḷ 〕 *v.* 賭博

gamble

54. **garage**² 〔 gə'rɑʒ 〕 *n.* 車庫
    <u>garbage</u>² 〔'gɑrbɪdʒ 〕 *n.* 垃圾
    【拼字多一個 b】

55. **garden**¹ 〔'gɑrdṇ 〕 *n.* 花園
    <u>gardening</u> 〔'gɑrdṇɪŋ 〕 *n.*
    園藝

56. **garlic**³ 〔'gɑrlɪk 〕
    n. 大蒜

garlic

    <u>symbolic</u>⁶ 〔 sɪm'bɑlɪk 〕 *adj.*
    象徵性的

57. **garment**⁵ 〔'gɑrmənt 〕 *n.* 衣服
    <u>government</u>² 〔'gʌvənmənt 〕 *n.*
    政府

garment

58. **gas**¹ 〔 gæs 〕 *n.* 瓦斯；汽油
    <u>gasoline</u>³ 〔'gæsḷ,in 〕 *n.* 汽油
    （ = *petrol*【英式用法】）
    〕同義字

59. **gate**² 〔 get 〕 *n.* 大門
    <u>delegate</u>⁵ 〔'dɛləgɪt , 'dɛlə,get 〕
    n. 代表

60. **gather**² 〔'gæðə 〕 *v.* 聚集
    <u>rather</u>² 〔'ræðə 〕 *adv.* 相當地

DAY 8

DAY 8

61. **gay**[5] ﹝ ge ﹞ *n.* 男同性戀者

    hay[3] ﹝ he ﹞ *n.* 乾草

hay

62. **general**[1,2] ﹝'dʒɛnərəl﹞ *adj.*
    一般的　*n.* 將軍

    generate[6] ﹝'dʒɛnə,ret﹞ *v.* 產生

general

63. **generous**[2] ﹝'dʒɛnərəs﹞ *adj.*
    慷慨的

    generation[4] ﹝,dʒɛnə'reʃən﹞ *n.*
    世代

64. **gentle**[2] ﹝'dʒɛntḷ﹞ *adj.* 溫柔的

    gentleman[2] ﹝'dʒɛntḷmən﹞ *n.*
    紳士

65. **geography**[2] ﹝dʒi'ɑgrəfɪ﹞ *n.*
    地理學

    geometry[5] ﹝dʒi'ɑmətrɪ﹞ *n.*
    幾何學

66. **gesture**[3] ﹝'dʒɛstʃɚ﹞ *n.* 手勢

    posture[6] ﹝'pɑstʃɚ﹞ *n.* 姿勢

67. **gift**[1] ﹝ gɪft ﹞ *n.* 禮物

    gifted[4] ﹝'gɪftɪd﹞ *adj.* 有天份的

68. **raft**[6] ﹝ ræft ﹞ *n.* 木筏；
    救生筏

    giraffe[2] ﹝ dʒə'ræf ﹞
    n. 長頸鹿

69. **lad**[5] ﹝ læd ﹞ *n.* 年輕人

    glad[1] ﹝ glæd ﹞ *adj.* 高興的

70. **glare**[5] ﹝ glɛr ﹞ *v.* 怒視　*n.* 強光

    glance[3] ﹝ glæns ﹞ *n. v.* 看一眼

glare

71. **glass**[1] ﹝ glæs ﹞ *n.* 玻璃

    glasshouse ﹝'glæs,haʊs﹞ *n.*
    玻璃屋

glasshouse

72. **globe**[4] 〔glob〕 *n.* 地球
    global[3] 〔'globḷ〕 *adj.* 全球的

73. **glory**[3] 〔'glorɪ〕 *n.* 光榮
    glorious[4] 〔'glorɪəs〕 *adj.*
    光榮的

74. **love**[1] 〔lʌv〕 *n.v.* 愛
    glove[2] 〔glʌv〕 *n.*
    手套

75. **blue**[1] 〔blu〕 *adj.* 藍色的
    glue[2] 〔glu〕 *n.* 膠水

76. **goal**[2] 〔gol〕 *n.* 目標
    goat[2] 〔got〕 *n.*
    山羊

goat

77. **god**[1] 〔gɑd〕 *n.* 神
    goddess[1] 〔'gɑdɪs〕 *n.* 女神

goddess

78. **gold**[1] 〔gold〕 *n.* 黃金
    golden[2] 〔'goldṇ〕 *adj.* 金色的；
    金製的
    goldfish 〔'gold,fɪʃ〕 *n.* 金魚

79. **golf**[2] 〔gɑlf, gɔlf〕 *n.* 高爾夫球
    gulf[4] 〔gʌlf〕 *n.* 海灣

gulf

80. **good**[1] 〔gʊd〕 *adj.* 好的
    goods[4] 〔gʊdz〕 *n. pl.* 商品

81. **goose**[1] 〔gus〕 *n.* 鵝
    geese 〔gis〕 *n. pl.* 鵝

82. **govern**[2] 〔'gʌvən〕 *v.* 統治
    government[2] 〔'gʌvənmənt〕
    n. 政府

83. **trade**[2] 〔tred〕 *n.* 貿易
    grade[2] 〔gred〕 *n.* 成績
    (= *score*)

84. **gradual**³ 〔'grædʒuəl 〕 *adj.*
逐漸的
<u>gradually</u> 〔'grædʒuəlɪ 〕 *adv.*
逐漸地

85. **graduate**³ 〔'grædʒu,et 〕 *v.*
畢業
<u>graduation</u>⁴ 〔,grædʒu'eʃən 〕
n. 畢業

graduation

86. **rain**¹ 〔 ren 〕 *n.* 雨 *v.* 下雨
<u>grain</u>³ 〔 gren 〕 *n.* 穀物

87. **gram**³ 〔 græm 〕 *n.* 公克
<u>grammar</u>⁴ 〔'græmɚ 〕 *n.* 文法

88. **grand**¹ 〔 grænd 〕 *adj.* 雄偉的
<u>grandchild</u>¹ 〔'grænd,tʃaɪld 〕
n. 孫子；孫女

89. **grandson**¹ 〔'græn,sʌn 〕 *n.*
孫子
<u>granddaughter</u>¹ 〔'græn,dɔtɚ 〕
n. 孫女

90. **grandma** 〔'grændmə 〕 *n.* 祖母
(= *grandmother*)
<u>grandpa</u> 〔'grændpə 〕 *n.* 祖父
(= *grandfather*)
<u>grandparents</u> 〔'grænd,pɛrənts 〕
n. pl. 祖父母

grandparents

91. **nanny**³ 〔'nænɪ 〕 *n.* 奶媽
<u>granny</u> 〔'grænɪ 〕 *n.* 祖母；
外祖母

92. **grape**² 〔 grep 〕 *n.*
葡萄
<u>grapefruit</u>⁴ 〔'grep,frut 〕
n. 葡萄柚

93. **graph**⁶ 〔 græf 〕 *n.* 圖表
<u>graphic</u>⁶ 〔'græfɪk 〕 *adj.* 圖解的

94. **grass**¹ 〔 græs 〕 *n.* 草
<u>grasp</u>³ 〔 græsp 〕 *v.* 抓住

95. **grateful**[4]〔'gretfəl 〕 *adj.*
感激的
graceful[4]〔'gresfəl 〕 *adj.*
優雅的

greet

96. **grave**[4]〔 grev 〕 *n.* 墳墓
gravity[5]〔'grævətɪ 〕 *n.* 重力

101. **grey**〔 gre 〕 *adj.* 灰色的 ⎱
gray[1]〔 gre 〕 *adj.* 灰色的 ⎰ 同義字
(= *grey*)

97. **great**[1]〔 gret 〕 *adj.* 大的；
很棒的
the Great Wall 萬里長城

the Great Wall

102. **grocer**[6]〔'grosɚ 〕 *n.* 雜貨商
grocery[3]〔'grosɚɪ 〕 *n.* 雜貨店

grocer

103. **round**[1]〔 raʊnd 〕 *adj.* 圓的
n. 回合
ground[1]〔 graʊnd 〕 *n.* 地面

98. **greed**[5]〔 grid 〕 *n.* 貪心
greedy[2]〔'gridɪ 〕 *adj.* 貪心的

99. **green**[1]〔 grin 〕 *adj.* 綠色的
grocer[6]〔'grosɚ 〕 *n.* 雜貨商
greengrocer〔'grin,grosɚ 〕 *n.*
蔬菜水果商

104. **group**[1]〔 grup 〕 *n.* 群；團體；
小組
soup[1]〔 sup 〕 *n.* 湯

100. **greet**[2]〔 grit 〕 *v.* 問候；迎接
greeting[4]〔'gritɪŋ 〕 *n.* 問候

105. **grow**[1]〔 gro 〕 *v.* 成長
growth[2]〔 groθ 〕 *n.* 成長

DAY 8

106. **guard**² 〔 gɑrd 〕 *n.* 警衛

<u>guarantee</u>⁴ 〔 ˌgærənˈti 〕 *v.*
保證

guard

107. **guess**¹ 〔 gɛs 〕 *v.* 猜

<u>guest</u>¹ 〔 gɛst 〕 *n.* 客人

108. **guide**¹ 〔 gaɪd 〕 *v.* 引導
n. 導遊

<u>guidance</u>³ 〔 ˈgaɪdn̩s 〕 *n.* 指導

guide

109. **guilt**⁴ 〔 gɪlt 〕 *n.* 罪

<u>guilty</u>⁴ 〔 ˈgɪltɪ 〕 *adj.* 有罪的

110. **tar**⁵ 〔 tɑr 〕 *n.* 焦油；
黑油

<u>guitar</u>² 〔 gɪˈtɑr 〕 *n.*
吉他

111. **gun**¹ 〔 gʌn 〕 *n.* 槍

<u>gum</u>³ 〔 gʌm 〕 *n.* 口香糖
(= *chewing gum*)

112. **gym**³ 〔 dʒɪm 〕 *n.* 體育館；
健身房（ = *gymnasium* ）

<u>gymnasium</u> 〔 dʒɪmˈnezɪəm 〕
n. 體育館；健身房

同
義
字

<u>gymnastics</u> 〔 dʒɪmˈnæstɪks 〕
n. 體操

gymnasium

gymnastics

Day 8 Exercise

※ 請根據上下文意，選出一個最正確的答案。

1. Most Germans are _____ in at least one other language besides their native tongue.
   - (A) foggy
   - (B) foreign
   - (C) fundamental
   - (D) fluent   (   )

2. They _____ their daughter to date the older boy.
   - (A) follow
   - (B) foresee
   - (C) forbid
   - (D) foster   (   )

3. The latest economic _____ predicts rising prices and slower growth.
   - (A) forecast
   - (B) framework
   - (C) furniture
   - (D) frontier   (   )

4. The device is very _____ and must be carefully packed before shipping.
   - (A) fragrant
   - (B) freezing
   - (C) frequent
   - (D) fragile   (   )

5. His artwork is currently being displayed at a local _____.
   - (A) grocery
   - (B) gallery
   - (C) garden
   - (D) garage   (   )

DAY 8

6. He was a _____ musician who dreamed of joining the National Symphony.
   (A) gifted
   (B) grateful
   (C) generous
   (D) gradual ( )

7. The children used rectangular blocks to learn the principles of _____.
   (A) geography
   (B) geometry
   (C) grammar
   (D) gravity ( )

8. Just because things went well yesterday, it doesn't _____ they will go well today.
   (A) grasp
   (B) glance
   (C) guarantee
   (D) gather ( )

9. The hinge was oiled and didn't squeak because the _____ had been reduced.
   (A) guidance
   (B) graduation
   (C) friction
   (D) function ( )

10. As this _____ shows, July is the wettest month of the year.
    (A) graph
    (B) grape
    (C) globe
    (D) garment ( )

第九天 ⇨ DAY 9

1. **habit**² 〔ˈhæbɪt〕 *n.* 習慣

   hobby² 〔ˈhɑbɪ〕 *n.* 嗜好

2. **hair**¹ 〔hɛr〕 *n.* 頭髮

   haircut¹ 〔ˈhɛrˌkʌt〕 *n.* 理髮

3. **half**¹ 〔hæf〕 *n.* 一半【注意發音】

   behalf⁵ 〔bɪˈhæf〕 *n.* 方面

4. **hall**² 〔hɔl〕 *n.* 大廳

   hallway³ 〔ˈhɔlˌwe〕 *n.* 走廊

hallway

5. **ham**¹ 〔hæm〕 *n.* 火腿

   hammer² 〔ˈhæmɚ〕 *n.* 鐵鎚

   hamburger² 〔ˈhæmbɝgɚ〕 *n.*
   漢堡（= *burger*）

6. **hand**¹ 〔hænd〕 *n.* 手

   handbag 〔ˈhændˌbæg〕
   n. 手提包

7. **handful**³ 〔ˈhændˌfʊl〕 *n.* 一把

   handsome² 〔ˈhænsəm〕 *adj.*
   英俊的

8. **handy**³ 〔ˈhændɪ〕 *adj.* 便利的；
   附近的

   handle² 〔ˈhændḷ〕 *v.* 處理

9. **handwriting**⁴ 〔ˈhændˌraɪtɪŋ〕
   n. 筆跡

   handkerchief²

   〔ˈhæŋkɚtʃɪf〕 *n.* 手帕

10. **hang**² 〔hæŋ〕 *v.* 懸掛

    hanger² 〔ˈhæŋɚ〕

    n. 衣架

11. **happen**¹ 〔ˈhæpən〕 *v.* 發生

    happening 〔ˈhæpənɪŋ〕 *n.*
    事件

    *Tell me about the latest
    happenings.*
    告訴我最近發生的事。

12. **happy**¹ 〔ˈhæpɪ〕 *adj.* 快樂的

    happiness¹ 〔ˈhæpɪnɪs〕 *n.*
    快樂；幸福

DAY 9

13. **ha**〔hɑ〕*interj.* 哈
  <u>harbor</u>³〔'hɑrbɚ〕*n.* 港口
  (= *harbour*【英式用法】)

14. **hard**¹〔hɑrd〕*adj.* 困難的
  adv. 努力地
  <u>hardly</u>²〔'hɑrdlɪ〕*adv.* 幾乎不

15. **hardship**⁴〔'hɑrdʃɪp〕*n.* 艱難
  <u>hardworking</u>〔'hɑrd,wɜkɪŋ〕
  adj. 努力工作的

16. **harm**³〔hɑrm〕*v. n.* 傷害
  <u>harmful</u>³〔'hɑrmfəl〕*adj.* 有害的

17. **harmony**⁴〔'hɑrmənɪ〕*n.* 和諧
  <u>harmonica</u>⁴〔hɑr'mɑnɪkə〕*n.*
  口琴

harmonica

18. **vest**³〔vɛst〕*n.* 背心
  <u>harvest</u>³〔'hɑrvɪst〕*n.* 收穫

19. **hat**¹〔hæt〕*n.* 帽子
  <u>hatch</u>³〔hætʃ〕*v.* 孵化

20. **hate**¹〔het〕*v.* 恨；討厭
  <u>hateful</u>²〔'hetfəl〕*adj.* 可恨的
  <u>hatred</u>⁴〔'hetrɪd〕*n.* 憎恨

21. **head**¹〔hɛd〕*n.* 頭
  <u>headline</u>³〔'hɛd,laɪn〕*n.* (報紙
  的)標題

headline

22. **headmaster**〔,hɛd'mæstɚ〕*n.*
  男校長
  <u>headmistress</u>〔,hɛd'mɪstrɪs〕
  n. 女校長
  <u>headteacher</u>〔,hɛd'titʃɚ〕*n.*
  校長 (= *principal*²)

23. **health**¹〔hɛlθ〕*n.* 健康
  <u>healthy</u>²〔'hɛlθɪ〕*adj.* 健康的

24. **hear**¹〔hɪr〕*v.* 聽到
  <u>hearing</u>〔'hɪrɪŋ〕*n.* 聽力

25. **heart**¹〔hɑrt〕*n.* 心
  <u>hearty</u>⁵〔'hɑrtɪ〕*adj.* 真摯的

26. **heat**[1] 〔 hit 〕 *n.* 熱
    heater[2] 〔'hitɚ〕 *n.* 暖氣機

27. **heaven**[3] 〔'hɛvən〕 *n.* 天堂
    heavenly[5] 〔'hɛvənlɪ〕 *adj.*
    天空的；極好的

28. **heavy**[1] 〔'hɛvɪ〕 *adj.* 重的；大量的
    heavily 〔'hɛvɪlɪ〕 *adv.* 重地；
    大量地

29. **eel**[5] 〔 il 〕 *n.* 鰻魚
    heel[3] 〔 hil 〕 *n.* 腳跟

heel

30. **height**[2] 〔 haɪt 〕 *n.* 高度
    heighten[5] 〔'haɪtn〕 *v.* 升高

31. **chopper** 〔'tʃɑpɚ〕 *n.* 直昇機
    helicopter[4] 〔'hɛlɪˌkɑptɚ〕 *n.*
    直昇機 } 同義字

helicopter

32. **hell**[3] 〔 hɛl 〕 *n.* 地獄
    hello[1] 〔hə'lo〕 *interj.* 哈囉

33. **help**[1] 〔 hɛlp 〕 *n. v.* 幫助
    helpful[2] 〔'hɛlpfəl〕 *adj.* 有幫
    助的
    helmet[3] 〔'hɛlmɪt〕 *n.* 安全帽

helmet

34. **hen**[2] 〔 hɛn 〕 *n.* 母雞
    hence[5] 〔 hɛns 〕
    adv. 因此

35. **herb**[5] 〔 ɝb , hɝb 〕 *n.* 草藥
    herd[4] 〔 hɝd 〕 *n.* (牛) 群

36. **hero**[2] 〔'hɪro〕 *n.* 英雄
    heroine[2] 〔'hɛro‧ɪn〕 *n.* 女英雄

37. **hesitate**[3] 〔'hɛzəˌtet〕 *v.* 猶豫
    hesitation[4] 〔ˌhɛzə'teʃən〕 *n.*
    猶豫

38. **hi**[1] 〔 haɪ 〕 *interj.* 嗨 } 同音字
    high[1] 〔 haɪ 〕 *adj.* 高的

39. **hide**² 〔 haɪd 〕 v. 隱藏

 hide-and-seek 〔'haɪd͵ən'sik 〕

 n. 捉迷藏

hide-and-seek

40. **way**¹ 〔 we 〕 n. 路；方式；樣子

 highway² 〔'haɪ͵we 〕 n. 公路

41. **hill**¹ 〔 hɪl 〕 n. 山丘

 chill³ 〔 tʃɪl 〕 n. 寒冷

chill

42. **fire**¹ 〔 faɪr 〕 n. 火

 hire² 〔 haɪr 〕 v. 僱用

43. **story**¹ 〔'storɪ 〕 n. 故事；短篇
 小說

 history¹ 〔'hɪstrɪ 〕 n. 歷史

44. **hit**¹ 〔 hɪt 〕 v. 打

 hitman 〔'hɪt͵mæn 〕

 n. 殺手

45. **hole**¹ 〔 hol 〕 n. 洞

 hold¹ 〔 hold 〕 v. 握住

 holy³ 〔'holɪ 〕 adj. 神聖的

46. **day**¹ 〔 de 〕 n. 天

 holiday¹ 〔'hɑlə͵de 〕 n. 假日

47. **home**¹ 〔 hom 〕 n. 家

 homework 〔'hom͵wɝk 〕 n.
 功課

48. **hometown**³ 〔'hom'taʊn 〕 n. 家鄉

 homeland⁴ 〔'hom͵lænd 〕 n.
 祖國

49. **honest**² 〔'ɑnɪst 〕 adj. 誠實的

 honesty³ 〔'ɑnɪstɪ 〕 n. 誠實

50. **honey**² 〔'hʌnɪ 〕 n. 蜂蜜

 honeymoon⁴ 〔'hʌnɪ͵mun 〕 n.
 蜜月旅行

DAY 9

51. **honor**[3] (ˈɑnɚ) *n.* 光榮
(= *honour*【英式用法】)
<u>honorary</u>[6] (ˈɑnəˌrɛrɪ) *adj.*
名譽的 (= *honourary*【英式用法】)

52. **hook**[4] (hʊk) *n.* 鉤
<u>hood</u>[5] (hʊd) *n.* 頭巾；兜帽

hood

53. **hope**[1] (hop) *v. n.* 希望
<u>hopeful</u>[4] (ˈhopfəl) *adj.* 充滿希望的
<u>hopeless</u> (ˈhoplɪs) *adj.* 沒有希望的

54. **terrible**[2] (ˈtɛrəbl̩) *adj.*
可怕的
<u>horrible</u>[3] (ˈhɔrəbl̩,
ˈhɑrəbl̩) *adj.* 可怕的 } 同義字

55. **house**[1] (haʊs) *n.* 房子
<u>horse</u>[1] (hɔrs) *n.* 馬

horse

56. **hospital**[2] (ˈhɑspɪtl̩) *n.* 醫院
<u>hospitable</u>[6] (ˈhɑspɪtəbl̩) *adj.*
好客的

57. **host**[2,4] (host) *n.* 主人；主持人 *v.* 擔任…的主人；主辦
<u>hostess</u>[2] (ˈhostɪs) *n.* 女主人

58. **hotel**[2] (hoˈtɛl) *n.* 旅館
<u>motel</u>[3] (moˈtɛl) *n.* 汽車旅館

59. **housewife**[4] (ˈhaʊsˌwaɪf) *n.*
家庭主婦
<u>housework</u>[4] (ˈhaʊsˌwɜk) *n.*
家事

60. **how**[1] (haʊ) *adv.* 如何
<u>howl</u>[5] (haʊl) *v.* 嗥叫

howl

61. **hug**[3] (hʌg) *v. n.* 擁抱
<u>bug</u>[1] (bʌg) *n.* 小蟲
v. 竊聽

62. **huge**¹〔hjudʒ〕*adj.* 巨大的
    <u>refuge</u>⁵〔ˈrɛfjudʒ〕*n.* 避難所

63. **human**¹〔ˈhjumən〕*n.* 人 ⎫ 同
    <u>human being</u> 人 ⎭ 義字

64. **humor**²〔ˈhjumɚ〕*n.* 幽默
    (= *humour*【英式用法】)
    <u>humorous</u>³〔ˈhjumərəs〕*adj.*
    幽默的
    (= *humourous*【英式用法】)

65. **hunger**²〔ˈhʌŋgɚ〕*n.* 飢餓
    <u>hungry</u>¹〔ˈhʌŋgrɪ〕*adj.* 飢餓的

hungry

66. **hunt**²〔hʌnt〕*v.* 打獵；獵捕
    <u>hunter</u>²〔ˈhʌntɚ〕*n.* 獵人

67. **hurry**²〔ˈhɝɪ〕*v.* 趕快
    <u>hurricane</u>⁴〔ˈhɝɪˌken〕*n.*
    颶風

68. **hurt**¹〔hɝt〕*v.* 傷害
    <u>hurl</u>⁵〔hɝl〕*v.* 用力投擲

hurl

69. **band**¹〔bænd〕*n.* 樂隊
    <u>husband</u>¹〔ˈhʌzbənd〕*n.*
    丈夫

band

70. **hygiene**⁶〔ˈhaɪdʒin〕*n.* 衛生
    <u>hydrogen</u>⁴〔ˈhaɪdrədʒən〕*n.*
    氫

71. **ice**¹〔aɪs〕*n.* 冰
    <u>ice cream</u>〔ˈaɪsˈkrim〕
    n. 冰淇淋

ice cream

72. **idea**¹〔aɪˈdiə〕*n.* 想法
    <u>ideal</u>³〔aɪˈdiəl〕*adj.* 理想的

73. **identity**[3] 〔aɪˋdɛntətɪ〕 *n.* 身分

    identification[4]

    〔aɪ͵dɛntəfəˋkeʃən〕 *n.* 確認身

    份；身份證明（文件）

74. **idiot**[5] 〔ˋɪdɪət〕 *n.* 白痴

    idiom[4] 〔ˋɪdɪəm〕 *n.* 成語

75. **ignore**[2] 〔ɪgˋnor〕 *v.* 忽視

    （= *neglect*[4]）

    ignorant[4] 〔ˋɪgnərənt〕 *adj.*

    無知的

ignore

76. **ill**[2] 〔ɪl〕 *adj.* 生病的

    illness 〔ˋɪlnɪs〕 *n.* 疾病

ill

77. **legal**[2] 〔ˋligl̩〕 *adj.* 合法的 ⎫ 反
                                          ⎬ 義
    illegal 〔ɪˋligl̩〕 *adj.* 非法的 ⎭ 詞

78. **imagine**[2] 〔ɪˋmædʒɪn〕 *v.* 想像

    imagination[3] 〔ɪ͵mædʒəˋneʃən〕

    n. 想像力

imagine

79. **immediate**[3] 〔ɪˋmidɪɪt〕 *adj.*

    立刻的

    immediately[3] 〔ɪˋmidɪɪtlɪ〕 *adv.*

    立刻

80. **immigrant**[4] 〔ˋɪməgrənt〕 *n.*

    （從外國來的）移民

    immigration[4] 〔͵ɪməˋgreʃən〕

    n. 移入

DAY 9

81. **important**[1] 〔 ɪmˋpɔrtn̩t 〕 *adj.*
重要的
importance[2] 〔 ɪmˋpɔrtn̩s 〕 *n.*
重要性

82. **possible**[1] 〔ˋpɑsəbl̩ 〕 *adj.*
可能的
impossible[1] 〔 ɪmˋpɑsəbl̩ 〕
adj. 不可能的 〕反義詞

83. **impress**[3] 〔 ɪmˋprɛs 〕 *v.* 使印象
深刻
impression[4] 〔 ɪmˋprɛʃən 〕 *n.*
印象

84. **prove**[1] 〔 pruv 〕 *v.* 證明
improve[2] 〔 ɪmˋpruv 〕 *v.* 改善

85. **inch**[1] 〔 ɪntʃ 〕 *n.* 英寸
pinch[5] 〔 pɪntʃ 〕 *v.* 捏

pinch

86. **include**[2] 〔 ɪnˋklud 〕 *v.* 包括
exclude[5] 〔 ɪkˋsklud 〕 *v.*
排除 〕反義詞

87. **income**[2] 〔ˋɪnˌkʌm 〕 *n.* 收入
outcome[4] 〔ˋaʊtˌkʌm 〕 *n.* 結果

88. **correct**[1] 〔 kəˋrɛkt 〕 *adj.*
正確的
incorrect 〔ˌɪnkəˋrɛkt 〕
adj. 不正確的 〕反義詞

89. **independent**[2]
〔ˌɪndɪˋpɛndənt 〕 *adj.* 獨立的；
不依賴的
independence[2]
〔ˌɪndɪˋpɛndəns 〕 *n.* 獨立

90. **indicate**[2] 〔ˋɪndəˌket 〕 *v.* 指出
indication[4] 〔ˌɪndəˋkeʃən 〕 *n.*
跡象；指標

91. **industry**[2] 〔ˋɪndəstrɪ 〕 *n.*
工業；勤勉
industrial[3] 〔 ɪnˋdʌstrɪəl 〕 *adj.*
工業的

92. **influence**[2] 〔ˋɪnflʊəns 〕 *n.*
影響
influential[4] 〔ˌɪnflʊˋɛnʃəl 〕 *adj.*
有影響力的

93. **inform**[3] 〔 ɪnˋfɔrm 〕 *v.* 通知
    **information**[4] 〔 ͵ɪnfəˋmeʃən 〕 *n.*
    資訊
    **information desk** 詢問處；
    服務台

94. **initial**[4] 〔 ɪˋnɪʃəl 〕 *adj.* 最初的
    **initiate**[5] 〔 ɪˋnɪʃɪ͵et 〕 *v.* 創始
    **initiative**[6] 〔 ɪˋnɪʃɪ͵etɪv 〕 *n.*
    主動權

95. **injure**[3] 〔ˋɪndʒɚ 〕 *v.* 傷害
    **injury**[3] 〔ˋɪndʒərɪ 〕 *n.* 傷

injury

96. **ink**[2] 〔 ɪŋk 〕 *n.* 墨水
    **link**[2] 〔 lɪŋk 〕 *v.* 連結

97. **inn**[3] 〔 ɪn 〕 *n.* 小旅館
    **innocent**[3] 〔ˋɪnəsn̩t 〕 *adj.* 清白的；
    天眞的

98. **insect**[2] 〔ˋɪnsɛkt 〕 *n.* 昆蟲
    **insert**[4] 〔 ɪnˋsɝt 〕 *v.* 插入

99. **inside**[1] 〔ˋɪnˋsaɪd 〕 *adv.*
    在裡面
    〔 ɪnˋsaɪd 〕 *prep.* 在…裡面
    **outside**[1] 〔ˋautˋsaɪd 〕 *adv.*
    在外面

    ⎫ 反義詞

100. **insist**[2] 〔 ɪnˋsɪst 〕 *v.* 堅持
     **insistence**[6] 〔 ɪnˋsɪstəns 〕 *n.*
     堅持

101. **inspect**[3] 〔 ɪnˋspɛkt 〕 *v.* 檢查
     **inspection**[4] 〔 ɪnˋspɛkʃən 〕 *n.*
     檢查

102. **inspire**[4] 〔 ɪnˋspaɪr 〕 *v.* 激勵；
     給予靈感
     **inspiration**[4] 〔 ͵ɪnspəˋreʃən 〕
     n. 靈感

103. **instant**[2] 〔ˋɪnstənt 〕 *adj.*
     立即的   *n.* 瞬間
     **instant noodles** 泡麵

DAY 9

DAY 9

104. **instead**³〔ɪn'stɛd〕*adv.* 作為
代替
instead of 而不是
I'll have tea instead of coffee.
我要喝茶，而不是咖啡。

105. **institute**⁵〔'ɪnstə,tjut〕*n.*
協會；機構；學院
institution⁶〔,ɪnstə'tjuʃən〕*n.*
機構

106. **instruct**⁴〔ɪn'strʌkt〕*v.* 教導
instruction³〔ɪn'strʌkʃən〕*n.*
教導

107. **instrument**²〔'ɪnstrəmənt〕
n. 儀器；樂器
musical instrument 樂器

musical instrument

108. **insure**⁵〔ɪn'ʃur〕*v.* 為…投保
insurance⁴〔ɪn'ʃurəns〕*n.*
保險

109. **intelligent**⁴〔ɪn'tɛlədʒənt〕
adj. 聰明的
intelligence⁴〔ɪn'tɛlədʒəns〕
n. 智力；聰明才智

110. **intend**⁴〔ɪn'tɛnd〕*v.* 打算
intention⁴〔ɪn'tɛnʃən〕*n.* 企圖

111. **interest**¹〔'ɪntrɪst〕*v.* 使感興趣
interested〔'ɪntrɪstɪd〕*adj.* 感興
趣的
interesting〔'ɪntrɪstɪŋ〕*adj.*
有趣的

112. **national**²〔'næʃənl̩〕*adj.*
全國的
international²〔,ɪntə'næʃənl̩〕
adj. 國際的

113. **net**²〔nɛt〕*n.* 網
Internet〔'ɪntə,nɛt〕
n. 網際網路

114. **interpret**⁴〔ɪn'tɝprɪt〕*v.* 解釋；
口譯
interpreter⁵〔ɪn'tɝprɪtə〕*n.*
口譯者

Day 9 Exercise

※ 請根據上下文意，選出一個最正確的答案。

1. The choir sung in perfect _____.

   (A) harmony
   (B) habit
   (C) hobby
   (D) hardship   (   )

2. The scandal made national _____.

   (A) headaches
   (B) headmasters
   (C) headmistresses
   (D) headlines   (   )

3. The President arrived at the White House by _____.

   (A) helmet
   (B) hydrogen
   (C) helicopter
   (D) hurricane   (   )

4. She wouldn't _____ to ask her parents for money.

   (A) hesitate
   (B) handle
   (C) inform
   (D) indicate   (   )

5. The Chinese restaurant was closed, so they ordered pizza _____.

   (A) hardly
   (B) immediately
   (C) indeed
   (D) instead   (   )

DAY 9

6. The wall was so high that he couldn't _____ how anybody could climb to the top.

    (A) insert

    (B) injure

    (C) imagine

    (D) increase   (   )

7. Once a part of the British Empire, the U.S. has been _____ since 1776.

    (A) horrible

    (B) independent

    (C) helpful

    (D) illegal   (   )

8. The doctor's _____ diagnosis was skin cancer.

    (A) initial

    (B) innocent

    (C) hardworking

    (D) handy   (   )

DAY 9

9. The flight attendant will _____ passengers in safety and emergency procedures.

    (A) intend

    (B) inspect

    (C) include

    (D) instruct   (   )

10. All car owners are required to have _____.

    (A) institution

    (B) impression

    (C) insurance

    (D) immigration   (   )

第十天 ⇨ DAY 10

1. **interrupt**[3] 〔ˌɪntəˈrʌpt 〕 *v.* 打斷
   interruption[4] 〔ˌɪntəˈrʌpʃən 〕
   n. 打斷

2. **interval**[6] 〔ˈɪntəvl̩ 〕 *n.* (時間的)
   間隔
   interview[2] 〔ˈɪntəˌvju 〕 *n.* 面試

interview

3. **introduce**[2] 〔ˌɪntrəˈdjus 〕 *v.*
   介紹；引進
   introduction[3] 〔ˌɪntrəˈdʌkʃən 〕
   n. 介紹

introduce

4. **invent**[2] 〔 ɪnˈvɛnt 〕 *v.* 發明
   invention[4] 〔 ɪnˈvɛnʃən 〕 *n.*
   發明

inventor[3] 〔 ɪnˈvɛntə 〕 *n.*
發明家

inventor

5. **invite**[2] 〔 ɪnˈvaɪt 〕 *v.* 邀請
   invitation[2] 〔ˌɪnvəˈteʃən 〕 *n.*
   邀請；邀請函

6. **iron**[1] 〔ˈaɪən 〕 *n.* 鐵
   v. 熨燙
   ironic[6] 〔 aɪˈrɑnɪk 〕 *adj.* 諷刺的

7. **irrigate**[7] 〔ˈɪrəˌget 〕 *v.* 灌溉
   irrigation[7] 〔ˌɪrəˈgeʃən 〕 *n.*
   灌溉

8. **isle**[5] 〔 aɪl 〕 *n.* 島【注意發音】
   island[2] 〔ˈaɪlənd 〕 *n.* 島

island

DAY 10

9. **Jack**〔dʒæk〕*n.* 傑克 (男子名)

<u>jacket</u>²〔ˈdʒækɪt〕*n.* 夾克

jacket

10. **jam**¹,²〔dʒæm〕*n.* 果醬；阻塞

<u>traffic jam</u> 交通阻塞

11. **jar**³〔dʒɑr〕*n.* 廣口瓶

<u>jaw</u>³〔dʒɔ〕*n.* 顎

12. **jazz**²〔dʒæz〕*n.* 爵士樂

<u>buzz</u>³〔bʌz〕*v.* 發出嗡嗡聲

13. **Jean**〔dʒin〕*n.* 琴 (女子名)

<u>jeans</u>²〔dʒinz〕*n. pl.* 牛仔褲

14. **deep**¹〔dip〕*adj.* 深的

<u>jeep</u>²〔dʒip〕*n.* 吉普車

jeep

15. **let**¹〔lɛt〕*v.* 讓

<u>jet</u>³〔dʒɛt〕*n.* 噴射機

16. **jewel**³〔ˈdʒuəl〕*n.* 珠寶
【可數名詞】

<u>jewelry</u>³〔ˈdʒuəlrɪ〕*n.* 珠寶
【集合名詞】

jewel

17. **job**¹〔dʒɑb〕*n.* 工作

<u>jog</u>²〔dʒɑg〕*v.* 慢跑

jog

18. **join**¹〔dʒɔɪn〕*v.* 加入

<u>joint</u>²〔dʒɔɪnt〕*n.* 關節
adj. 聯合的

19. **joke**¹〔dʒok〕*n.* 笑話；玩笑

<u>poke</u>⁵〔pok〕*v.* 刺；戳

poke

DAY 10

20. **journal**³〔ˈdʒɝnl̩〕*n.* 期刊
    journalist⁵〔ˈdʒɝnl̩ɪst〕*n.*
    記者
    journey³〔ˈdʒɝnɪ〕*n.* 旅程

21. **joy**¹〔dʒɔɪ〕*n.* 喜悅
    joyful³〔ˈdʒɔɪfəl〕*adj.* 愉快的

22. **judge**²〔dʒʌdʒ〕*v.* 判斷
    n. 法官
    judgment²〔ˈdʒʌdʒmənt〕*n.*
    判斷

judge

23. **juice**¹〔dʒus〕*n.* 果汁
    juicy²〔ˈdʒusɪ〕*adj.* 多汁的

juicy

24. **June**¹〔dʒun〕*n.* 六月
    July¹〔dʒuˈlaɪ〕*n.* 七月

25. **jump**¹〔dʒʌmp〕*v.* 跳
    bump³〔bʌmp〕*v.* 撞上
    n.（路面）隆起的部份

bump

26. **jungle**³〔ˈdʒʌŋgl̩〕*n.* 叢林
    jingle⁵〔ˈdʒɪŋgl̩〕*n.* 叮噹的響聲
    v. 使叮噹響

27. **junior**⁴〔ˈdʒunjɚ〕*adj.* 年少的
    senior⁴〔ˈsinjɚ〕*adj.* 年長的；
    資深的

28. **just**¹〔dʒʌst〕*adv.* 僅；剛剛
    justice³〔ˈdʒʌstɪs〕*n.* 正義

29. **shampoo**³〔ʃæmˈpu〕*n.*
    洗髮精
    kangaroo³〔ˌkæŋgəˈru〕*n.* 袋鼠

kangaroo

30. **keep**[1] 〔kip〕 *v.* 保存
keeper[1] 〔'kipə〕 *n.* 看守人；
管理員

31. **settle**[2] 〔'sɛtl̩〕 *v.* 定居；解決
kettle[3] 〔'kɛtl̩〕 *n.*
茶壺

32. **key**[1] 〔ki〕 *n.* 鑰匙 *adj.* 非常重
要的
keyboard[3] 〔'ki,bord〕 *n.* 鍵盤

keyboard

33. **kick**[1] 〔kɪk〕 *v.* 踢
lick[2] 〔lɪk〕 *v.* 舔

lick

34. **kid**[1] 〔kɪd〕 *n.* 小孩
kidnap[6] 〔'kɪdnæp〕 *v.* 綁架

35. **kill**[1] 〔kɪl〕 *v.* 殺死
skill[1] 〔skɪl〕 *n.* 技巧

36. **kilo** 〔'kɪlo〕 *n.* 公斤；公里
kilogram[3] 〔kɪ'lamətə〕 *n.*
公斤
kilometer[3] 〔'kɪlə,mitə,
kɪ'lamətə〕 *n.* 公里（= *km*
= *kilometre*【英式用法】）

37. **kind**[1] 〔kaɪnd〕 *adj.* 親切的；
好心的
kind-hearted 〔'kaɪnd'hartɪd〕
adj. 好心的
kindness 〔'kaɪndnɪs〕 *n.* 好意；
好心的行為
Thank you for your kindness.
謝謝你的好意。

38. **king**[1] 〔kɪŋ〕 *n.* 國王
kingdom[2] 〔'kɪŋdəm〕 *n.* 王國

39. **kiss**[1] 〔kɪs〕 *v.* 親吻
miss[1] 〔mɪs〕 *v.* 錯過；想念

DAY 10

40. **kit**³〔kɪt〕*n.* 一套用具；工具箱

　　<u>kitchen</u>¹〔'kɪtʃɪn〕*n.* 廚房

kit

41. **kite**¹〔kaɪt〕*n.* 風箏

　　<u>bite</u>¹〔baɪt〕*v.* 咬

kite

42. **knee**¹〔ni〕*n.* 膝蓋

　　<u>kneel</u>³〔nil〕*v.* 跪下

kneel

43. **knife**¹〔naɪf〕*n.* 刀子

　　<u>knight</u>³〔naɪt〕*n.* 騎士

　　【kn 中的 k 不發音】

knight

44. **knot**³〔nɑt〕*n.* 結

　　<u>knock</u>²〔nɑk〕*v.* 敲

knot

45. **know**¹〔no〕*v.* 知道

　　<u>knowledge</u>²〔'nɑlɪdʒ〕*n.*
　　知識

46. **lab**⁴〔læb〕*n.* 實驗室

　　<u>laboratory</u>⁴〔'læbrə,torɪ〕
　　n. 實驗室

同義字

47. **labor**⁴〔'lebə〕*n.* 勞力；勞工
　　（= *labour*【英式用法】）

　　<u>laborer</u>〔'lebərə〕*n.* 勞工
　　（= *labourer*【英式用法】）

48. **lack**¹〔læk〕*v. n.* 缺乏

　　<u>lock</u>²〔lɑk〕*v. n.* 鎖

49. **lad**[5] 〔 læd 〕 *n.* 年輕人
<u>lady</u>[1] 〔'ledɪ 〕 *n.* 女士

50. **lake**[1] 〔 lek 〕 *n.* 湖
<u>flake</u>[5] 〔 flek 〕 *n.* 薄片

51. **lamb**[1] 〔 læm 〕 *n.* 羔羊
<u>lamp</u>[1] 〔 læmp 〕 *n.* 燈

lamp

52. **land**[1] 〔 lænd 〕 *n.* 土地
<u>landlord</u>[5] 〔'lænd‚lɔrd 〕 *n.*
房東

53. **language**[2] 〔'læŋgwɪdʒ 〕 *n.*
語言
<u>luggage</u>[3] 〔'lʌgɪdʒ 〕 *n.* 行李
【集合名詞】

luggage

54. **lantern**[2] 〔'læntən 〕 *n.* 燈籠
<u>Lantern Festival</u> 元宵節

lantern

55. **lap**[2] 〔 læp 〕 *n.* 膝上
<u>clap</u>[2] 〔 klæp 〕 *v.* 鼓掌

lap

56. **large**[1] 〔 lɑrdʒ 〕 *adj.* 大的
<u>largely</u>[4] 〔'lɑrdʒlɪ 〕 *adv.* 大部分；
大多

57. **last**[1] 〔 læst 〕 *adj.* 最後的；最不
可能的 *v.* 持續
<u>blast</u>[5] 〔 blæst 〕 *n.* 爆炸

58. **late**[1] 〔 let 〕 *adj.* 遲到的；已故的
<u>lately</u>[4] 〔'letlɪ 〕 *adv.* 最近
(= *recently*[2])

59. **former**[2] 〔'fɔrmə 〕 *pron.*
前者 } 反義詞
<u>latter</u>[3] 〔'lætə 〕 *pron.* 後者

60. **laugh**[1] 〔 læf 〕 *v.* 笑
<u>laughter</u>[3] 〔'læftə 〕 *n.* 笑

61. **launch**[4] 〔 lɔntʃ 〕 *v.* 發射;發動
    launderry[3] 〔'lɔndrɪ〕 *n.* 待洗的
    衣服

launch

62. **law**[1] 〔 lɔ 〕 *n.* 法律
    lawyer[2] 〔'lɔjɚ〕 *n.* 律師

63. **lay**[1] 〔 le 〕 *v.* 下(蛋);放置;
    奠定
    lazy[1] 〔'lezɪ〕 *adj.* 懶惰的

64. **lead**[1,4] 〔 lid 〕 *v.* 帶領 〔 lɛd 〕 *n.* 鉛
    leader[1] 〔'lidɚ〕 *n.* 領導者
    leading 〔'lidɪŋ〕 *adj.* 最主要
    的;第一位的

65. **leaf**[1] 〔 lif 〕 *n.* 葉子
    leaves 〔 livz 〕 *n. pl.*
    葉子
    leaf
    leave[1] 〔 liv 〕 *v.* 離開;遺留

66. **leak**[3] 〔 lik 〕 *v.* 漏出
    beak[4] 〔 bik 〕 *n.* 鳥嘴

beak

67. **learn**[1] 〔 lɜn 〕 *v.* 學習
    learned[4] 〔'lɜnɪd〕 *adj.* 有學
    問的

68. **east**[1] 〔 ist 〕 *n.* 東方
    least[1] 〔 list 〕 *adj.* 最少的

69. **lecture**[4] 〔'lɛktʃɚ〕 *n.* 演講
    lecturer[4] 〔'lɛktʃərɚ〕 *n.* 講師

70. **left**[1] 〔 lɛft 〕 *n.* 左邊
    left-handed 〔,lɛft'hændɪd〕
    adj. 慣用左手的

left-handed

71. **leg**[1] 〔 lɛg 〕 *n.* 腿
    legend[4] 〔'lɛdʒənd〕 *n.* 傳說

DAY 10

72. **lemon**[2] (ˈlɛmən) *n.* 檸檬

    lemonade[2] (ˌlɛmənˈed) *n.* 檸檬水

lemonade

73. **lend**[2] (lɛnd) *v.* 借 (出)

    borrow[2] (ˈbaro) *v.* 借

    【lend + 間受 + 直受；borrow + 受詞】

    Can you lend me some money?
    你可以借我一些錢嗎？

    Can I borrow some money from you? 我可以跟你借一些錢嗎？

74. **length**[2] (lɛŋθ) *n.* 長度

    strength[3] (strɛŋθ) *n.* 力量

75. **less**[1] (lɛs) *adj.* 較少的

    lesson[1] (ˈlɛsn̩) *n.* 課；教訓

76. **letter**[1] (ˈlɛtɚ) *n.* 信；字母

    letterbox (ˈlɛtɚˌbaks) *n.* 信箱

letterbox

77. **level**[1] (ˈlɛvl̩) *n.* 程度；水平

    navel[6] (ˈnevl̩) *n.* 肚臍

navel

78. **liberty**[3] (ˈlɪbɚtɪ) *n.* 自由

    liberate[6] (ˈlɪbəˌret) *v.* 解放

    liberation[6] (ˌlɪbəˈreʃən) *n.* 解放運動

the Statue of Liberty

79. **library**[2] (ˈlaɪˌbrɛrɪ) *n.* 圖書館

    librarian[3] (laɪˈbrɛrɪən) *n.* 圖書館員

80. **license**[4] (ˈlaɪsn̩s) *n.* 執照

    driver's license 駕照

81. **lid**² 〔 lɪd 〕 *n.* 蓋子

   <u>eyelid</u>⁵ 〔'aɪˌlɪd 〕 *n.* 眼皮

lid   eyelid

82. **die**¹ 〔 daɪ 〕 *v.* 死

   <u>lie</u>¹ 〔 laɪ 〕 *v.* 躺；說謊

83. **life**¹ 〔 laɪf 〕 *n.* 生活；生命

   <u>lifetime</u>³ 〔'laɪfˌtaɪm 〕 *n.* 一生

84. **lift**¹ 〔 lɪft 〕 *v.* 舉起；抱起

   <u>shoplift</u>⁶ 〔'ʃɑpˌlɪft 〕 *v.* 順手牽羊

shoplift

85. **light**¹ 〔 laɪt 〕 *n.* 燈

   <u>lightning</u>² 〔'laɪtnɪŋ 〕 *n.* 閃電

lightning

86. **like**¹ 〔 laɪk 〕 *v.* 喜歡   *prep.* 像

   <u>likely</u>¹ 〔'laɪklɪ 〕 *adj.* 可能的

87. **limit**² 〔'lɪmɪt 〕 *v. n.* 限制

   <u>limitation</u>⁴ 〔ˌlɪmə'teʃən 〕 *n.*
   限制

88. **line**¹ 〔 laɪn 〕 *n.* 線；行

   <u>liner</u>⁶ 〔'laɪnɚ 〕 *n.* 客輪；班機

89. **lion**¹ 〔'laɪən 〕 *n.* 獅子

   <u>onion</u>² 〔'ʌnjən 〕

   n. 洋蔥

onion

90. **lip**¹ 〔 lɪp 〕 *n.* 嘴唇

   <u>lipstick</u>³ 〔'lɪpˌstɪk 〕

   n. 口紅

lipstick

91. **liquid**² 〔'lɪkwɪd 〕 *n.* 液體

   <u>liquor</u>⁴ 〔'lɪkɚ 〕 *n.* 烈酒

92. **list**¹ 〔 lɪst 〕 *n.* 名單

   <u>listen</u>¹ 〔'lɪsn̩ 〕 *v.* 聽

93. **literary**⁴ 〔'lɪtəˌrɛrɪ 〕 *adj.*
   文學的

   <u>literature</u>⁴ 〔'lɪtərətʃɚ 〕 *n.* 文學

94. **liter**[6] (′litɚ) *n.* 公升
(= *litre*【英式用法】)
<u>literal</u>[6] (′lɪtərəl) *adj.* 字面的

95. **little**[1] (′lɪtḷ) *adj.* 小的
<u>litter</u>[3] (′lɪtɚ) *v.* 亂丟垃圾

96. **live**[1] (lɪv) *v.* 住
<u>liver</u>[3] (′lɪvɚ) *n.* 肝臟

97. **lively**[3] (′laɪvlɪ) *adj.* 活潑的
<u>livestock</u>[5] (′laɪv‚stɑk) *n.* 家畜

98. **load**[3] (lod) *n.* 負擔
<u>loaf</u>[2] (lof) *n.* 一條
(麵包)

99. **local**[2] (′lokḷ) *adj.* 當地的
<u>vocal</u>[6] (′vokḷ) *adj.* 聲音的

100. **lone**[2] (lon) *adj.* 孤單的
<u>lonely</u>[2] (′lonlɪ) *adj.* 寂寞的

101. **long**[1] (lɔŋ) *adj.* 長的
<u>longevity</u>[6] (lɑn′dʒɛvətɪ) *n.*
長壽

102. **look**[1] (luk) *v.* 看
<u>outlook</u>[6] (′aut‚luk) *n.* 看法

103. **loose**[3] (lus) *adj.* 鬆的
<u>loosen</u>[3] (′lusṇ) *v.* 鬆開

104. **sorry**[1] (′sɔrɪ) *adj.* 抱歉的；
難過的
<u>lorry</u> (′lɑrɪ , ′lɔrɪ) *n.* 卡車
(= *truck*)

lorry

105. **lose**[2] (luz) *v.* 遺失
<u>loss</u>[2] (lɔs) *n.* 損失
Lost & Found 失物招領處

106. **lot**[1] (lɑt) *n.* 很多
<u>plot</u>[4] (plɑt) *n.* 情節

DAY 10

Day 10 Exercise

※ 請根據上下文意，選出一個最正確的答案。

1. He was _____ by a phone call.
   (A) interviewed
   (B) introduced
   (C) interrupted
   (D) invented　　　　　　　　　　　　　　　　（　）

2. Free speech is a _____ we shouldn't take for granted.
   (A) liberty
   (B) lighting
   (C) justice
   (D) journey　　　　　　　　　　　　　　　　（　）

3. The man is fond of reading Russian _____.
   (A) liberation
   (B) irrigation
   (C) literature
   (D) invitation　　　　　　　　　　　　　　　（　）

4. Bill does his _____ on Saturday mornings.
   (A) lemonade
   (B) laundry
   (C) license
   (D) luggage　　　　　　　　　　　　　　　　（　）

5. It's better to wear _____ clothes in hot weather.
   (A) legal
   (B) local
   (C) left
   (D) loose　　　　　　　　　　　　　　　　　（　）

DAY 10

6. He could only sit in one place for _____ of two hours at a time.

    (A) lanterns

    (B) leagues

    (C) intervals

    (D) inventions   (   )

7. Passengers are prohibited from carrying _____ of more than 100 ml on all flights.

    (A) junior

    (B) liquids

    (C) lame

    (D) lazy   (   )

8. The _____ refused to reveal the identity of her source for the story.

    (A) journalist

    (B) lawyer

    (C) leader

    (D) librarian   (   )

9. The old man has been _____ since his wife died.

    (A) lively

    (B) likely

    (C) literary

    (D) lonely   (   )

10. Park visitors will be fined for _____.

    (A) littering

    (B) locking

    (C) linking

    (D) leaking   (   )

DAY 10

第十一天 ⇨ DAY 11

1. **loud**¹ 〔 laʊd 〕 *adj.* 大聲的
   <u>loudly</u> 〔 'laʊdlɪ 〕 *adv.* 大聲地
   <u>loudspeaker</u>³ 〔 'laʊd'spikə 〕
   n. 擴音器

loudspeaker

2. **lounge**⁶ 〔 laʊndʒ 〕 *n.* 交誼廳
   <u>lounge bar</u>　雅座酒吧

lounge bar

3. **love**¹ 〔 lʌv 〕 *n. v.* 愛
   <u>lovely</u>² 〔 'lʌvlɪ 〕 *adj.* 可愛的

4. **low**¹ 〔 lo 〕 *adj.* 低的
   <u>lower</u>² 〔 'loə 〕 *v.* 降低

5. **luck**² 〔 lʌk 〕 *n.* 運氣；幸運
   <u>lucky</u>¹ 〔 'lʌkɪ 〕 *adj.* 幸運的

6. **lunch**¹ 〔 lʌntʃ 〕 *n.* 午餐
   <u>brunch</u>² 〔 brʌntʃ 〕 *n.* 早午餐

7. **lung**³ 〔 lʌŋ 〕 *n.* 肺
   <u>lung cancer</u> 肺癌

8. **machine**¹ 〔 mə'ʃin 〕 *n.* 機器
   <u>magazine</u>² 〔 ‚mægə'zin 〕 *n.*
   n. 雜誌
   * 兩個字的 i 都唸 /i/。

9. **mad**¹ 〔 mæd 〕 *adj.* 發瘋的
   <u>madam</u>⁴ 〔 'mædəm 〕 *n.* 女士
   (= *madame*)

10. **magic**² 〔 'mædʒɪk 〕 *n.* 魔術；
    魔法
    <u>magician</u>² 〔 mə'dʒɪʃən 〕 *n.*
    魔術師

magician

DAY 11

11. **aid**[2]〔ed〕*n. v.* 幫助（= *help*）

    maid[3]〔med〕*n.* 女傭

maid

12. **mail**[1]〔mel〕*v.* 郵寄　*n.* 信件

    mailbox〔'mel,bɑks〕*n.* 郵筒；
    信箱

13. **main**[2]〔men〕*adj.* 主要的

    mainland[5]〔'men,lænd〕*n.*
    大陸

14. **major**[3]〔'medʒɚ〕*adj.* 主要的

    majority[3]〔mə'dʒɔrətɪ〕*n.*
    大多數

15. **make**[1]〔mek〕*v.* 製作；製造

    makeup[4]〔'mek,ʌp〕*n.* 化妝品

16. **man**[1]〔mæn〕*n.* 男人

    mankind[3]〔mæn'kaɪnd〕*n.*
    人類

17. **manage**[3]〔'mænɪdʒ〕*v.* 設法；
    管理

    manager[3]〔'mænɪdʒɚ〕*n.* 經理

18. **manner**[2]〔'mænɚ〕*n.* 方式；
    樣子

    table manners 餐桌禮儀

19. **map**[1]〔mæp〕*n.* 地圖

    maple[5]〔'mepl〕*n.* 楓樹

    maple leaf 楓葉

20. **mar**[6]〔mɑr〕*v.* 損傷；損毀

    marathon[4]〔'mærə,θɑn〕*n.*
    馬拉松

marathon

21. **marble**[3]〔'marbl〕*n.* 大理石

    march[3]〔mɑrtʃ〕*v.* 行軍；行進

    March[1]〔mɑrtʃ〕*n.* 三月

22. **mark**[2]〔mɑrk〕*n.* 記號

    market[1]〔'mɑrkɪt〕*n.* 市場

23. **marry**[1] 〔'mærɪ〕 v. 和…結婚

   merry[3] 〔'mɛrɪ〕 adj. 歡樂的

24. **married** 〔'mærɪd〕 adj.
   已婚的

   marriage[2] 〔'mærɪdʒ〕 n. 婚姻

25. **mask**[2] 〔mæsk〕 n. 面具

   mass[2] 〔mæs〕 adj. 大量的；
   大眾的

26. **master**[1] 〔'mæstɚ〕 v. 精通
   n. 主人；大師；碩士

   masterpiece[5] 〔'mæstɚˏpis〕
   n. 傑作

27. **mat**[2] 〔mæt〕 n. 墊子

   match[2,1] 〔mætʃ〕 v. 搭配
   n. 火柴

   mat

28. **material**[2,6] 〔mə'tɪrɪəl〕 n.
   材料；物質

   materialism[6] 〔mə'tɪrɪəlˏɪzəm〕
   n. 物質主義

29. **math**[3] 〔mæθ〕 n. 數學

   mathematics[3]

   〔ˏmæθə'mætɪks〕 n. 數學
   } 同義字

30. **matter**[1] 〔'mætɚ〕 n. 事情
   v. 重要

   mattress[6] 〔'mætrɪs〕 n. 床墊

   mattress

31. **mature**[3] 〔mə'tʃur〕 adj. 成熟的

   maturity[4] 〔mə'tʃurətɪ〕 n.
   成熟

32. **maximum**[4] 〔'mæksəməm〕
   n. 最大量

   minimum[4] 〔'mɪnəməm〕 n.
   最小量
   } 反義詞

DAY 11

33. **may**[1] 〔 me 〕 *aux.* 可能；可以
    maybe[1] 〔'mebɪ 〕 *adv.* 也許
    mayor[3] 〔'meɚ 〕 *n.* 市長

34. **meal**[2] 〔 mil 〕 *n.* 一餐
    meat[1] 〔 mit 〕
    n. 肉

35. **mean**[1] 〔 min 〕 *v.* 意思是
    meanwhile[3] 〔'min‚hwaɪl 〕 *adv.*
    同時

36. **meaning**[2] 〔'minɪŋ 〕 *n.* 意義
    means[2] 〔 minz 〕 *n.* 方法；手段
    【單複數同形】

37. **measure**[2,4] 〔'mɛʒɚ 〕 *v.* 測量
    n. 措施
    measurement[2] 〔'mɛʒɚmənt 〕
    n. 測量

38. **media**[3] 〔'midɪə 〕 *n. pl.* 媒體
    mediate[5] 〔'midɪ‚et 〕 *v.* 斡旋；
    調停

39. **metal**[2] 〔'mɛtḷ 〕 *n.* 金屬
    medal[3] 〔'mɛdḷ 〕 *n.* 獎牌

<u>gold medal</u> 金牌

gold medal

40. **medical**[3] 〔'mɛdɪkḷ 〕 *adj.* 醫學的
    medicine[2] 〔'mɛdəsṇ 〕 *n.* 藥

41. **medium**[3] 〔'midɪəm 〕 *adj.* 中等的
    sodium[6] 〔'sodɪəm 〕 *n.* 鈉

42. **meet**[1] 〔 mit 〕 *v.* 遇見；認識
    meeting[2] 〔'mitɪŋ 〕 *n.* 會議

43. **melon**[2] 〔'mɛlən 〕 *n.* 甜瓜
    watermelon[2]
    〔'wɔtɚ‚mɛlən 〕 *n.* 西瓜

44. **member**[2] 〔'mɛmbɚ 〕 *n.* 成員
    remember[1] 〔 rɪ'mɛmbɚ 〕 *v.*
    記得

45. **memory**[2] 〔'mɛmərɪ 〕 *n.* 回憶
    memorize[3] 〔'mɛmə‚raɪz 〕 *v.*
    背誦；記憶

46. **mend**[3]〔mɛnd〕*v.* 修補；改正
mental[3] 〔'mɛntḷ〕*adj.* 心理的

47. **menu**[2] 〔'mɛnju〕*n.* 菜單
mention[3] 〔'mɛnʃən〕*v.* 提到

48. **merchant**[3] 〔'mɝtʃənt〕*n.* 商人
merchandise[6] 〔'mɝtʃən‚daɪz〕
n. 商品

49. **mercy**[4] 〔'mɝsɪ〕*n.* 慈悲
merciful 〔'mɝsɪfəl〕*adj.*
仁慈的；寬大的

50. **mere**[4] 〔mɪr〕*adj.* 僅僅
merely 〔'mɪrlɪ〕*adv.* 僅僅

51. **mess**[3] 〔mɛs〕*n.* 雜亂；亂七
八糟
messy[4] 〔'mɛsɪ〕*adj.* 雜亂的
message[2] 〔'mɛsɪdʒ〕*n.* 訊息

52. **method**[2] 〔'mɛθəd〕*n.* 方法
approach[3] 〔ə'protʃ〕*v.*
接近　*n.* 方法
〕同義字

53. **meter**[2] 〔'mitɚ〕*n.* 公尺
（= *metre*【英式用法】）
centimeter[3] 〔'sɛntə‚mitɚ〕*n.*
公分（= *centimetre*【英式用法】）
millimeter[3] 〔'mɪlə‚mitɚ〕*n.*
公釐；毫米（= *millimetre*【英式
用法】）

54. **microscope**[4] 〔'maɪkrə‚skop〕
n. 顯微鏡
microwave[3] 〔'maɪkrə‚wev〕
adj. 微波的　*n.* 微波；微波爐

microscope　　microwave

55. **middle**[1] 〔'mɪdḷ〕*adj.* 中間的
Middle East 中東

56. **midday** 〔'mɪd‚de〕*n.* 中午
midnight 〔'mɪd‚naɪt〕*n.* 半夜

DAY 11

57. **might**³〔maɪt〕*aux.* may 的過
去式　*n.* 力量
<u>right</u>¹〔raɪt〕*adj.* 對的；右邊的
n. 權利；右邊
Might is right.【諺】強權即是
公理。

58. **mile**¹〔maɪl〕*n.* 英哩
<u>mild</u>⁴〔maɪld〕*adj.* 溫和的

59. **milk**¹〔mɪlk〕*n.* 牛奶
<u>milkshake</u>〔'mɪlk͵ʃek〕
n. 奶昔

60. **million**²〔'mɪljən〕*n.* 百萬
<u>millionaire</u>³〔͵mɪljən'ɛr〕*n.*
百萬富翁

61. **mind**¹〔maɪnd〕*n.* 心；精神
<u>absentminded</u>⁶
〔'æbsn̩t'maɪndɪd〕*adj.* 心不在焉的

62. **mine**²〔maɪn〕*n.* 礦坑
<u>mineral</u>⁴〔'mɪnərəl〕*n.* 礦物

63. **minibus**〔'mɪnɪ͵bʌs〕
n. 小型公車；小巴
<u>miniskirt</u>〔'mɪnɪ͵skɝt〕
n. 迷你裙

64. **minister**⁴〔'mɪnɪstɚ〕*n.* 部長
<u>ministry</u>⁴〔'mɪnɪstrɪ〕*n.* 部

65. **minor**³〔'maɪnɚ〕*adj.* 次要的；
較小的
<u>minority</u>³〔mə'nɔrətɪ , maɪ- 〕
n. 少數

66. **minus**²〔'maɪnəs〕*prep.* 減
<u>minute</u>¹〔'mɪnɪt〕*n.* 分鐘

67. **mirror**²〔'mɪrɚ〕*n.*
鏡子
<u>error</u>²〔'ɛrɚ〕*n.* 錯誤

68. **miss**¹〔mɪs〕*v.* 錯過；想念
<u>missile</u>³〔'mɪsl̩〕*n.* 飛彈

missile

69. **mist**³〔mɪst〕*n.* 薄霧
<u>mister</u>¹〔'mɪstɚ〕*n.* 先生
(= *Mr.*)

70. **mistake**¹〔mə'stek〕*n.* 錯誤
<u>mistaken</u>¹〔mə'stekən〕*adj.*
錯誤的

71. **understand**[1]〔͵ʌndɚ'stænd〕
    v. 了解
    <u>misunderstand</u>[4]
    〔͵mɪsʌndɚ'stænd〕*v.* 誤會

72. **mix**[2]〔mɪks〕*v.* 混合
    <u>mixture</u>[3]〔'mɪkstʃɚ〕*n.* 混合物

73. **mobile**[3]〔'mobḷ〕*adj.* 可移動的
    <u>mobile phone</u> 手機
    (= *cell phone*)

mobile phone

74. **model**[2]〔'madḷ〕*n.*
    模型；模特兒
    <u>modern</u>[2]〔'madɚn〕
    adj. 現代的

75. **modest**[4]〔'madɪst〕*adj.* 謙虛的
    <u>modesty</u>[4]〔'madəstɪ〕*n.* 謙虛

76. **mom**〔mam〕*n.* 媽媽
    (= *mum*)
    <u>mommy</u>[1]〔'mamɪ〕*n.* 媽媽
    ︸同義字

77. **moment**[1]〔'momənt〕*n.*
    片刻；時刻
    <u>momentum</u>[6]〔mo'mɛntəm〕*n.*
    動力

78. **monk**[3]〔mʌŋk〕*n.* 修道士；和尚
    <u>monkey</u>[1]〔'mʌŋkɪ〕*n.*
    猴子

79. **money**[1]〔'mʌnɪ〕*n.* 錢
    <u>honey</u>[2]〔'hʌnɪ〕*n.* 蜂蜜

80. **monitor**[4]〔'manətɚ〕*n.* 螢幕
    v. 監視
    <u>janitor</u>[5]〔'dʒænətɚ〕*n.* 管理員

81. **month**[1]〔mʌnθ〕*n.* 月
    <u>monthly</u>[4]〔'mʌnθlɪ〕*adj.*
    每月的

82. **monument**[4]
    〔'manjəmənt〕*n.* 紀念碑
    <u>memorial</u>[4]〔mə'morɪəl〕
    adj. 紀念的　*n.* 紀念碑
    ︸同義字

monument

DAY 11

83. **moon**[1] 〔 mun 〕 *n.* 月亮
moon cake 月餅
Moon Cake Festival 中秋節
(= *Mid-Autumn Festival*)

Moon Cake Festival

84. **map**[1] 〔 mæp 〕 *n.* 地圖
mop[3] 〔 mɑp 〕 *v.*
用拖把拖（地板）

85. **oral**[4] 〔 'orəl , 'ɔrəl 〕 *adj.* 口頭的
moral[3] 〔 'mɔrəl 〕 *adj.* 道德的

86. **mourn**[5] 〔 morn 〕 *v.* 哀悼
morning[1] 〔 'mɔrnɪŋ 〕 *n.* 早晨

87. **Moscow** 〔 'mɑsko 〕 *n.* 莫斯科
Moslem 〔 'mɑzləm 〕 *n.* 穆斯林；
回教徒 (= *Muslim*)

88. **most**[1] 〔 most 〕 *adj.* 最多的；
大多數的
mostly[4] 〔 'mostlɪ 〕 *adv.* 大多

89. **mother**[1] 〔 'mʌðɚ 〕 *n.* 母親
motherland 〔 'mʌðɚ,lænd 〕 *n.*
祖國 (= *fatherland*)

90. **motivate**[4] 〔 'motə,vet 〕 *v.* 激勵
motivation[4] 〔 ,motə'veʃən 〕
n. 動機

91. **motor**[3] 〔 'motɚ 〕 *n.* 馬達
motorcycle[2] 〔 'motɚ,saɪkḷ 〕
n. 摩托車

motorcycle

92. **auto**[3] 〔 'ɔto 〕 *n.* 汽車
(= *automobile*)
motto[6] 〔 'mɑto 〕 *n.* 座右銘
mosquito[2] 〔 mə'skito 〕
n. 蚊子

93. **mountain**[1] 〔 'mauntṇ 〕 *n.* 山
mountainous[4] 〔 'mauntṇəs 〕
adj. 多山的

94. **mouse**[1] 〔 maus 〕 *n.*
老鼠；滑鼠
mouth[1] 〔 mauθ 〕 *n.* 嘴巴

95. **move**[1] 〔 muv 〕 *v.* 移動；搬家
movement[1] 〔 'muvmənt 〕 *n.*
動作

DAY 11

96. **movie**[1] 〔'muvɪ〕 *n.* 電影
    movie theater　電影院

97. **Mr.**[1] 〔'mɪstɚ〕 *n.* 先生
    (= *mister*)
    Mrs.[1] 〔'mɪsɪz〕 *n.* 太太
    Ms.[1] 〔mɪz〕 *n.* 女士

98. **much**[1] 〔mʌtʃ〕 *adj.* 很多的
    【修飾不可數名詞】
    such[1] 〔sʌtʃ〕 *adj.* 那樣的

99. **mud**[1] 〔mʌd〕 *n.* 泥巴
    muddy[4] 〔'mʌdɪ〕 *adj.* 泥濘的

muddy

100. **multiple**[4] 〔'mʌltəpḷ〕 *adj.*
    多重的
    multiply[2] 〔'mʌltə‚plaɪ〕 *v.*
    繁殖；乘

101. **murder**[3] 〔'mɝdɚ〕 *v. n.* 謀殺
    murderer 〔'mɝdərɚ〕 *n.*
    謀殺犯

102. **muse**[5] 〔mjuz〕 *v.* 沉思
    museum[2] 〔mju'zɪəm〕
    n. 博物館

103. **room**[1] 〔rum〕 *n.* 房間；空間
    mushroom[3] 〔'mʌʃrum〕
    n. 蘑菇

104. **music**[1] 〔'mjuzɪk〕 *n.* 音樂
    musical[3] 〔'mjuzɪkḷ〕 *adj.* 音樂的
    n. 音樂劇
    musician[2] 〔mju'zɪʃən〕 *n.*
    音樂家

musician

105. **must**[1] 〔mʌst〕 *aux.* 必須
    mustard[5] 〔'mʌstɚd〕 *n.* 芥末
    mustache[4] 〔'mʌstæʃ, mə'stæʃ〕
    n. 八字鬍

106. **button**[2] 〔'bʌtṇ〕 *n.* 按鈕；鈕扣
    mutton[5] 〔'mʌtṇ〕 *n.*
    羊肉

DAY 11

107. **nail**² 〔 nel 〕 *n.* 指甲；釘子
     <u>snail</u>² 〔 snel 〕 *n.*
     蝸牛

snail

108. **name**¹ 〔 nem 〕 *n.* 名字　*v.* 命名
     <u>namely</u>⁴ 〔 'nemlɪ 〕 *adv.* 也就是說

109. **arrow**² 〔 'æro 〕 *n.* 箭
     <u>narrow</u>² 〔 'næro 〕 *adj.* 窄的；
     勉強的

110. **nation**¹ 〔 'neʃən 〕 *n.* 國家
     <u>national</u>² 〔 'næʃənḷ 〕 *adj.* 全國的

111. **nationality**⁴ 〔 ˌnæʃən'ælətɪ 〕 *n.*
     國籍
     <u>nationwide</u> 〔 'neʃənˌwaɪd 〕 *adv.*
     全國地

112. **native**³ 〔 'netɪv 〕 *adj.* 本地的；
     本國的
     <u>negative</u>² 〔 'nɛgətɪv 〕 *adj.*
     負面的

113. **nature**¹ 〔 'netʃɚ 〕 *n.* 自然；本質
     <u>natural</u>² 〔 'nætʃərəl 〕 *adj.*
     自然的；天生的

114. **heavy**¹ 〔 'hɛvɪ 〕 *adj.* 重的；
     大量的
     <u>navy</u>³ 〔 'nevɪ 〕 *n.* 海軍

navy

115. **near**¹ 〔 nɪr 〕 *prep.* 在…附近
     <u>nearby</u>² 〔 'nɪr'baɪ 〕 *adv.*
     在附近
     <u>nearly</u>² 〔 'nɪrlɪ 〕 *adv.* 幾乎

116. **heat**¹ 〔 hit 〕 *n.* 熱
     <u>neat</u>² 〔 nit 〕 *adj.* 整潔的

heat

117. **neck**¹ 〔 nɛk 〕 *n.* 脖子
     <u>necklace</u>² 〔 'nɛklɪs 〕 *n.* 項鍊
     <u>necktie</u>³ 〔 'nɛkˌtaɪ 〕 *n.* 領帶

necklace

Day 11 Exercise

※ 請根據上下文意，選出一個最正確的答案。

1. The Iranian prime _____ met with French officials during his visit to Switzerland.

    (A) minister

    (B) manager

    (C) merchant

    (D) musician   (   )

2. The restaurant has a _____ charge of NT$300.

    (A) minority

    (B) majority

    (C) minimum

    (D) maximum   (   )

3. Rebecca is too _____ to boast of her achievements.

    (A) mobile

    (B) mature

    (C) muddy

    (D) modest   (   )

4. He _____ the height of the ceiling.

    (A) marched

    (B) mastered

    (C) measured

    (D) mended   (   )

5. She ordered a bottle of _____ water.

    (A) medal

    (B) mineral

    (C) maple

    (D) media   (   )

DAY 11

6. Eddie ran his first _____ in a time of 3 hours, 8 minutes and 44 seconds.

(A) mushroom

(B) monument

(C) memorial

(D) marathon   ( )

7. The child had gone home. _____, his mother was searching for him in the street.

(A) Maybe

(B) Meanwhile

(C) Nearby

(D) Merely   ( )

8. Cook in a _____ oven on medium power 1 1/2 to 2 minutes, until hot.

(A) microwave

(B) microphone

(C) motivation

(D) moustache   ( )

9. The company's _____ is: the customer is always right.

(A) mirror

(B) motor

(C) motto

(D) mutton   ( )

10. Rabbits _____ very rapidly.

(A) monitor

(B) multiply

(C) murder

(D) match   ( )

第十二天 ⇨ DAY 12

1. **necessary**[2] (ˈnɛsəˌsɛrɪ) *adj.*
   必要的
   <u>necessity</u>[3] (nəˈsɛsətɪ) *n.* 必要；
   需要

2. **need**[1] (nid) *v.* 需要
   <u>needle</u>[2] (ˈnidḷ) *n.* 針
   <u>noodle</u>[2] (ˈnudḷ) *n.* 麵

3. **negotiate**[4] (nɪˈgoʃɪˌet) *v.*
   談判；協商
   <u>negotiation</u>[6] (nɪˌgoʃɪˈeʃən) *n.*
   談判

4. **neighbor**[2] (ˈnebɚ) *n.* 鄰居
   (= *neighbour*【英式用法】)
   <u>neighborhood</u>[3] (ˈnebɚˌhʊd)
   n. 鄰近地區
   (= *neighbourhood*【英式用法】)

5. **niece**[2] (nis) *n.* 姪女；外甥女
   <u>nephew</u>[2] (ˈnɛfju) *n.* 姪兒；
   外甥

6. **nerve**[3] (nɝv) *n.* 神經
   <u>nervous</u>[3] (ˈnɝvəs) *adj.* 緊張的

7. **next**[1] (nɛkst) *adj.* 下一個
   <u>nest</u>[2] (nɛst) *n.* 巢

8. **net**[2] (nɛt) *n.* 網
   <u>network</u>[3] (ˈnɛtˌwɝk) *n.*
   網狀組織

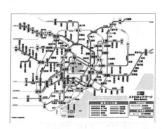

network

9. **new**[1] (nju) *adj.* 新的
   <u>news</u>[1] (njuz) *n.* 新聞；消息
   <u>newspaper</u>[1] (ˈnjuzˌpepɚ) *n.*
   報紙

10. **nice**[1] (naɪs) *adj.* 好的
    <u>rice</u>[1] (raɪs) *n.* 稻米；飯

rice

11. **night**[1] (naɪt) *n.* 晚上
    <u>nightmare</u>[4] (ˈnaɪtˌmɛr) *n.* 惡夢

DAY 12

12. **no**[1] 〔 no 〕 *adv.* 不

noble[3] 〔'nobḷ 〕 *adj.* 高貴的

nobody[2] 〔'no,badɪ 〕 *pron.*
沒有人

13. **nod**[2] 〔 nɑd 〕 *v.* 點頭

nodding acquaintance 點頭
之交

14. **noise**[1] 〔 nɔɪz 〕 *n.* 噪音

noisy[1] 〔'nɔɪzɪ 〕 *adj.* 吵鬧的

15. **none**[2] 〔 nʌn 〕 *pron.* 沒有人

non-stop 〔,nɑn'stɑp 〕 *adv.*
不停地；不斷地

nonviolent[5] 〔 nɑn'vaɪələnt 〕
adj. 非暴力的

16. **noon**[1] 〔 nun 〕 *n.* 正午

afternoon[1] 〔,æftɚ'nun 〕 *n.* 下午

17. **nor**[1] 〔 nɔr 〕 *conj.* 也不

normal[3] 〔'nɔrmḷ 〕 *adj.* 正常的

abnormal 〔 æb'nɔrmḷ 〕 *adj.*
不正常的

abnormal

18. **north**[1] 〔 nɔrθ 〕 *n.* 北方

northeast 〔'nɔrθ,ist 〕 *n.*
東北方

northwest 〔'nɔrθ,wɛst 〕 *n.*
西北方

northeast

19. **northern**[2] 〔'nɔrðɚn 〕 *adj.*
北方的

northwards 〔'nɔrθ,wɚdz 〕
adv. 向北

20. **nose**[1] 〔 noz 〕 *n.* 鼻子

diagnose[6] 〔,daɪəg'noz 〕 *v.*
診斷

diagnose

21. **note**[1] 〔 not 〕 *n.* 筆記　*v.* 注意

notebook[2] 〔'not,bʊk 〕
n. 筆記本

22. **not**[1] 〔 nɑt 〕*adv.* 不
    <u>nothing</u>[1] 〔'nʌθɪŋ 〕*pron.* 什麼
    也沒有

23. **notice**[1] 〔'notɪs 〕*v.* 注意到
    <u>noticeable</u>[5] 〔'notɪsəbḷ 〕*adj.*
    顯著的；明顯的

24. **novel**[2] 〔'nɑvḷ 〕*n.* 小說
    <u>novelist</u>[3] 〔'nɑvḷɪst 〕*n.* 小說家

novel

25. **now**[1] 〔 naʊ 〕*adv.* 現在
    <u>nowadays</u>[4] 〔'naʊəˌdez 〕*adv.*
    現今

26. **where**[1] 〔 hwɛr 〕*adv.* 哪裡
    <u>nowhere</u>[5] 〔'noˌhwɛr 〕*adv.*
    到處都沒有

27. **clear**[1] 〔 klɪr 〕*adj.* 清楚的；
    清澈的；（天空）晴朗的
    <u>nuclear</u>[4] 〔'njuklɪɚ 〕*adj.*
    核子的

28. **numb** 〔 nʌm 〕*adj.* 麻木的
    <u>number</u>[1] 〔'nʌmbɚ 〕*n.* 數字；
    號碼【mb 在字尾，b 不發音】

numb

29. **nurse**[1] 〔 nɝs 〕*n.* 護士
    <u>nursery</u>[4] 〔'nɝsərɪ 〕*n.* 育兒室
    <u>nursing</u> 〔'nɝsɪŋ 〕*n.* 護理

nurse

30. **nut**[2] 〔 nʌt 〕*n.* 堅果
    <u>peanut</u>[2] 〔'piˌnʌt 〕*n.* 花生

peanut

31. **nutrition**[6] 〔 nju'trɪʃən 〕*n.*
    營養
    <u>nutritious</u>[6] 〔 nju'trɪʃəs 〕*adj.*
    有營養的

DAY 12

32. **obey**² 〔 ə'be 〕 v. 服從；
遵守
<u>disobey</u> 〔 ˌdɪsə'be 〕 v.
不遵守

}反義詞

33. **object**² 〔'ɑbdʒɪkt 〕 n. 物體
〔 əb'dʒɛkt 〕 v. 反對
<u>subject</u>² 〔'sʌbdʒɪkt 〕 n. 科目；
主題

34. **serve**¹ 〔 sɝv 〕 v. 服務；供應
<u>observe</u>³ 〔 əb'zɝv 〕 v. 觀察；
遵守

observe

35. **contain**² 〔 kən'ten 〕 v. 包含
<u>obtain</u>⁴ 〔 əb'ten 〕 v. 獲得

36. **obvious**³ 〔'ɑbvɪəs 〕 adj. 明顯的
<u>obviously</u> 〔'ɑbvɪəslɪ 〕 adv.
明顯地

37. **occupy**⁴ 〔'ɑkjə,paɪ 〕 v. 佔據
<u>occupation</u>⁴ 〔ˌɑkjə'peʃən 〕 n.
職業

38. **occur**² 〔 ə'kɝ 〕 v. 發生
<u>occurrence</u>⁵ 〔 ə'kɝəns 〕 n. 事件

39. **ocean**¹ 〔'oʃən 〕 n. 海洋
<u>Oceania</u> 〔ˌoʃɪ'ænɪə 〕 n. 大洋洲
【指澳洲、紐西蘭】

Oceania

40. **clock**¹ 〔 klɑk 〕 n. 時鐘
<u>o'clock</u>¹ 〔 ə'klɑk 〕 adv. …點鐘

41. **offer**² 〔'ɔfɚ 〕 v. n. 提供
<u>suffer</u>³ 〔'sʌfɚ 〕 v. 受苦；罹患

42. **office**¹ 〔'ɔfɪs 〕 n. 辦公室
<u>officer</u>¹ 〔'ɔfəsɚ 〕 n. 警官
<u>official</u>² 〔 ə'fɪʃəl 〕 adj. 正式的
n. 官員；公務員

43. **off**¹ 〔 ɔf 〕 prep. 離開…
<u>offshore</u> 〔ˌɔf'ʃɔr 〕 adj. 近海的

44. **oh** 〔 o 〕 interj. 噢
<u>ah</u> 〔 ɑ 〕 interj. 啊
Oh, you're here!（噢，你在這裡！）
（= *I didn't expect to see you.*）
Ah, you're here!（啊，你在這裡！）
（= *I've been waiting for you.*）

DAY 12

45. **oil**¹ 〔 ɔɪl 〕 *n.* 油
    <u>oilfield</u> 〔ˌɔɪl'fild 〕 *n.* 油田

46. **O.K.**¹ 〔'o'ke 〕 *adv.* 好
    (= *OK*)
    <u>okay</u> 〔'o'ke 〕 *adv.* 好 } 同義字

47. **old**¹ 〔 old 〕 *adj.* 老的；舊的
    <u>bold</u>³ 〔 bold 〕 *adj.* 大膽的

48. **Olympic** 〔 o'lɪmpɪk 〕 *adj.*
    奧運的
    <u>Olympics</u>⁷ 〔 o'lɪmpɪks 〕 *n.*
    奧運會
    (= *the Olympic Games*)

Olympic Games

49. **once**¹ 〔 wʌns 〕 *adv.* 一次
    <u>twice</u>¹ 〔 twaɪs 〕 *adv.* 兩次

50. **only**¹ 〔'onlɪ 〕 *adj.* 唯一的
    adv. 只有
    <u>merely</u>⁴ 〔 mɪrlɪ 〕 *adv.*
    僅僅；只 } 同義字

51. **into**¹ 〔'ɪntu 〕 *prep.* 到…之內
    <u>onto</u>³ 〔'antə, 'antu 〕 *prep.* 到…
    之上

52. **onion**² 〔'ʌnjən 〕 *n.* 洋蔥
    <u>union</u>³ 〔'junjən 〕 *n.* 聯盟；工會
    <u>opinion</u>² 〔 ə'pɪnjən 〕 *n.* 意見

53. **open**¹ 〔'opən 〕 *v.* 打開
    adj. 開放的
    <u>opener</u> 〔'opənɚ 〕 *n.* 開罐器
    <u>opening</u> 〔'opənɪŋ 〕 *n.* 開口處；
    開幕典禮

54. **opera**⁴ 〔'apərə 〕 *n.* 歌劇
    <u>opera house</u> 歌劇院

opera house

55. **operate**² 〔'apə,ret 〕 *v.* 操作；
    動手術
    <u>operation</u>⁴ 〔ˌapə'reʃən 〕 *n.*
    手術
    <u>operator</u>³ 〔'apə,retɚ 〕 *n.*
    接線生

DAY 12

56. **oppose**[4] 〔ə'poz〕 v. 反對
    <u>opposite</u>[3] 〔'ɑpəzɪt〕 adj. 相反的

57. **optimistic**[3] 〔,ɑptə'mɪstɪk〕
    adj. 樂觀的
    <u>pessimistic</u>[4] 〔,pɛsə'mɪstɪk〕
    adj. 悲觀的 ⎫相反詞

    * o 表「張開的眼睛」，e 表「閉起來的眼睛」。

58. **option**[6] 〔'ɑpʃən〕 n. 選擇
    <u>optional</u>[6] 〔'ɑpʃənḷ〕 adj. 可選擇的

59. **range**[2] 〔rendʒ〕 n. 範圍
    v. (範圍) 包括
    <u>orange</u>[1] 〔'ɔrɪndʒ〕 n. 柳橙

orange

60. **bit**[1] 〔bɪt〕 n. 一點點
    <u>orbit</u>[4] 〔'ɔrbɪt〕 n. 軌道

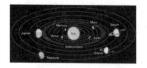

orbit

61. **order**[1] 〔'ɔrdɚ〕 n. 命令；順序
    <u>orderly</u>[6] 〔'ɔrdɚlɪ〕 adj.
    整齊的；井然有序的

orderly

62. **ordinary**[2] 〔'ɔrdṇ,ɛrɪ〕
    adj. 普通的
    <u>extraordinary</u>[4]
    〔ɪk'strɔrdṇ,ɛrɪ〕 adj.
    不尋常的；特別的 ⎫反義詞

63. **organ**[2] 〔'ɔrgən〕 n. 器官
    <u>organize</u>[2] 〔'ɔrgən,aɪz〕 v.
    組織 (= organise【英式用法】)

64. **organizer**[5] 〔'ɔrgən,aɪzɚ〕 n.
    組織者
    (= organiser【英式用法】)
    <u>organization</u>[2]
    〔,ɔrgənə'zeʃən〕 n. 組織

65. **origin**[3] 〔'ɔrədʒɪn〕 n. 起源
    <u>original</u>[3] 〔ə'rɪdʒənḷ〕 adj.
    最初的；原本的

66. **other**[1] 〔ˈʌðɚ〕 *adj.* 其他的
   others[1] 〔ˈʌðɚz〕 *pron.* 其他的
   人或物
   otherwise[4] 〔ˈʌðɚ͵waɪz〕 *adv.*
   否則

67. **ought to**[3] 〔ˈɔ͵tə〕 *aux.*
   應該
   should[1] 〔ʃʊd〕 *aux.* 應該 〕同義字

68. **out**[1] 〔aʊt〕 *adv.* 向外；外出
   outcome[4] 〔ˈaʊt͵kʌm〕 *n.* 結果

69. **outdoors**[3] 〔ˈaʊtˈdorz〕
   adv. 在戶外
   indoors[3] 〔ˈɪnˈdorz〕 *adv.*
   在室內 〕反義詞

70. **outer**[3] 〔ˈaʊtɚ〕 *adj.* 外部的
   outing[6] 〔ˈaʊtɪŋ〕 *n.* 出遊；郊遊
   outgoing[5] 〔ˈaʊt͵goɪŋ〕 *adj.*
   外向的

71. **line**[1] 〔laɪn〕 *n.* 線；行
   outline[3] 〔ˈaʊt͵laɪn〕 *n.* 大綱

72. **input**[4] 〔ˈɪn͵pʊt〕 *n.* 輸入；投入
   output[5] 〔ˈaʊt͵pʊt〕 *n.* 產量；
   產品

73. **outside**[1] 〔ˈaʊtˈsaɪd〕 *adv.*
   在外面
   outsider[5] 〔͵aʊtˈsaɪdɚ〕 *n.* 外人；
   門外漢

inside   outside

74. **outspoken** 〔ˈaʊtˈspokən〕 *adj.*
   直率的
   outstanding[4] 〔ˈaʊtˈstændɪŋ〕
   adj. 傑出的

outstanding

75. **inward**(s)[5] 〔ˈɪnwɚd(z)〕
   adv. 向內
   outward(s)[5] 〔ˈaʊtwɚd(z)〕
   adv. 向外 〕反義詞

76. **oval**⁴ 〔ˈovl̩ 〕 *adj.* 橢圓形的

<u>approval</u>⁴ 〔 əˈpruvl̩ 〕 *n.* 贊成

oval

77. **coat**¹ 〔 kot 〕 *n.* 外套；大衣

<u>overcoat</u>³ 〔ˈovɚˌkot 〕

n. 大衣

同義字

overcoat

78. **come**¹ 〔 kʌm 〕 *v.* 來

<u>overcome</u>⁴ 〔ˌovɚˈkʌm 〕 *v.*

克服

79. **overhead**⁶ 〔ˈovɚˌhɛd 〕 *adj.*

頭上的

<u>overlook</u>⁴ 〔ˌovɚˈluk 〕 *v.* 忽視

<u>overweight</u> 〔ˈovɚˈwet 〕 *adj.*

過重的

overweight

80. **owe**³ 〔 o 〕 *v.* 欠

<u>owing to</u> 由於

81. **own**¹ 〔 on 〕 *v.* 擁有

<u>owner</u>² 〔ˈonɚ 〕 *n.* 擁有者

<u>ownership</u>³ 〔ˈonɚˌʃɪp 〕 *n.*

所有權

82. **ox**² 〔 ɑks 〕 *n.* 公牛（ = *bull*³ ）

<u>oxygen</u>⁴ 〔ˈɑksədʒən 〕 *n.* 氧

ox

83. **ace**⁵ 〔 es 〕 *n.* 撲克牌的 A；一流

人才

<u>pace</u>⁴ 〔 pes 〕 *n.* 步調

84. **pacific**⁵ 〔 pəˈsɪfɪk 〕 *adj.* 和平的

<u>the Pacific Ocean</u> 太平洋

85. **pack²**〔 pæk 〕 *v.* 包裝；打包
　　package²〔'pækɪdʒ 〕 *n.* 包裹；
　　包裝好的商品
　　packet⁵〔'pækɪt 〕 *n.* 小包；
　　包裹

package　　　　packet

86. **pad³**〔 pæd 〕 *n.* 便條紙
　　paddle⁵〔'pædl̩ 〕 *n.* 槳（= *oar*）
　　v. 用槳划（= *row*）

paddle

87. **age¹**〔 edʒ 〕 *n.* 年紀
　　page¹〔 pedʒ 〕 *n.* 頁

88. **pain²**〔 pen 〕 *n.* 疼痛；痛苦
　　painful²〔'penfəl 〕 *adj.* 疼痛的

pain

89. **paint¹**〔 pent 〕 *v.* 畫；油漆
　　painter²〔'pentɚ 〕 *n.* 畫家
　　painting²〔'pentɪŋ 〕 *n.* 畫

90. **pair¹**〔 pɛr 〕 *n.* 一雙
　　repair³〔 rɪ'pɛr 〕 *v.* 修理

91. **place¹**〔 ples 〕 *n.* 地方　　*v.* 放置
　　palace³〔'pælɪs 〕 *n.* 宮殿

palace

92. **pal³**〔 pæl 〕 *n.* 夥伴；朋友
　　pale³〔 pel 〕 *adj.* 蒼白的

93. **pan²**〔 pæn 〕 *n.* 平底鍋
　　pancake³〔'pæn͵kek 〕 *n.* 薄煎餅

pancake

94. **panda²**〔'pændə 〕 *n.* 貓熊
　　soda¹〔'sodə 〕 *n.* 汽水
　　agenda⁵〔 ə'dʒɛndə 〕 *n.* 議程

DAY 12

95. **panic**³ (ˈpænɪk) v. n. 恐慌
    clinic³ (ˈklɪnɪk) n. 診所

96. **paper**¹ (ˈpepɚ) n. 紙；報告
    paperwork (ˈpepɚˌwɝk) n.
    文書工作

97. **paragraph**⁴ (ˈpærəˌgræf) n.
    段落
    parallel⁵ (ˈpærəˌlɛl) adj.
    平行的

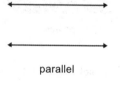

parallel

98. **cancel**² (ˈkænsḷ) v. 取消
    parcel³ (ˈpɑrsḷ) n. 包裹

parcel

99. **pardon**² (ˈpɑrdṇ) n. v. 原諒
    abandon⁴ (əˈbændən) v.
    抛棄

100. **parent** (ˈpɛrənt) n.
     父(母)親
     apparent³ (əˈpærənt) adj.
     明顯的

101. **park**¹ (pɑrk) n. 公園
     v. 停車
     parking (ˈpɑrkɪŋ) n. 停車
     parking lot 停車場

102. **rot**³ (rɑt) v. 腐爛
     parrot² (ˈpærət) n. 鸚鵡

parrot

103. **part**¹ (pɑrt) n. 部分
     v. 分開
     party¹ (ˈpɑrtɪ) n. 宴會；政黨
     partner² (ˈpɑrtnɚ) n. 夥伴

104. **partly**⁵ (ˈpɑrtlɪ) adv. 部分地
     part-time (ˈpɑrtˌtaɪm) adj.
     兼職的　adv. 兼職地

Day 12 Exercise

※ 請根據上下文意，選出一個最正確的答案。

1. The rent is listed at NT$12,000 a month but the landlord said she's willing to _____.
   - (A) pardon
   - (B) operate
   - (C) negotiate
   - (D) oppose   (　　)

2. When Conrad died, the royal council chose his _____ Frederick to succeed him.
   - (A) nephew
   - (B) niece
   - (C) operator
   - (D) officer   (　　)

3. Her clothes were soaking wet and her backside was _____ with cold.
   - (A) normal
   - (B) numb
   - (C) nuclear
   - (D) obvious   (　　)

4. Napoleon gave General Sabastiani strict orders to _____ the movements of the Russian army.
   - (A) obey
   - (B) obtain
   - (C) object
   - (D) observe   (　　)

5. George was _____ and always saw the best in every situation.
   - (A) overweight
   - (B) nervous
   - (C) painful
   - (D) optimistic   (　　)

6. They donated the leftover food which would have _____ been thrown away.

    (A) otherwise

    (B) outdoors

    (C) outward

    (D) nowadays   ( )

7. He grew up in a poor neighborhood where just surviving was a full-time _____.

    (A) nutrition

    (B) ownership

    (C) occupation

    (D) laziness   ( )

8. The speed limit sign is partially hidden behind that tree, making it easy for drivers to _____.

    (A) notice

    (B) occupy

    (C) overlook

    (D) overcome   ( )

9. Thomas has an _____ attendance record. He hasn't missed a day of work in 15 years.

    (A) ordinary

    (B) outspoken

    (C) optional

    (D) outstanding   ( )

10. Today's automated farming tractors use GPS to make perfectly _____ rows with great precision.

    (A) pale

    (B) parallel

    (C) opposite

    (D) particular   ( )

第十三天 ⇨ DAY 13

1. **participate**³〔pɑr'tɪsə,pet〕*v.*
   參加
   participation⁴
   〔pə,tɪsə'peʃən〕*n.* 參與

2. **particular**²〔pə'tɪkjələ〕*adj.*
   特別的
   extracurricular⁶
   〔,ɛkstrəkə'rɪkjələ〕*adj.* 課外的

3. **pass**¹〔pæs〕*v.* 經過
   passage³〔'pæsɪdʒ〕*n.* 一段
   （文章）

4. **passer-by**〔'pæsə,baɪ〕*n.* 過路
   人；行人
   passenger²〔'pæsṇdʒə〕*n.* 乘客

passer-by

5. **active**²〔'æktɪv〕*adj.*
   活躍的；主動的
   passive⁴〔'pæsɪv〕*adj.*
   被動的

反義詞

6. **port**²〔port〕*n.* 港口
   passport³〔'pæs,port〕
   n. 護照

7. **past**¹〔pæst〕*adj.* 過去的
   n. 過去　*prep.* 超過；經過
   pasta⁴〔'pɑstə , 'pæstə〕*n.*
   義大利麵【總稱】

pasta

8. **pat**²〔pæt〕*v.* 輕拍
   patent⁵〔'pætṇt〕*n.* 專利權

9. **path**²〔pæθ〕*n.* 小徑
   bath¹〔bæθ〕*n.* 洗澡

10. **patient**²〔'peʃənt〕*adj.* 有耐心的
    n. 病人
    patience³〔'peʃəns〕*n.* 耐心

11. **stern**⁵〔stɜn〕*adj.* 嚴格的
    pattern²〔'pætən〕*n.* 模式

12. **cause**¹〔kɔz〕*n.* 原因　*v.* 造成
    pause³〔pɔz〕*n. v.* 暫停

DAY 13

13. **pave**³ 〔 pev 〕 *v.* 鋪（路）
    <u>pavement</u>³ 〔 'pevmənt 〕 *n.*
    人行道

    pavement

14. **pay**¹,³ 〔 pe 〕 *v.* 支付；付錢
    n. 薪水
    <u>repay</u>⁵ 〔 rɪ'pe 〕 *v.* 償還

15. **PC** 〔 'pi'si 〕 *n.* 個人電腦
    <u>personal computer</u> 個人
    電腦 ｝同義字

16. **PE** 〔 'pi'i 〕 *n.* 體育
    <u>physical education</u> 體育 ｝同義字

17. **pea**³ 〔 pi 〕 *n.* 豌豆
    <u>peach</u>² 〔 pitʃ 〕 *n.* 桃子

    peach

18. **peace**² 〔 pis 〕 *n.* 和平
    <u>peaceful</u>² 〔 'pisfəl 〕 *adj.* 和平的

19. **pear**² 〔 pɛr 〕 *n.* 西洋梨
    【注意發音】
    <u>swear</u>³ 〔 swɛr 〕 *v.* 發誓

    pear

20. **pen**¹ 〔 pɛn 〕 *n.* 筆
    <u>pence</u>³ 〔 pɛns 〕 *n.* penny 的複數

21. **pencil**¹ 〔 'pɛnsḷ 〕 *n.* 鉛筆
    <u>pencil-box</u> 〔 'pɛnsḷ,bɑks 〕 *n.*
    鉛筆盒

22. **penny**³ 〔 'pɛnɪ 〕 *n.* 一分硬幣
    <u>pension</u>⁶ 〔 'pɛnʃən 〕 *n.* 退休金

23. **people**¹ 〔 'pipḷ 〕 *n. pl.* 人
    <u>pepper</u>² 〔 'pɛpɚ 〕 *n.* 胡椒
    pepper

24. **per**² 〔 pɚ 〕 *prep.* 每…
    <u>percent</u>⁴ 〔 pɚ'sɛnt 〕 *n.* 百分之…
    <u>percentage</u>⁴ 〔 pɚ'sɛntɪdʒ 〕 *n.*
    百分比

25. **perfect**² 〔 'pɝfɪkt 〕 *adj.* 完美的
    <u>perfection</u>⁴ 〔 pɚ'fɛkʃən 〕 *n.*
    完美

26. **perform**³ 〔 pɚ'fɔrm 〕
    v. 表演；執行
    <u>performance</u>³
    〔 pɚ'fɔrməns 〕 *n.* 表演
    <u>performer</u>⁵ 〔 pɚ'fɔrmɚ 〕 *n.*
    表演者

27. **fume**[5] 〔 fjum 〕 *n.* 煙霧
【常用複數形】
<u>perfume</u>[4] 〔'pɝfjum 〕 *n.* 香水

28. **perhaps**[1] 〔 pɚ'hæps 〕 *adv.*
也許 ⎫
<u>maybe</u>[1] 〔'mebɪ 〕 *adv.* 也許 ⎬ 同義字

29. **period**[2] 〔'pɪrɪəd 〕 *n.* 期間；
句點
<u>comma</u>[3] 〔'kɑmə 〕 *n.* 逗點

30. **permanent**[4] 〔'pɝmənənt 〕 ⎫
adj. 永久的
<u>temporary</u>[3] 〔'tɛmpə,rɛrɪ 〕 ⎬ 反義詞
adj. 暫時的 ⎭

31. **permit**[3] 〔 pɚ'mɪt 〕 *v.* 允許
<u>permission</u>[3] 〔 pɚ'mɪʃən 〕 *n.* 許可

32. **person**[1] 〔'pɝsn̩ 〕 *n.* 人
<u>personnel</u>[5] 〔,pɝsn̩'ɛl 〕 *n.* 全體
職員；人事部

33. **personal**[2] 〔'pɝsn̩l 〕 *adj.* 個人的
<u>personally</u>[2] 〔'pɝsn̩lɪ 〕 *adv.* 就個
人而言；親自

34. **persuade**[3] 〔 pɚ'swed 〕 *v.* 說服
<u>persuasive</u>[4] 〔 pɚ'swesɪv 〕 *adj.*
有說服力的

35. **pest**[3] 〔 pɛst 〕 *n.* 害蟲；討厭的
人或物
<u>pesticide</u>[6] 〔'pɛstɪ,saɪd 〕 *n.*
殺蟲劑

pesticide

36. **pet**[1] 〔 pɛt 〕 *n.* 寵物
<u>petrol</u> 〔'pɛtrəl 〕 *n.* 石油
(= *petroleum*[6])

37. **cannon**[5] 〔'kænən 〕
n. 大砲
<u>phenomenon</u>[4] 〔 fə'namə,nan 〕
n. 現象

38. **phone**[2] 〔 fon 〕 *n.* 電話
(= *telephone*[2])
<u>phone-booth</u> 〔'fon,buθ 〕 *n.*
電話亭 (= *telephone-booth*)

DAY 13

39. **photo**² ('foto) *n.* 照片

    photograph² ('fotə,græf)

    n. 照片 ⎱ 同義字

    photographer²

    (fə'tagrəfə) *n.* 攝影師

photographer

40. **phase**⁶ (fez) *n.* 階段

    phrase² (frez) *n.* 片語

41. **physical**⁴ ('fɪzɪkḷ) *adj.* 身體的

    physician⁴ (fə'zɪʃən) *n.* 內科
    醫生

42. **physics**⁴ ('fɪzɪks) *n.* 物理學

    physicist⁴ ('fɪzəsɪst) *n.* 物理
    學家

physicist

43. **piano**¹ (pɪ'æno) *n.* 鋼琴

pianist⁴ (pɪ'ænɪst) *n.* 鋼琴家

pianist

44. **pick**² (pɪk) *v.* 挑選

    picnic² ('pɪknɪk) *n.* 野餐

45. **picture**¹ ('pɪktʃə) *n.* 圖畫；
    照片

    picturesque⁶ (,pɪktʃə'rɛsk)
    adj. 風景如畫的

46. **pie**¹ (paɪ) *n.* 派

    apple pie 蘋果派

47. **piece**¹ (pis) *n.* 片；張

    niece² (nis) *n.* 姪女；外甥女

48. **pig**¹ (pɪg) *n.* 豬

    pigeon² ('pɪdʒɪn) *n.*
    鴿子 (= *dove*¹)

pigeon

49. **pile**² (paɪl) *n.* 堆

    compile⁶ (kəm'paɪl) *v.* 編輯；
    收集

50. **pill**³〔pɪl〕*n.* 藥丸

    pillow²〔'pɪlo〕

    n. 枕頭

pillow

51. **lot**¹〔lɑt〕*n.* 很多

    pilot³〔'paɪlət〕*n.* 飛行員

52. **pin**²〔pɪn〕*n.* 別針

    pink²〔pɪŋk〕*adj.* 粉紅色的

53. **pine**³〔paɪn〕*n.* 松樹

    pineapple²〔'paɪn,æpḷ〕

    n. 鳳梨

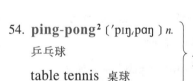

    pint³〔paɪnt〕*n.* 品脫

    【注意發音】（液體的衡

    量單位，1 品脫約 0.473 公升）

54. **ping-pong**²〔'pɪŋ,pɑŋ〕*n.*

    乒乓球

    table tennis 桌球 ⎫同
    　　　　　　　　⎬義
    　　　　　　　　⎭字

table tennis

55. **pioneer**⁴〔,paɪə'nɪr〕*n.* 先驅；

    先鋒

volunteer⁴〔,vɑlən'tɪr〕*v.* 自願

n. 自願者

56. **pipe**²〔paɪp〕*n.* 管子；

    煙斗；笛子

    pipeline⁶〔'paɪp,laɪn〕*n.* 管線

57. **pit**³〔pɪt〕*n.* 洞

    pity³〔'pɪtɪ〕*n.* 同情；可惜的事

58. **plain**²〔plen〕*adj.* 平凡的

    n. 平原

    explain²〔ɪk'splen〕*v.* 解釋

59. **plan**¹〔plæn〕*n.v.* 計劃

    plant¹〔plænt〕*n.* 植物

    v. 種植

60. **plane**¹〔plen〕*n.* 飛機

    （= *airplane*¹）

    planet²〔'plænɪt〕*n.* 行星

planet

DAY 13

61. **plastic**[3] ﹝'plæstɪk﹞*adj.* 塑膠的
    <u>elastic</u>[4]﹝ɪ'læstɪk﹞*adj.* 有彈性的

62. **late**[1]﹝let﹞*adj.* 遲到的；已故的
    <u>plate</u>[2]﹝plet﹞*n.* 盤子

plate

63. **form**[2]﹝fɔrm﹞*v.* 形成　*n.* 形式
    <u>platform</u>[2]﹝'plæt͵fɔrm﹞*n.* 月台

platform

64. **play**[1]﹝ple﹞*v.* 玩　*n.* 戲劇
    <u>playground</u>[1]﹝'ple͵graʊnd﹞*n.*
    運動場

65. **peasant**[5]﹝'pɛznt﹞*n.* 農夫
    <u>pleasant</u>[2]﹝'plɛznt﹞*adj.* 令人愉快的
    ＊ea 讀 /ɛ/ 的字，合在一起背，不會唸錯。

66. **please**[1]﹝pliz﹞*v.* 取悅
    <u>pleased</u>﹝plizd﹞*adj.* 高興的
    <u>pleasure</u>[2]﹝'plɛʒɚ﹞*n.* 樂趣

67. **plenty**[3]﹝'plɛntɪ﹞*n.* 豐富
    <u>plentiful</u>[4]﹝'plɛntɪfəl﹞*adj.*
    豐富的

68. **plot**[4]﹝plɑt﹞*n.* 情節
    <u>slot</u>[6]﹝slɑt﹞*n.* 投幣孔

slot

69. **plug**[3]﹝plʌg﹞*n.* 插頭
    v. 插插頭
    <u>plus</u>[2]﹝plʌs﹞*prep.* 加上

plug

70. **pocket**[1]﹝'pɑkɪt﹞*n.* 口袋
    <u>pocketbook</u>[5]﹝'pɑkɪt͵bʊk﹞*n.*
    小筆記本

71. **poem**² 〔'po·ɪm〕*n.* 詩
    <u>poet</u>² 〔'po·ɪt〕*n.* 詩人

poet

72. **point**¹ 〔pɔɪnt〕*n.* 點　*v.* 指
    <u>appoint</u>⁴ 〔ə'pɔɪnt〕*v.* 指派

73. **poison**² 〔'pɔɪzn̩〕*n.* 毒藥
    <u>poisonous</u>⁴ 〔'pɔɪznəs〕*adj.*
    有毒的

74. **pole**³ 〔pol〕*n.* (南、北)極；
    竿；柱子
    <u>the North Pole</u> 北極
    <u>the South Pole</u> 南極

pole

75. **police**¹ 〔pə'lis〕*n.* 警察；警方
    <u>policeman</u>¹ 〔pə'lismən〕*n.*
    警察
    <u>policewoman</u>¹ 〔pə'lis,wumən〕
    n. 女警

76. **policy**² 〔'paləsɪ〕*n.* 政策
    <u>polish</u>⁴ 〔'palɪʃ〕*v.* 擦亮

polish

77. **polite**² 〔pə'laɪt〕*adj.*
    有禮貌的
    <u>impolite</u> 〔,ɪmpə'laɪt〕*adj.*
    無禮的；不客氣的 〕反義詞

78. **political**³ 〔pə'lɪtɪkl̩〕*adj.*
    政治的
    <u>politician</u>³ 〔,palə'tɪʃən〕*n.*
    政治人物；政客
    <u>politics</u>³ 〔'palə,tɪks〕*n.*
    政治學

79. **pollute**³ 〔pə'lut〕*v.* 污染
    <u>pollution</u>⁴ 〔pə'luʃən〕*n.* 污染

80. **pond**¹ 〔pand〕*n.* 池塘
    <u>ponder</u>⁶ 〔'pandɚ〕*v.* 沉思

81. **pool**¹ 〔pul〕*n.* 水池；游泳池
    <u>tool</u>¹ 〔tul〕*n.* 工具

tool

DAY 13

DAY 13

82. **poor**[1] 〔 pʊr 〕 *adj.* 窮的
poverty[3] 〔'pɑvətɪ 〕 *n.* 貧窮

83. **pop**[3] 〔 pɑp 〕 *adj.* 流行的
popular[2,3] 〔'pɑpjələ 〕 *adj.*
受歡迎的；流行的

84. **corn**[1] 〔 kɔrn 〕 *n.* 玉米
popcorn[1] 〔'pɑp,kɔrn 〕
n. 爆米花

popcorn

85. **populate**[6] 〔'pɑpjə,let 〕 *v.* 居住於
population[2] 〔,pɑpjə'leʃən 〕 *n.*
人口

86. **pork**[2] 〔 pork 〕 *n.* 豬肉
porch[5] 〔 portʃ 〕 *n.* 門廊

porch

87. **ridge**[5] 〔 rɪdʒ 〕 *n.* 山脊
porridge[7] 〔'pɔrɪdʒ 〕 *n.* 麥片粥

ridge

88. **port**[2] 〔 port 〕 *n.* 港口
portable[4] 〔'portəbḷ 〕 *adj.*
手提的
porter[4] 〔'portə 〕 *n.* (行李)
搬運員

porter

89. **positive**[2] 〔'pɑzətɪv 〕
adj. 肯定的；正面的
negative[2] 〔'nɛɡətɪv 〕
adj. 否定的；負面的　反義詞

90. **possess**[4] 〔 pə'zɛs 〕 *v.* 擁有
possession[4] 〔 pə'zɛʃən 〕 *n.*
擁有

91. **possible**[1] 〔'pɑsəbḷ 〕 *adj.*
可能的
possibly 〔'pɑsəblɪ 〕 *adv.*
可能地
possibility[2] 〔,pɑsə'bɪlətɪ 〕
n. 可能性

92. **post²**〔 post 〕 *n.* 郵政　 *v.* 郵寄
　　 <u>poster</u>³〔'postɚ 〕 *n.* 海報
　　 <u>postage</u>³〔'postɪdʒ 〕 *n.* 郵資

93. **postbox**〔'post,bɑks 〕 *n.*
　　郵箱；郵筒
　　 <u>postcard</u>²〔'post,kɑrd 〕 *n.*
　　明信片

postcard

94. **code**⁴〔 kod 〕 *n.* 密碼
　　 <u>postcode</u>〔'post,kod 〕 *n.*
　　郵遞區號（ = *zip code* ）

95. **postman**〔'post,mæn 〕 *n.*
　　郵差（ = *mailman* ）
　　 <u>postpone</u>³〔 post'pon 〕 *v.* 延期

96. **pot²**〔 pɑt 〕 *n.* 鍋子
　　 <u>hot pot</u> 火鍋

hot pot

97. **potato²**〔 pə'teto 〕 *n.* 馬鈴薯
　　 <u>potato chips</u>
　　洋芋片

potato chips

98. **potential⁵**〔 pə'tɛnʃəl 〕 *n.*
　　潛力；可能性　 *adj.* 有潛力的；
　　可能的
　　 <u>essential</u>⁴〔 ə'sɛnʃəl 〕 *adj.*
　　必要的

99. **round¹**〔 raʊnd 〕 *adj.* 圓的
　　 n. 回合
　　 <u>pound</u>²〔 paʊnd 〕 *n.* 磅

100. **four¹**〔 for 〕 *n.* 四
　　　 <u>pour</u>³〔 por 〕 *v.*
　　　傾倒

pour

101. **powder³**〔'paʊdɚ 〕 *n.* 粉末
　　　 <u>power</u>¹〔'paʊɚ 〕 *n.* 力量
　　　 <u>powerful</u>²〔'paʊɚfəl 〕 *adj.*
　　　強有力的

102. **practice**〔'præktɪs 〕 *v.* 練習
　　　（ = *practise*【英式用法】）
　　　 <u>practical</u>³〔'præktɪkl̩ 〕 *adj.*
　　　實際的

DAY 13

103. **raise**[1] 〔 rez 〕 v. 提高；舉起
　　 raise[2] 〔 prez 〕 v. n. 稱讚

104. **pray**[2] 〔 pre 〕 v. 祈禱
　　 prayer[3] 〔 prɛr 〕 n. 祈禱

pray

105. **price**[1] 〔 praɪs 〕 n. 價格
　　 precious[3] 〔'prɛʃəs 〕 adj.
　　 珍貴的

106. **precise**[4] 〔 prɪ'saɪs 〕 adj. 精確的
　　 precision[6] 〔 prɪ'sɪʒən 〕 n. 精確

107. **predict**[4] 〔 prɪ'dɪkt 〕 v. 預測
　　 prediction[6] 〔 prɪ'dɪkʃən 〕 n.
　　 預測

108. **prefer**[2] 〔 prɪ'fɝ 〕 v. 比較喜歡
　　 preference[5] 〔'prɛfərəns 〕 n.
　　 比較喜歡

109. **pregnant**[4] 〔'prɛgnənt 〕
　　 adj. 懷孕的
　　 pregnancy[4]
　　 〔'prɛgnənsɪ 〕 n. 懷孕

110. **prejudice**[6] 〔'prɛdʒədɪs 〕
　　 n. 偏見
　　 bias[6] 〔'baɪəs 〕 n. 偏見　｝同義字

111. **pier**[5] 〔 pɪr 〕 n. 碼頭；橋墩
　　 premier[6] 〔'primɪɚ, prɪ'mɪr 〕
　　 n. 首相

pier

112. **prepare**[1] 〔 prɪ'pɛr 〕 v. 準備
　　 preparation[3] 〔,prɛpə'reʃən 〕
　　 n. 準備

113. **prescribe**[6] 〔 prɪ'skraɪb 〕 v.
　　 開藥方；規定
　　 prescription[6] 〔 prɪ'skrɪpʃən 〕
　　 n. 藥方

114. **present**[2] 〔'prɛznt 〕 adj. 出席的
　　 n. 禮物 (= gift[1])
　　 presentation[4] 〔,prɛzn̩'teʃən 〕
　　 n. 報告；提出

presentation

Day 13 Exercise

※ 請根據上下文意，選出一個最正確的答案。

1. The king was too lazy to play more than a _____ role in the direction of his own government.
   - (A) patient
   - (B) peaceful
   - (C) perfect
   - (D) passive ( )

2. Taiwan is home to a number of _____ snakes.
   - (A) poisonous
   - (B) positive
   - (C) permanent
   - (D) portable ( )

3. The water in this hot spring is said to _____ healing powers.
   - (A) perform
   - (B) permit
   - (C) predict
   - (D) possess ( )

4. The baseball game was _____ due to heavy rain.
   - (A) polished
   - (B) polluted
   - (C) poured
   - (D) postponed ( )

5. In many tropical countries, _____ is prepared and sold on roadsides as a snack and the juice served as a beverage.
   - (A) popcorn
   - (B) pineapple
   - (C) porridge
   - (D) potato ( )

6. Edison's first telephone _____ was granted in the United Kingdom.

   (A) patent

   (B) perfume

   (C) petrol

   (D) poster   ( )

7. To be accepted to this program, students must excel academically, as well as show leadership _____.

   (A) pension

   (B) policy

   (C) potential

   (D) population   ( )

8. A _____ studies the interactions of matter and energy in the physical universe.

   (A) pioneer

   (B) pedestrian

   (C) physicist

   (D) physician   ( )

9. He gained _____ sailing experience working as a deckhand on a fishing boat.

   (A) pregnant

   (B) precise

   (C) practical

   (D) plastic   ( )

10. _____ against former convicts can make it hard for them to get a job and make a fresh start after they've served their time.

   (A) Prescription

   (B) Presentation

   (C) Prejudice

   (D) Possession   ( )

第十四天 ⇨ DAY 14

DAY 14

1. **serve**[1]〔sɜv〕*v.* 服務；供應
   preserve[4]〔prɪˈzɜv〕*v.* 保存

2. **president**[2]〔ˈprɛzədənt〕*n.* 總統
   presidential[6]〔ˌprɛzəˈdɛnʃəl〕*adj.* 總統的

3. **press**[2]〔prɛs〕*v.* 壓
   pressure[3]〔ˈprɛʃɚ〕*n.* 壓力

4. **tend**[3]〔tɛnd〕*v.* 易於；傾向於
   pretend[3]〔prɪˈtɛnd〕*v.* 假裝

5. **petty**[6]〔ˈpɛtɪ〕*adj.* 小的；微不足道的
   pretty[1]〔ˈprɪtɪ〕*adj.* 漂亮的 *adv.* 相當

6. **event**[2]〔ɪˈvɛnt〕*n.* 事件
   prevent[3]〔prɪˈvɛnt〕*v.* 預防

7. **view**[1]〔vju〕*n.* 景色；看法
   preview[5]〔ˈpriˌvju〕*v. n.* 預習
   【注意重音】

8. **previous**[3]〔ˈprivɪəs〕*adj.* 先前的

previously[3]〔ˈprivɪəslɪ〕*adv.* 以前

9. **pride**[2]〔praɪd〕*n.* 驕傲
   proud[2]〔praʊd〕*adj.* 驕傲的

10. **primary**[3]〔ˈpraɪˌmɛrɪ〕*adj.* 主要的；基本的
    primary school 小學
    (= *elementary school*)

11. **primitive**[4]〔ˈprɪmətɪv〕*adj.* 原始的
    positive[2]〔ˈpɑzətɪv〕*adj.* 肯定的；樂觀的

12. **principle**[2]〔ˈprɪnsəpl〕*n.* 原則
    principal[2]〔ˈprɪnsəpl〕*n.* 校長　*adj.* 主要的
    〕同音字

13. **print**[1]〔prɪnt〕*v.* 印刷；列印
    printer[2]〔ˈprɪntɚ〕*n.* 印表機
    printing〔ˈprɪntɪŋ〕*n.* 印刷

printer

DAY 14

14. **prison**² (ˈprɪzn̩) *n.* 監獄
    prisoner² (ˈprɪznɚ)
    n. 囚犯

15. **private**² (ˈpraɪvɪt) *adj.* 私人的
    privacy⁴ (ˈpraɪvəsɪ) *n.*
    隱私權

16. **village**² (ˈvɪlɪdʒ) *n.* 村莊
    privilege⁴ (ˈprɪvl̩ɪdʒ) *n.* 特權
    【注意拼字】

17. **prize**² (praɪz) *n.* 獎；獎品
    memorize³ (ˈmɛməˌraɪz) *v.*
    背誦；記憶

18. **probable**³ (ˈprɑbəbl̩) *adj.*
    可能的
    probably³ (ˈprɑbəblɪ) *adv.*
    可能

19. **problem**¹ (ˈprɑbləm) *n.* 問題
    No problem. 沒問題。

20. **process**³ (ˈprɑsɛs) *n.* 過程
    procedure⁴ (prəˈsidʒɚ) *n.*
    程序

21. **produce**² (prəˈdjus) *v.* 生產；
    製造
    product³ (ˈprɑdəkt) *n.* 產品
    production⁴ (prəˈdʌkʃən)
    n. 生產

22. **professor**⁴ (prəˈfɛsɚ) *n.*
    教授
    profession⁴ (prəˈfɛʃən) *n.*
    職業

23. **profit**³ (ˈprɑfɪt) *n.* 利潤
    profitable⁴ (ˈprɑfɪtəbl̩) *adj.*
    有利可圖的

24. **gram**³ (græm) *n.* 公克
    program³ (ˈprogræm) *n.* 節目
    (= progamme【英式用法】)

25. **progress**² (ˈprɑgrɛs) *n.* 進步
    progressive⁶ (prəˈgrɛsɪv)
    adj. 進步的

26. **prohibit**⁶ (proˈhɪbɪt) *v.* 禁止
    prohibition⁶ (ˌproəˈbɪʃən)
    n. 禁止

27. **project**² ('prɑdʒɛkt) *n.* 計劃
    subject² ('sʌbdʒɪkt) *n.* 科目；
    主題

28. **remote**³ (rɪ'mot) *adj.* 遙遠的；
    偏僻的
    promote³ (prə'mot) *v.* 使升遷

29. **pronounce**² (prə'naʊns) *v.*
    發音
    pronunciation⁴
    (prə,nʌnsɪ'eʃən) *n.* 發音

30. **proper**³ ('prɑpɚ) *adj.* 適當的
    properly³ ('prɑpɚlɪ) *adv.*
    適當地

31. **protect**² (prə'tɛkt) *v.* 保護
    protection³ (prə'tɛkʃən) *n.*
    保護

protect

32. **prove**¹ (pruv) *v.* 證明
    improve² (ɪm'pruv) *v.* 改善

33. **provide**² (prə'vaɪd) *v.* 提供
    province⁵ ('prɑvɪns) *n.* 省

34. **psychology**⁴ (saɪ'kɑlədʒɪ)
    n. 心理學
    psychologist⁴ (saɪ'kɑlədʒɪst)
    n. 心理學家

35. **pub**³ (pʌb) *n.* 酒吧
    public¹ ('pʌblɪk) *adj.* 公共的；
    公開的
    publicly¹ ('pʌblɪklɪ) *adv.*
    公開地

36. **publish**⁴ ('pʌblɪʃ) *v.* 出版
    publisher⁴ ('pʌblɪʃɚ) *n.*
    出版商

37. **pull**¹ (pʊl) *v.* 拉　⎫ 反
    push¹ (pʊʃ) *v.* 推　⎬ 義
    　　　　　　　　　⎭ 詞

38. **pulse**⁵ (pʌls) *n.* 脈搏
    impulse⁵ ('ɪmpʌls) *n.* 衝動

DAY 14

39. **pump²** 〔 pʌmp 〕 *n.* 抽水機
    <u>pumpkin²</u>
    〔'pʌmpkɪn〕 *n.* 南瓜

pumpkin

40. **punch³** 〔 pʌntʃ 〕 *v.* 用拳頭打
    <u>punctual⁶</u> 〔'pʌŋktʃuəl〕
    adj. 準時的

punch

41. **punctuate** 〔'pʌŋktʃu‚et〕 *v.*
    加標點符號
    <u>punctuation</u> 〔‚pʌŋktʃu'eʃən〕
    n. 標點符號

42. **punish²** 〔'pʌnɪʃ〕 *v.* 處罰
    <u>punishment²</u> 〔'pʌnɪʃmənt〕 *n.*
    處罰

43. **pupil²** 〔'pjupl̩〕 *n.* 學生
    <u>purple¹</u> 〔'pɝpl̩〕 *adj.* 紫色的
    【注意拼字】

44. **chase¹** 〔 tʃes 〕 *v.* 追趕
    <u>purchase⁵</u> 〔'pɝtʃəs〕 *v.* 購買
    （ = *buy¹* ）

chase

45. **pure³** 〔 pjur 〕 *adj.* 純粹的
    <u>purify⁶</u> 〔'pjurə‚faɪ〕 *v.* 淨化

46. **purple¹** 〔'pɝpl̩〕 *adj.* 紫色的
    <u>pimple⁵</u> 〔'pɪmpl̩〕 *n.* 青春痘

47. **purse²** 〔 pɝs 〕 *n.*
    錢包
    <u>purpose¹</u> 〔'pɝpəs〕 *n.* 目的

48. **put¹** 〔 put 〕 *v.* 放
    <u>input⁴</u> 〔'ɪn‚put〕 *n.* 輸入；
    投入
    <u>output⁵</u> 〔'aut‚put〕 *n.* 產量；
    產品

49. **puzzle²** 〔'pʌzl̩〕 *v.* 使困惑
    <u>puzzled</u> 〔'pʌzl̩d〕 *adj.* 困惑的

50. **amid⁴** 〔 ə'mɪd 〕 *prep.* 在…之中
    <u>pyramid⁵</u> 〔'pɪrəmɪd〕 *n.*
    金字塔

pyramid

51. **quake**[4] 〔 kwek 〕 *n.* 地震
earthquake[2] 〔'ɝθ,kwek 〕
n. 地震 　　 同義字

52. **qualify**[5] 〔'kwɑlə,faɪ 〕 *v.* 使合格；
使有資格
qualification[6] 〔,kwɑləfə'keʃən 〕
n. 資格

53. **quality**[2] 〔'kwɑlətɪ 〕 *n.* 品質；
特質
quantity[2] 〔'kwɑntətɪ 〕 *n.* 量

54. **quarrel**[3] 〔'kwɔrəl 〕 *n. v.* 爭吵
quarter[2] 〔'kwɔrtɚ 〕 *n.* 四分之一；
二角五分硬幣

quarrel

55. **queen**[1] 〔 kwin 〕 *n.* 女王；皇后
queer[3] 〔 kwɪr 〕 *adj.* 奇怪的

56. **question**[1] 〔'kwɛstʃən 〕 *n.* 問題
questionnaire[6] 〔,kwɛstʃən'ɛr 〕
n. 問卷

questionnaire

57. **cue**[4] 〔 kju 〕 *v.* 暗示
queue 〔 kju 〕 *n.* 行列；
部隊 　　 同音字

queue

58. **quick**[1] 〔 kwɪk 〕 *adj.* 快的
quickly[1] 〔'kwɪklɪ 〕 *adv.*
快地

59. **quiet**[1] 〔'kwaɪət 〕 *adj.* 安靜的
quite[1] 〔 kwaɪt 〕 *adv.* 非常；
相當

60. **guilt**[4] 〔 gɪlt 〕 *n.* 罪
quilt[4] 〔 kwɪlt 〕 *n.* 棉被

quilt

61. **quit**[2] 〔 kwɪt 〕 *v.* 停止；辭職
quiz[2] 〔 kwɪz 〕 *n.* 小考

DAY 14

62. **rabbit**[2] (ˈræbɪt) *n.* 兔子
    <u>habit</u>[2] (ˈhæbɪt) *n.* 習慣

rabbit

63. **race**[1] (res) *n.* 賽跑;種族
    <u>racial</u>[3] (ˈreʃəl) *adj.* 種族的

race

64. **radio**[1] (ˈredɪ͵o) *n.* 收音機;
    無線電
    <u>radioactive</u> (͵redɪoˈæktɪv)
    adj. 放射性的

65. **radiate**[6] (ˈredɪ͵et) *v.* 散發
    <u>radiation</u>[6] (͵redɪˈeʃən) *n.*
    輻射線

66. **rag**[3] (ræg) *n.* 破布
    <u>rug</u>[3] (rʌg) *n.* (小塊) 地毯

rug

67. **rail**[5] (rel) *n.* 欄杆;鐵路
    <u>railway</u> (ˈrel͵we) *n.* 鐵路
    (= *railroad*[1])

68. **rain**[1] (ren) *n.* 雨 *v.* 下雨
    <u>rainy</u>[2] (ˈrenɪ) *adj.* 下雨的
    <u>rainbow</u>[1] (ˈren͵bo) *n.* 彩虹

rainbow

69. **rainfall**[4] (ˈren͵fɔl) *n.* 降雨 (量)
    <u>raincoat</u> (ˈren͵kot) *n.*
    雨衣

raincoat

70. **rise**[1] (raɪz) *v.* 上升
    <u>raise</u>[1] (rez) *v.* 提高;舉起

71. **ran** (ræn) *v.* 跑【run 的過去式】
    <u>random</u>[6] (ˈrændəm) *adj.*
    隨便的

DAY 14

72. **range²** 〔 rendʒ 〕 *n.* 範圍
    v. (範圍) 包括
    <u>arrange</u>² 〔 əˋrendʒ 〕 *v.* 安排；
    排列

73. **rank³** 〔 ræŋk 〕 *n.* 階級　*v.* 位居
    <u>frank</u>² 〔 fræŋk 〕 *adj.* 坦白的

74. **rapid²** 〔ˋræpɪd 〕 *adj.* 快速的
    <u>rapidly</u> 〔ˋræpɪdlɪ 〕 *adv.* 快速地

75. **rare²** 〔 rɛr 〕 *adj.* 罕見的
    <u>rarely</u> 〔ˋrɛrlɪ 〕 *adv.* 很少

76. **rat¹** 〔 ræt 〕 *n.* 老鼠
    <u>rattle</u>⁵ 〔ˋrætḷ 〕 *v.*
    發出嘎嘎聲

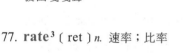

77. **rate³** 〔 ret 〕 *n.* 速率；比率
    <u>vibrate</u>⁵ 〔ˋvaɪbret 〕 *v.* 震動

78. **rather²** 〔ˋræðɚ 〕 *adv.* 相當地
    <u>gather</u>² 〔ˋgæðɚ 〕 *v.* 聚集

79. **raw³** 〔 rɔ 〕 *adj.* 生的
    <u>raw material</u>　原料

80. **ray³** 〔 re 〕 *n.* 光線
    <u>razor</u>³ 〔ˋrezɚ 〕 *n.*
    剃刀

razor

81. **reach¹** 〔 ritʃ 〕 *v.* 抵達；伸出
    <u>preach</u>⁵ 〔 pritʃ 〕 *v.* 說教

82. **act¹** 〔 ækt 〕 *n.* 行爲
    <u>react</u>³ 〔 rɪˋækt 〕 *v.* 反應

83. **read¹** 〔 rid 〕 *v.* 讀
    <u>reading</u> 〔ˋridɪŋ 〕 *n.* 閱讀

84. **ready¹** 〔ˋrɛdɪ 〕 *adj.* 準備好的
    <u>already</u>¹ 〔 ɔlˋrɛdɪ 〕 *adv.* 已經

85. **real¹** 〔ˋrɪəl 〕 *adj.* 眞的
    <u>really</u> 〔ˋrɪəlɪ 〕 *adv.* 眞地
    <u>reality</u>² 〔 rɪˋælətɪ 〕 *n.* 眞實

86. **realize²** 〔ˋrɪəˏlaɪz 〕 *v.* 了解；實現
    <u>realization</u>⁶ 〔ˏrɪələˋzeʃən 〕 *n.*
    了解；實現

87. **reason¹** 〔ˋrizṇ 〕 *n.* 理由
    <u>reasonable</u>³ 〔ˋriznəbḷ 〕 *adj.*
    合理的

88. **build**[1] 〔 bɪld 〕 *v.* 建造
    <u>rebuild</u> 〔 ri'bɪld 〕 *v.* 重建

89. **receive**[1] 〔 rɪ'siv 〕 *v.* 收到
    <u>receipt</u>[3] 〔 rɪ'sit 〕 *n.* 收據
    【p 不發音】
    <u>receiver</u>[3] 〔 rɪ'sivɚ 〕 *n.*
    聽筒

receiver

90. **recent**[2] 〔'risn̩t 〕 *adj.* 最近的
    <u>recently</u>[2] 〔'risn̩tlɪ 〕 *adv.* 最近

91. **reception**[4] 〔 rɪ'sɛpʃən 〕 *n.*
    歡迎會；招待會
    <u>receptionist</u> 〔 rɪ'sɛpʃənɪst 〕 *n.*
    接待員

receptionist

92. **recipe**[4] 〔'rɛsəpɪ 〕 *n.* 食譜
    <u>recite</u>[4] 〔 rɪ'saɪt 〕 *v.* 背誦；朗誦

recite

93. **recognize**[3] 〔'rɛkəɡ,naɪz 〕 *v.*
    認得
    <u>recognition</u>[4] 〔,rɛkəɡ'nɪʃən 〕 *n.*
    承認；認得

94. **commend**[3] 〔 kə'mɛnd 〕 *v.* 稱讚
    <u>recommend</u>[5] 〔,rɛkə'mɛnd 〕 *v.*
    推薦

95. **record** 〔'rɛkɚd 〕 *n.* 紀錄
    <u>record holder</u> 紀錄保持者

96. **record** 〔 rɪ'kɔrd 〕 *v.* 錄音
    <u>recorder</u> 〔 rɪ'kɔrdɚ 〕 *n.* 錄音機

97. **cover**[1] 〔'kʌvɚ 〕 *v.* 覆蓋
    <u>recover</u>[3] 〔 rɪ'kʌvɚ 〕 *v.* 恢復

98. **creation**[4] 〔 krɪ'eʃən 〕 *n.* 創造
    <u>recreation</u>[4] 〔,rɛkrɪ'eʃən 〕 *n.*
    娛樂

99. **tangle**[5] 〔'tæŋgl̩ 〕 *v.* 糾纏；纏結
    <u>rectangle</u>[2] 〔'rɛktæŋgl̩ 〕 *n.*
    長方形

rectangle

100. **cycle**³ 〔'saɪkl̩〕*n.* 循環
　　 <u>recycle</u>⁴ 〔ri'saɪkl̩〕*v.* 回收；
　　 再利用

101. **red**¹ 〔rɛd〕*adj.* 紅色的
　　 <u>rod</u>⁵ 〔rɑd〕*n.* 鞭子
　　 棍子

rod

102. **reduce**³ 〔rɪ'djus〕*v.* 減少
　　 <u>reduction</u>⁴ 〔rɪ'dʌkʃən〕*n.* 減少

103. **refer**⁴ 〔rɪ'fɝ〕*v.* 提到；參考；指
　　 <u>referee</u>⁵ 〔,rɛfə'ri〕*n.* 裁判
　　 <u>reference</u>⁴ 〔'rɛfərəns〕*n.* 參考

104. **reflect**⁴ 〔rɪ'flɛkt〕*v.* 反射；反映
　　 <u>reflection</u>⁴ 〔rɪ'flɛkʃən〕*n.* 反射

reflect

105. **form**² 〔fɔrm〕*v.* 形成　*n.* 形式
　　 <u>reform</u>⁴ 〔rɪ'fɔrm〕*v.* 改革

106. **refresh**⁴ 〔rɪ'frɛʃ〕*v.* 使提神
　　 <u>refreshment</u>⁶ 〔rɪ'frɛʃmənt〕
　　 n. 提神；提神之物

refreshment

107. **refrigerator**²
　　 〔rɪ'frɪdʒə,retɚ〕*n.* 冰箱 ⎱ 同
　　 <u>fridge</u> 〔frɪdʒ〕*n.* 冰箱 ⎰ 義字

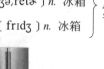

fridge

108. **refuse**² 〔rɪ'fjuz〕*v.* 拒絕
　　 <u>refusal</u>⁴ 〔rɪ'fjuzl̩〕*n.* 拒絕

109. **regard**² 〔rɪ'gɑrd〕*v.* 認為
　　 <u>regards</u> 〔rɪ'gɑrdz〕*n. pl.* 問候
　　 <u>regardless</u>⁶ 〔rɪ'gɑrdlɪs〕*adj.*
　　 不顧慮的 < *of* >

110. **register**⁴ 〔'rɛdʒɪstɚ〕*v.*
　　 登記；註冊
　　 <u>registration</u>⁴ 〔,rɛdʒɪ'streʃən〕
　　 n. 登記；註冊

111. **regret**³ 〔rɪ'grɛt〕*v. n.* 後悔
　　 <u>regretful</u>³ 〔rɪ'grɛtfəl〕*adj.*
　　 後悔的；遺憾的

DAY 14

DAY 14

112. **regular²** (ˈrɛgjələ) *adj.* 規律的；
定期的
<u>regulation</u>⁴ (ˌrɛgjəˈleʃən) *n.*
規定

113. **reject²** (rɪˈdʒɛkt) *v.* 拒絕
<u>rejection</u>⁴ (rɪˈdʒɛkʃən) *n.* 拒絕

114. **relate³** (rɪˈlet) *v.* 使有關連
<u>relative</u>⁴ (ˈrɛlətɪv) *n.* 親戚

115. **relation²** (rɪˈleʃən) *n.* 關係
<u>relationship</u>² (rɪˈleʃənˌʃɪp) *n.*
關係

116. **relax³** (rɪˈlæks) *v.* 放鬆
<u>relaxation</u>⁴ (ˌrilæksˈeʃən) *n.*
放鬆

117. **lay¹** (le) *v.* 下 (蛋)；放置；奠定
<u>relay</u>⁶ (rɪˈle) *v. n.* 轉達；接力

118. **relevant⁶** (ˈrɛləvənt) *adj.*
有關連的
<u>irrelevant</u>⁶ (ɪˈrɛləvənt)
adj. 無關的
⎱ 反義詞

119. **rely³** (rɪˈlaɪ) *v.* 信賴；依靠
<u>reliable</u>³ (rɪˈlaɪəbḷ) *adj.*
可靠的

120. **relieve⁴** (rɪˈliv) *v.* 減輕；
使放心
<u>relief</u>³ (rɪˈlif) *n.* 放心；
鬆了一口氣

relief

121. **religion³** (rɪˈlɪdʒən) *n.*
宗教
<u>religious</u>³ (rɪˈlɪdʒəs) *adj.*
宗教的；虔誠的

122. **main²** (men) *adj.* 主要的
<u>remain</u>³ (rɪˈmen) *v.* 留下；
仍然

123. **mark²** (mɑrk) *n.* 記號
<u>remark</u>⁴ (rɪˈmɑrk) *n.* 評論；
話

Day 14 Exercise

※ 請根據上下文意，選出一個最正確的答案。

1. The town's old Clock Tower was restored to _____ its ancient beauty.
   (A) pretend
   (B) preserve
   (C) prevent
   (D) produce (　　)

2. The gold deposit was discovered in Roman times and mining continues to be carried out using somewhat _____ methods.
   (A) previous
   (B) primary
   (C) potential
   (D) primitive (　　)

3. Winning lottery numbers are selected at _____.
   (A) rapid
   (B) reasonable
   (C) random
   (D) regular (　　)

4. Mr. Jackson signed the _____ for the package.
   (A) razor
   (B) reception
   (C) receipt
   (D) recipe (　　)

5. The politician promised to _____ the income tax code.
   (A) reform
   (B) refresh
   (C) recover
   (D) recite (　　)

6. The main _____ for social work is a bachelor's degree in any subject from an accredited university.
   - (A) queue
   - (B) quality
   - (C) questionaire
   - (D) qualification   (   )

7. The Feitsui Reservoir is designated as a special Taipei water management area, where development is strictly _____.
   - (A) prohibited
   - (B) promoted
   - (C) pronounced
   - (D) protected   (   )

8. During the reign of Catherine the Great, English merchants had the _____ of trading freely in Russian towns.
   - (A) principle
   - (B) privilege
   - (C) procedure
   - (D) progress   (   )

9. The author's opinion does not necessarily _____ the views of the editorial board.
   - (A) repeat
   - (B) recommend
   - (C) recycle
   - (D) reflect   (   )

10. She was _____ over past mistakes.
   - (A) regardless
   - (B) punctual
   - (C) religious
   - (D) regretful   (   )

第十五天 ⇨ DAY 15

1. **mind**¹〔maɪnd〕*n.* 心；精神
   remind³〔rɪ'maɪnd〕*v.* 提醒；
   使想起

2. **remote**³〔rɪ'mot〕
   adj. 遙遠的；偏僻的
   remote control 搖控

3. **move**¹〔muv〕*v.* 移動；搬家
   remove³〔rɪ'muv〕*v.* 除去

4. **rent**³〔rɛnt〕*v.* 租　*n.* 租金；
   出租
   rental⁶〔'rɛntḷ〕*adj.* 出租的

   rent

5. **repair**³〔rɪ'pɛr〕*v.* 修理
   repairs〔rɪ'pɛrz〕*n. pl.* 修理工作

6. **repeat**²〔rɪ'pit〕*v.* 重複
   repetition⁴〔ˌrɛpɪ'tɪʃən〕*n.* 重複

7. **place**¹〔ples〕*n.* 地方　*v.* 放置
   replace³〔rɪ'ples〕*v.* 取代

8. **apply**²〔ə'plaɪ〕*v.* 申請；應徵；
   運用
   reply²〔rɪ'plaɪ〕*v.* 回答；回覆

9. **report**¹〔rɪ'port〕
   v. 報導；報告
   reporter²〔rɪ'portə〕
   n. 記者

10. **represent**³〔ˌrɛprɪ'zɛnt〕*v.* 代表
    representative³
    〔ˌrɛprɪ'zɛntətɪv〕*n.* 代表人

11. **republic**³〔rɪ'pʌblɪk〕*n.*
    共和國
    republican⁵〔rɪ'pʌblɪkən〕*adj.*
    共和國的

12. **rotation**⁶〔ro'teʃən〕*n.* 旋轉
    reputation⁴〔ˌrɛpjə'teʃən〕*n.*
    名聲

13. **quest**⁵〔kwɛst〕*n.* 追求；尋求
    request³〔rɪ'kwɛst〕*v. n.* 要求；
    請求

DAY 15

14. **require**[2] 〔 rɪ'kwaɪr 〕 *v.* 需要
    <u>require**ment**</u>[2] 〔 rɪ'kwaɪrmənt 〕
    n. 要求；必備條件

15. **cue**[4] 〔 kju 〕 *v.* 暗示
    <u>res**cue**</u>[4] 〔'rɛskjʊ 〕 *v. n.* 拯救

16. **search**[2] 〔 sɝtʃ 〕 *v.* 尋找；搜尋
    <u>re**search**</u>[4] 〔 rɪ'sɝtʃ,'risɝtʃ 〕 *v. n.*
    研究

17. **resemble**[4] 〔 rɪ'zɛmbḷ 〕 *v.* 像
    <u>resem**blance**</u>[6] 〔 rɪ'zɛmbləns 〕
    n. 相似之處

resemble

18. **reserve**[3] 〔 rɪ'zɝv 〕 *v.* 預訂；
    保留
    <u>reserv**ation**</u>[4] 〔,rɛzɚ'veʃən 〕 *n.*
    預訂

19. **sign**[2] 〔 saɪn 〕 *n.* 告示牌　*v.* 簽名
    <u>re**sign**</u>[4] 〔 rɪ'zaɪn 〕 *v.* 辭職

20. **resist**[3] 〔 rɪ'zɪst 〕 *v.* 抵抗
    <u>resist**ance**</u>[4] 〔 rɪ'zɪstəns 〕 *n.*
    抵抗

21. **respect**[2] 〔 rɪ'spɛkt 〕 *v. n.* 尊敬
    <u>respect**ful**</u>[4] 〔 rɪ'spɛktfəl 〕
    adj. 恭敬的

22. **respond**[3] 〔 rɪ'spɑnd 〕
    v. 回答；反應
    <u>respon**sibility**</u>[3]
    〔 rɪ,spɑnsə'bɪlətɪ 〕 *n.* 責任

23. **rest**[1] 〔 rɛst 〕 *v. n.* 休息
    <u>rest**aurant**</u>[2] 〔'rɛstərənt 〕 *n.* 餐廳

restaurant

24. **restrict**[3] 〔 rɪ'strɪkt 〕 *v.* 限制；
    限定
    <u>restrict**ion**</u>[4] 〔 rɪ'strɪkʃən 〕 *n.*
    限制

25. **result**[2] 〔 rɪ'zʌlt 〕 *n.* 結果
    v. 導致
    <u>consult</u>[4] 〔 kən'sʌlt 〕 *v.* 查閱；
    請教

26. **tell**[1] 〔 tɛl 〕 *v.* 告訴；分辨
    <u>retell</u> 〔 ri'tɛl 〕 *v.* 重講

27. **retire**[4] 〔 rɪ'taɪr 〕 *v.* 退休
    <u>retirement</u>[4] 〔 rɪ'taɪrmənt 〕 *n.*
    退休

28. **turn**[1] 〔 tɜn 〕 *v.* 轉向　*n.* 輪流
    <u>return</u>[1] 〔 rɪ'tɜn 〕 *v.* 返回；歸還

29. **review**[2] 〔 rɪ'vju 〕 *v.* 復習
    n. 評論
    <u>reviewer</u> 〔 rɪ'vjuɚ 〕 *n.* 評論者

30. **vision**[3] 〔 'vɪʒən 〕 *n.* 視力
    <u>revision</u> 〔 rɪ'vɪʒən 〕 *n.* 修訂；
    改正

31. **evolution**[6] 〔 ‚ɛvə'luʃən 〕 *n.*
    進化
    <u>revolution</u>[4] 〔 ‚rɛvə'luʃən 〕 *n.*
    革命；重大改革

32. **award**[3] 〔 ə'wɔrd 〕 *v.* 頒發
    n. 獎
    <u>reward</u>[4] 〔 rɪ'wɔrd 〕 *n.* 報酬；
    獎賞

33. **wind** 〔 waɪnd 〕 *v.* 繞【注意發音】
    <u>rewind</u> 〔 rɪ'waɪnd 〕 *v.* 回轉
    （錄音帶）

REWIND

34. **rhyme**[4] 〔 raɪm 〕 *v.* 押韻
    <u>rhythm</u>[4] 〔 'rɪðəm 〕 *n.* 節奏

35. **rice**[1] 〔 raɪs 〕 *n.* 稻米；飯
    <u>price</u>[1] 〔 praɪs 〕 *n.* 價格

price

36. **rich**[1] 〔 rɪtʃ 〕 *adj.* 有錢的；
    豐富的
    <u>enrich</u>[6] 〔 ɪn'rɪtʃ 〕 *v.* 使豐富

37. **rid**[3] 〔 rɪd 〕 *v.* 除去
    <u>riddle</u>[3] 〔 'rɪdl̩ 〕 *n.* 謎語

38. **ride**¹ 〔 raɪd 〕 v. 騎；搭乘
    <u>pride</u>² 〔 praɪd 〕 n. 驕傲

ride

39. **ridicule**⁶ 〔'rɪdɪ,kjul 〕 v. 嘲笑
    <u>ridiculous</u>⁵ 〔 rɪ'dɪkjələs 〕 adj.
    荒謬的；可笑的

40. **right**¹ 〔 raɪt 〕 adj. 對的；
    右邊的　n. 權利；右邊
    <u>right-handed</u> 〔'raɪt,hændɪd 〕
    adj. 慣用右手的
    <u>right-wing</u> 〔'raɪt,wɪŋ 〕 n.
    右翼

41. **rigid**⁵ 〔'rɪdʒɪd 〕 adj. 嚴格的
    <u>rigidly</u> 〔'rɪdʒɪdlɪ 〕 adv.
    嚴格地

42. **ring**¹ 〔 rɪŋ 〕 n. 戒指　v. (鈴) 響
    <u>string</u>² 〔 strɪŋ 〕 n. 細繩

string

43. **ripe**³ 〔 raɪp 〕 adj. 成熟的
    <u>ripen</u> 〔'raɪpən 〕 v. 變得成熟；
    使成熟

44. **risk**³ 〔 rɪsk 〕 n. 風險
    v. 冒…的危險
    <u>risky</u> 〔'rɪskɪ 〕 adj. 冒險的

45. **river**¹ 〔'rɪvɚ 〕 n. 河流
    <u>driver</u>¹ 〔'draɪvɚ 〕 n. 駕駛人

46. **road**¹ 〔 rod 〕 n. 道路
    <u>roast</u>³ 〔 rost 〕 v. 烤

roast

47. **rob**³ 〔 rɑb 〕 v. 搶劫
    <u>robber</u>³ 〔'rɑbɚ 〕 n.
    強盜

robber

48. **robe**³ 〔 rob 〕 n. 長袍
    <u>robot</u>¹ 〔'robət 〕 n. 機器人

robe　　robot

49. **rock**[1,2] 〔rɑk〕 *n.* 岩石
　　v. 搖動
　　<u>rocket</u>[3] 〔'rɑkɪt〕 *n.* 火箭

rocket

50. **role**[2] 〔rol〕 *n.* 角色　⎫ 同
　　<u>roll</u>[1] 〔rol〕 *v.* 滾動　⎭ 音字

51. **roof**[1] 〔ruf〕 *n.* 屋頂
　　<u>proof</u>[3] 〔pruf〕 *n.* 證據

roof

52. **room**[1] 〔rum〕 *n.* 房間；空間
　　<u>broom</u>[3] 〔brum〕 *n.* 掃帚

53. **root**[1] 〔rut〕 *n.* 根
　　<u>rooster</u>[1] 〔'rustɚ〕
　　n. 公雞

rooster

54. **rope**[1] 〔rop〕 *n.* 繩子
　　<u>grope</u>[6] 〔grop〕 *v.* 摸索

rope

55. **rose**[1] 〔roz〕 *n.* 玫瑰
　　<u>prose</u>[6] 〔proz〕 *n.*
　　散文

rose

56. **rot**[3] 〔rɑt〕 *v.* 腐爛
　　<u>rotten</u>[3] 〔'rɑtn̩〕 *adj.* 腐爛的

57. **rough**[3] 〔rʌf〕 *adj.* 粗糙的
　　<u>tough</u>[4] 〔tʌf〕 *adj.* 困難的

58. **round**[1] 〔raʊnd〕 *adj.* 圓的
　　n. 回合
　　<u>roundabout</u> 〔'raʊndə‚baʊt〕
　　adj. 繞道的；不直接的

59. **route**[4] 〔rut〕 *n.* 路線
　　<u>routine</u>[3] 〔ru'tin〕 *n.* 例行
　　公事

60. **row**[1] 〔ro〕 *n.* 排　*v.* 划（船）
　　<u>crow</u>[1,2] 〔kro〕 *n.* 烏鴉
　　v.（公雞）啼叫

DAY 15

61. **royal**² 〔ˈrɔɪəl〕 *adj.* 皇家的
    royalty⁶ 〔ˈrɔɪəltɪ〕 *n.* 王位；
    皇室

62. **rub**¹ 〔rʌb〕 *v.* 摩擦；揉
    rubber¹ 〔ˈrʌbɚ〕 *n.* 橡膠
    rubbish⁵ 〔ˈrʌbɪʃ〕 *n.* 垃圾

rub

63. **rude**² 〔rud〕 *adj.* 無禮的
    crude⁶ 〔krud〕 *adj.* 未經加
    工的

64. **rug**³ 〔rʌg〕 *n.* (小塊) 地毯
    rugby 〔ˈrʌgbɪ〕 *n.* 橄欖球

rugby

65. **ruin**⁴ 〔ˈruɪn〕 *v.* 毀滅
    penguin² 〔ˈpɛngwɪn〕 *n.* 企鵝

penguin

66. **rule**¹ 〔rul〕 *n.* 規則　*v.* 統治
    ruler² 〔ˈrulɚ〕 *n.* 統治者；尺

67. **run**¹ 〔rʌn〕 *v.* 跑；經營
    running 〔ˈrʌnɪŋ〕 *n.* 跑
    runner² 〔ˈrʌnɚ〕 *n.* 跑者

runner

68. **rush**² 〔rʌʃ〕 *v.* 衝　*n.* 匆忙
    brush² 〔brʌʃ〕 *n.* 刷子

brush

69. **sacred**⁵ 〔ˈsekrɪd〕 *adj.* 神聖的
    sacrifice⁴ 〔ˈsækrə͵faɪs〕 *v. n.*
    犧牲

DAY 15

70. **sad**¹〔sæd〕*adj.* 悲傷的

     <u>sadness</u>〔'sædnɪs〕*n.* 悲傷

71. **safe**¹〔sef〕*adj.* 安全的

     n. 保險箱

     <u>safety</u>²〔'seftɪ〕*n.* 安全

safe

72. **sail**¹〔sel〕*v.* 航行

     <u>sailing</u>〔'selɪŋ〕*n.* 航海

     <u>sailor</u>²〔'selɚ〕*n.* 水手

sailing

73. **salad**²〔'sæləd〕*n.* 沙拉

     <u>salary</u>⁴〔'sælərɪ〕*n.* 薪水

74. **sale**¹〔sel〕*n.* 出售

     <u>salesgirl</u>⁴〔'selz,gɝl〕*n.* 女售
     貨員

75. **salesman**⁴〔'selzmən〕*n.*
     售貨員

     <u>saleswoman</u>⁴〔'selz,wumən〕
     n. 女售貨員【注意用複數的 sales】

76. **salt**¹〔sɔlt〕*n.* 鹽

     <u>salty</u>²〔'sɔltɪ〕*adj.* 鹹的

77. **salute**⁵〔sə'lut〕*v.* 敬禮

     <u>flute</u>²〔flut〕*n.* 笛子

salute

78. **same**¹〔sem〕*adj.* 相同的

     <u>shame</u>³〔ʃem〕*n.* 羞恥

79. **sand**¹〔sænd〕*n.* 沙子

     <u>sandwich</u>²〔'sændwɪtʃ〕*n.*
     三明治

80. **polite**²〔pə'laɪt〕*adj.* 有禮貌的

     <u>satellite</u>⁴〔'sætḷ,aɪt〕*n.* 衛星

DAY 15

81. **satisfy**² 〔'sætɪs,faɪ 〕 *v.* 使滿意；使滿足
 satisfaction⁴ 〔,sætɪs'fækʃən 〕 *n.* 滿足

82. **sauce**² 〔 sɔs 〕 *n.* 醬汁
 saucer³ 〔'sɔsə 〕 *n.* 碟子
 sausage³ 〔'sɔsɪdʒ 〕 *n.* 香腸

cup teapot
saucer

83. **save**¹ 〔 sev 〕 *v.* 節省；拯救
 savage⁵ 〔'sævɪdʒ 〕 *adj.* 野蠻的；兇暴的

savage

84. **say**¹ 〔 se 〕 *v.* 說
 saying 〔'seɪŋ 〕 *n.* 諺語

85. **scan**⁵ 〔 skæn 〕 *v.* 掃描；瀏覽
 scandal⁵ 〔'skændḷ 〕 *n.* 醜聞

86. **scar**⁵ 〔 skɑr 〕 *n.* 疤痕
 scarf³ 〔 skɑrf 〕 *n.* 圍巾

scarf

87. **scare**¹ 〔 skɛr 〕 *v.* 驚嚇
 scarce³ 〔 skɛrs 〕 *adj.* 稀少的

88. **scene**¹ 〔 sin 〕 *n.* 風景；場景
 scenery⁴ 〔'sinərɪ 〕 *n.* 風景【集合名詞】

89. **sketch**⁴ 〔 skɛtʃ 〕 *n.* 素描
 skeptical⁶ 〔'skɛptɪkḷ 〕 *adj.* 懷疑的（ = *sceptical*【英式用法】）

sketch

90. **schedule**³ 〔'skɛdʒʊl 〕 *n.* 時間表
 scheme⁵ 〔 skim 〕 *n.* 計劃；陰謀

91. **school**¹ 〔 skul 〕 *n.* 學校；（魚）群
 scholar³ 〔'skɑlə 〕 *n.* 學者
 scholarship³ 〔'skɑlə,ʃɪp 〕 *n.* 獎學金

92. **schoolmate** 〔'skul,met 〕 *n.* 同學
 schoolbag 〔'skul,bæg 〕 *n.* 書包

DAY 15

93. **schoolboy**[1] 〔'skul,bɔɪ 〕*n.* 男學生
    schoolgirl[1] 〔'skul,gɝl 〕*n.*
    女學生

94. **science**[2] 〔'saɪəns 〕*n.* 科學
    scientific[3] 〔,saɪən'tɪfɪk 〕*adj.*
    科學的
    scientist[2] 〔'saɪəntɪst 〕*n.* 科學家

95. **successor**[6] 〔 sək'sɛsə 〕*n.* 繼承者
    scissors[2] 〔'sɪzəz 〕*n. pl.*
    剪刀

96. **cold**[1] 〔 kold 〕*adj.* 冷的
    scold[4] 〔 skold 〕*v.* 責罵

scold

97. **core**[6] 〔 kor 〕*n.* 核心
    score[2] 〔 skor 〕*n.* 分數

98. **scrap**[5] 〔 skræp 〕*n.* 碎片
    scratch[4] 〔 skrætʃ 〕
    v. 抓 (癢) ; 抓傷

99. **cream**[2] 〔 krim 〕*n.* 奶油
    scream[3] 〔 skrim 〕*v.* 尖叫

100. **green**[1] 〔 grin 〕*adj.* 綠色的
     screen[2] 〔 skrin 〕*n.* 螢幕

101. **sculptor**[5] 〔'skʌlptə 〕
     n. 雕刻家
     sculpture[4]
     〔'skʌlptʃə 〕*n.* 雕刻

sculpture

102. **sea**[1] 〔 si 〕*n.* 海
     seagull[4] 〔'si,gʌl 〕
     n. 海鷗 (= *gull*)

seagull

103. **seal**[3] 〔 sil 〕*v.* 密封 *n.* 印章 ;
     海豹
     seat[1] 〔 sit 〕*n.* 座位 *v.* 使就座

seal

104. **seaman** 〔'si,mæn 〕*n.* 船員
     seashell 〔'si,ʃɛl 〕*n.* 貝殼

seashell

105. **side**[1] 〔 saɪd 〕 *n.* 邊
    <u>seaside</u>[1] 〔ˈsi‚saɪd 〕 *n.* 海邊

seesaw

106. **weed**[3] 〔 wid 〕 *n.* 雜草
    <u>seaweed</u>[3] 〔ˈsi‚wid 〕 *n.* 海草；
    海藻

107. **season**[1] 〔ˈsizn̩ 〕 *n.* 季節
    <u>reason</u>[1] 〔ˈrizn̩ 〕 *n.* 理由

108. **second**[1] 〔ˈsɛkənd 〕 *adj.* 第二的
    n. 秒
    <u>secondhand</u> 〔ˈsɛkən‚hænd 〕
    adj. 二手的

109. **secret**[2] 〔ˈsikrɪt 〕 *n.* 秘密
    <u>secretary</u>[2] 〔ˈsɛkrə‚tɛrɪ 〕 *n.*
    秘書

110. **sector**[6] 〔ˈsɛktɚ 〕 *n.* 部門
    <u>section</u>[2] 〔ˈsɛkʃən 〕 *n.* 部分

111. **secure**[5] 〔 sɪˈkjur 〕 *adj.* 安全的
    <u>security</u>[3] 〔 sɪˈkjurətɪ 〕 *n.* 安全；
    防護措施

112. **see**[1] 〔 si 〕 *v.* 看見
    <u>seesaw</u>[1] 〔ˈsi‚sɔ 〕 *n.* 蹺蹺板

113. **seed**[1] 〔 sid 〕 *n.* 種子
    <u>melon seed</u> 瓜子

114. **seek**[3] 〔 sik 〕 *v.* 尋找
    <u>peek</u>[5] 〔 pik 〕 *v.*
    偷看

peek

115. **seem**[1] 〔 sim 〕 *v.* 似乎
    <u>deem</u>[6] 〔 dim 〕 *v.* 認為

116. **size**[1] 〔 saɪz 〕 *n.* 尺寸
    <u>seize</u>[3] 〔 siz 〕 *v.* 抓住

seize

117. **seldom**[3] 〔ˈsɛldəm 〕 *adv.* 很少
    <u>boredom</u>[5] 〔ˈbordəm 〕 *n.* 無聊

118. **select**[2] 〔 səˈlɛkt 〕 *v.* 挑選
    <u>selection</u>[2] 〔 səˈlɛkʃən 〕 *n.*
    選擇；精選集

Day 15 Exercise

※ 請根據上下文意，選出一個最正確的答案。

1. Please _____ your shoes before entering the house.
   (A) remove
   (B) remind
   (C) repair
   (D) replace   (   )

2. In general appearance, flying squirrels _____ ordinary squirrels.
   (A) respect
   (B) represent
   (C) request
   (D) resemble   (   )

3. She could not _____ staring at the good-looking stranger.
   (A) require
   (B) resist
   (C) resign
   (D) reserve   (   )

4. The owners of the lost dog are offering a $500 _____ for its safe return.
   (A) reward
   (B) revolution
   (C) responsibility
   (D) restriction   (   )

5. She said it was _____ for a single man to live alone in such a large mansion.
   (A) secure
   (B) rough
   (C) ridiculous
   (D) skeptical   (   )

DAY 15

6. The roof is supported by a series of _____ steel beams.

   (A) rude

   (B) ripe

   (C) royal

   (D) rigid   ( )

7. Many Americans are losing their jobs to _____ and other automated systems.

   (A) rockets

   (B) routines

   (C) robots

   (D) rugbies   ( )

8. The cat _____ the tree to sharpen its claws.

   (A) seizes

   (B) scratches

   (C) sacrifices

   (D) salutes   ( )

9. Joshua was offered a full _____ to play basketball at the University of North Carolina.

   (A) scholarship

   (B) satisfaction

   (C) requirement

   (D) reputation   ( )

10. Hippo Square at Taipei Zoo was recently named to a list of the world's 25 most creative _____.

   (A) satellites

   (B) sceneries

   (C) sculptures

   (D) securities   ( )

DAY 15

第十六天 ⇨ DAY 16

1. **self¹** 〔 sɛlf 〕 *n.* 自己
   <u>selfish</u>¹ 〔'sɛlfɪʃ 〕 *adj.* 自私的
   <u>self-service</u> 〔'sɛlf,sɝvɪs 〕 *n.*
   自助

2. **sell¹** 〔 sɛl 〕 *v.* 賣
   <u>yell</u>³ 〔 jɛl 〕 *v.* 大叫

3. **circle²** 〔'sɝkḷ 〕 *n.* 圓圈
   <u>semicircle</u> 〔,sɛmɪ's͏ɝkḷ 〕 *n.* 半圓
   <u>seminar</u>⁶ 〔'sɛmə,nɑr 〕 *n.* 研討會

4. **sense¹** 〔 sɛns 〕 *n.* 感覺
   <u>sensitive</u>³ 〔'sɛnsətɪv 〕 *adj.*
   敏感的

5. **sent** 〔 sɛnt 〕 *v.* 寄；送
   【send 的過去式】
   <u>sentence</u>¹ 〔'sɛntəns 〕 *n.* 句子；
   刑罰

6. **separate²** 〔'sɛpə,ret 〕 *v.* 使分
   開；區別　〔'sɛpərɪt 〕 *adj.* 分開的
   <u>separately</u> 〔'sɛpərɪtlɪ 〕 *adv.*
   分開地
   <u>separation</u>³ 〔,sɛpə'reʃən 〕 *n.*
   分開

7. **series⁵** 〔'sɪriz 〕 *n.* 一連串；影集
   <u>serious</u>² 〔'sɪrɪəs 〕 *adj.* 嚴重的；
   嚴肅的
   【這兩個字容易弄錯】

8. **serve¹** 〔 sɝv 〕 *v.* 服務；供應
   <u>servant</u>² 〔'sɝvənt 〕 *n.* 僕人
   <u>service</u>¹ 〔'sɝvɪs 〕 *n.* 服務

9. **session⁶** 〔'sɛʃən 〕 *n.* 開會；
   開庭；授課時間
   <u>possession</u>⁴ 〔 pə'zɛʃən 〕 *n.*
   擁有

10. **set¹** 〔 sɛt 〕 *v.* 設定　*n.* 一套
    <u>settle</u>² 〔'sɛtḷ 〕 *v.* 定居；解決

11. **settlement²** 〔'sɛtḷmənt 〕 *n.*
    定居；解決；殖民
    <u>settler</u>⁴ 〔'sɛtlɚ 〕 *n.* 殖民者；
    移民

DAY 16

12. **several**¹〔ˈsɛvərəl〕*adj.* 好幾個
    <u>severe</u>⁴〔səˈvɪr〕*adj.* 嚴格的

13. **sew**³〔so〕*v.* 縫紉；縫製
    <u>sewer</u>⁶〔ˈsoɚ〕*n.* 裁縫師；
    〔ˈsuɚ〕下水道

sew

14. **sex**³〔sɛks〕*n.* 性
    <u>sexy</u>³〔ˈsɛksɪ〕*adj.* 性感的

15. **shade**³〔ʃed〕*n.* 陰影；樹蔭
    <u>shadow</u>³〔ˈʃædo〕*n.* 影子
    <u>shabby</u>⁵〔ˈʃæbɪ〕*adj.* 破舊的；
    衣衫襤褸的

shadow

16. **shake**¹〔ʃek〕*v.* 搖動
    <u>shake hands</u> 握手

17. **shall**¹〔ʃæl〕*aux.* 將會
    <u>shallow</u>³〔ˈʃælo〕*adj.* 淺的；
    膚淺的

18. **shame**³〔ʃem〕*n.* 羞恥
    <u>shameful</u>⁴〔ˈʃemfʊl〕*adj.*
    可恥的

19. **shape**¹〔ʃep〕*n.* 形狀
    <u>share</u>²〔ʃɛr〕*v.* 分享

20. **shark**¹〔ʃark〕*n.* 鯊魚
    <u>sharp</u>¹〔ʃarp〕*adj.* 銳利的

shark

21. **sharpen**⁵〔ˈʃarpən〕*v.* 使銳利
    <u>sharpener</u>〔ˈʃarpənɚ〕
    n. 削鉛筆刀
    <u>pencil-sharpener</u>
    削鉛筆刀

同義字

22. **shave**³〔ʃev〕*v.* 刮（鬍子）
    <u>shaver</u>⁴〔ˈʃevɚ〕*n.* 電動刮鬍刀

shaver

DAY 16

23. **sheep**[1] 〔ʃip〕 *n.* 綿羊
    【單複數同形】

    <u>sheet</u>[1] 〔ʃit〕 *n.*
    床單;一張(紙)

24. **shelf**[2] 〔ʃɛlf〕 *n.* 架子
    <u>shelter</u>[4] 〔'ʃɛltɚ〕 *n.* 避難所
    <u>bookshelf</u> 〔'bʊkˌʃɛlf〕 *n.* 書架

25. **shine**[1] 〔ʃaɪn〕 *v.* 照耀
    <u>shiny</u>[3] 〔'ʃaɪnɪ〕 *adj.* 閃亮的
    <u>sunshine</u> 〔'sʌnˌʃaɪn〕 *n.* 陽光

26. **ship**[1] 〔ʃɪp〕 *n.* 船
    <u>warship</u> 〔'wɔrˌʃɪp〕 *n.* 戰艦

    warship

27. **shirt**[1] 〔ʃɝt〕 *n.* 襯衫
    <u>T-shirt</u>[1] 〔'tiˌʃɝt〕 *n.* T恤

    shirt   T-shirt

28. **cock**[2] 〔kɑk〕 *n.* 公雞
    <u>shock</u>[2] 〔ʃɑk〕 *n.* 震驚
    v. 使震驚

29. **shoes**[1] 〔ʃuz〕 *n. pl.* 鞋子
    <u>shore</u>[1] 〔ʃor〕 *n.* 海岸
    【這兩個字容易弄錯】

30. **shoot**[2] 〔ʃut〕 *v.* 射擊
    <u>shooting</u> 〔'ʃutɪŋ〕 *n.* 射擊

    shoot

31. **shop**[1] 〔ʃɑp〕 *n.* 商店 (= *store*[1])
    <u>shop assistant</u> 售貨員

32. **shopkeeper** 〔'ʃɑpˌkipɚ〕 *n.*
    店主
    <u>shopping</u> 〔'ʃɑpɪŋ〕 *n.* 購物

33. **short**[1] 〔ʃɔrt〕 *adj.* 短的;矮的;
    缺乏的
    <u>shorts</u>[2] 〔ʃɔrts〕 *n. pl.*
    短褲

    shorts

34. **shortly**³ 〔'ʃɔrtlɪ〕 *adv.* 不久
（= *soon*¹）
shortcoming⁵ 〔'ʃɔrt,kʌmɪŋ〕
n. 缺點

35. **shot**¹ 〔ʃɑt〕 *n.* 射擊；子彈
shout¹ 〔ʃaut〕 *v.* 吼叫

36. **should**¹ 〔ʃud〕 *aux.* 應該
shoulder¹ 〔'ʃoldɚ〕 *n.* 肩膀
【兩個字的 ou 發音不同】

37. **show**¹ 〔ʃo〕 *v.* 顯示；給…看
shower² 〔'ʃauɚ〕 *n.* 淋浴；陣雨

shower

38. **rink** 〔rɪŋk〕 *n.* 溜冰場
shrink³ 〔ʃrɪŋk〕 *v.* 縮水

shrink

39. **shut**¹ 〔ʃʌt〕 *v.* 關；閉
shuttle⁴ 〔'ʃʌtl〕 *n.* 來回行駛；
太空梭
shuttle bus 接駁車；交通車

shuttle bus

40. **shy**¹ 〔ʃaɪ〕 *adj.* 害羞的
sly⁵ 〔slaɪ〕 *adj.* 狡猾的

41. **sick**¹ 〔sɪk〕 *adj.* 生病的
sickness 〔'sɪknɪs〕 *n.* 疾病

42. **sidewalk**² 〔'saɪd,wɔk〕 *n.* 人行道
sideways¹ 〔'saɪdwez〕 *adv.* 斜向
一邊地

sidewalk

43. **sigh**³ 〔saɪ〕 *n. v.* 嘆息
sight¹ 〔saɪt〕 *n.* 視力；
景象
sightseeing⁴ 〔'saɪt,siɪŋ〕 *n.*
觀光

sigh

44. **signal**³ (ˈsɪgnḷ) *n.* 信號
    signature⁴ (ˈsɪgnətʃɚ) *n.* 簽名

45. **significant**³ (sɪgˈnɪfəkənt)
    adj. 意義重大的
    significance⁴ (sɪgˈnɪfəkəns)
    n. 意義；重要性

46. **silent**² (ˈsaɪlənt) *adj.* 沉默的；
    安靜的
    silence² (ˈsaɪləns) *n.* 沉默

47. **silk**² (sɪlk) *n.* 絲
    silkworm⁵ (ˈsɪlk͵wɝm) *n.* 蠶

silkworm

48. **silly**¹ (ˈsɪlɪ) *adj.* 愚蠢的
    chilly³ (ˈtʃɪlɪ) *adj.* 寒冷的

49. **silver**¹ (ˈsɪlvɚ) *n.* 銀
    adj. 銀色的
    silver medal　銀牌

50. **similar**² (ˈsɪmələ) *adj.* 相似的
    similarity³ (͵sɪməˈlærətɪ) *n.*
    相似之處

51. **simple**¹ (ˈsɪmpḷ) *adj.* 簡單的
    simple-minded
    (ˈsɪmpḷ͵maɪndɪd) *adj.* 頭腦簡
    單的

52. **simply**² (ˈsɪmplɪ) *adv.* 僅僅
    simplify⁶ (ˈsɪmplə͵faɪ) *v.*
    簡化

53. **since**¹ (sɪns) *conj.* 自從；
    因為；既然
    sincere³ (sɪnˈsɪr) *adj.* 真誠的
    sincerely (sɪnˈsɪrlɪ) *adv.*
    真誠地

54. **sing**¹ (sɪŋ) *v.* 唱歌
    singer¹ (ˈsɪŋɚ) *n.*
    歌手
    single² (ˈsɪŋgḷ) *adj.* 單一的；
    單身的

55. **sink**² (sɪŋk) *v.* 下沉　*n.* 水槽
    think¹ (θɪŋk) *v.* 想；認為
    【注意唸 th 時，舌頭應伸出，中文
    裡沒有此音】

sink

DAY 16

56. **sir**[1] 〔 sɚ, sɝ 〕 *n.* 先生

    <u>stir</u>[3] 〔 stɝ 〕 *v.* 攪動

stir

57. **sister**[1] 〔'sɪstɚ 〕 *n.* 姊妹

    <u>sister-in-law</u> 〔'sɪstɚ,ɪn'lɔ 〕

    n. 嫂嫂；弟媳

58. **sit**[1] 〔 sɪt 〕 *v.* 坐；位於；坐落於

    <u>situation</u>[3] 〔,sɪtʃʊ'eʃən 〕 *n.*

    情況

59. **skate**[3] 〔 sket 〕 *v.* 溜冰

    <u>skateboard</u> 〔'sket,bord 〕 *n.*

    滑板

skateboard

60. **ski**[3] 〔 ski 〕 *v.* 滑雪

    <u>skin</u>[1] 〔 skɪn 〕 *n.* 皮膚

ski

61. **skill**[1] 〔 skɪl 〕 *n.* 技巧

    <u>skillful</u>[2] 〔'skɪlfəl 〕 *adj.* 熟練

    的；擅長的

62. **skip**[3] 〔 skɪp 〕 *v.* 跳過；蹺 (課)

    <u>skipping rope</u> (跳繩用的)

    繩

skipping rope

63. **skirt**[2] 〔 skɝt 〕 *n.* 裙子

    <u>outskirts</u>[5] 〔'aʊt,skɝts 〕 *n.pl.*

    郊區

64. **sky**[1] 〔 skaɪ 〕 *n.* 天空

    <u>skyscraper</u>[3] 〔'skaɪ,skrepɚ 〕

    n. 摩天大樓

skyscraper

65. **slave**[3] 〔 slev 〕 *n.* 奴隸

    <u>slavery</u>[6] 〔'slevərɪ 〕 *n.* 奴隸

    制度

66. **sleep**[1] 〔 slip 〕 *v.* 睡　*n.* 睡眠

    <u>sleepy</u>[2] 〔'slipɪ 〕 *adj.* 想睡的

    <u>sleeve</u>[3] 〔 sliv 〕 *n.* 袖子

DAY 16

67. **slice**³〔slaɪs〕*n.*（一）片
a slice of bread 一片麵包

68. **slide**²〔slaɪd〕*v.* 滑
sliding door 滑門

sliding door

69. **light**¹〔laɪt〕*n.* 燈
slight⁴〔slaɪt〕*adj.* 輕微的

70. **slim**²〔slɪm〕*adj.* 苗條的
slender²〔'slɛndɚ〕*adj.*
苗條的 ｝同義字

71. **slip**²〔slɪp〕*v.* 滑倒
slipper²〔'slɪpɚ〕*n.* 拖鞋
slippery³〔'slɪpərɪ〕*adj.* 滑的

slippers

72. **low**¹〔lo〕*adj.* 低的
slow¹〔slo〕*adj.* 慢的

73. **mall**³〔mɔl〕*n.* 購物中心
small¹〔smɔl〕*adj.* 小的

74. **smart**¹〔smɑrt〕*adj.*
聰明的
clever²〔'klɛvɚ〕*adj.*
聰明的 ｝同義字

75. **smell**¹〔smɛl〕*v.* 聞　*n.* 味道
smelly〔'smɛlɪ〕*adj.* 臭的

76. **mile**¹〔maɪl〕*n.* 英哩
smile¹〔smaɪl〕*v. n.* 微笑

smile

77. **smoke**¹〔smok〕*v.* 抽煙
fog¹〔fɔg, fɑg〕*n.* 霧
smog⁴〔smɑg〕*n.* 煙霧；霧霾
（= smoke + fog）

78. **smoking**¹〔'smokɪŋ〕*n.* 抽煙
smoker¹〔'smokɚ〕*n.* 抽煙者

DAY 16

79. **tooth**² 〔 tuθ 〕 *n.* 牙齒
<u>smooth</u>³ 〔 smuð 〕 *adj.* 平滑的

80. **snake**¹ 〔 snek 〕 *n.* 蛇
<u>snack</u>² 〔 snæk 〕 *n.* 點心
<u>snack bar</u> 〔'snæk͵bɑr 〕 *n.*
小吃店；快餐店
【中文裡沒有 /æ/ 的發音，唸的時候，只要裂嘴即可】

81. **sneak**⁵ 〔 snik 〕 *v.* 偷偷地走
<u>sneakers</u>⁵ 〔'snikəz 〕
n. pl. 運動鞋

sneakers

82. **sneeze**⁴ 〔 sniz 〕 *v.* 打噴嚏
<u>snore</u>⁵ 〔 snor 〕 *v.* 打呼
<u>sniff</u>⁵ 〔 snɪf 〕 *v.* 嗅
【sn 和「鼻子」有關】

83. **snow**¹ 〔 sno 〕 *n.* 雪 *v.* 下雪
<u>snowy</u>² 〔'snoɪ 〕 *adj.*
多雪的

84. **soap**¹ 〔 sop 〕 *n.* 肥皂
<u>soup</u>¹ 〔 sup 〕 *n.* 湯

85. **sob**⁴ 〔 sɑb 〕 *v.* 啜泣
<u>sober</u>⁵ 〔'sobə 〕 *adj.* 清醒的

sob

86. **football**² 〔'fut͵bɔl 〕 *n.* 橄欖球
<u>soccer</u>² 〔'sɑkə 〕 *n.* 足球

soccer

87. **social**² 〔'soʃəl 〕 *adj.* 社會的
<u>socialism</u>⁶ 〔'soʃəl͵ɪzəm 〕 *n.*
社會主義

88. **socialist**⁶ 〔'soʃəlɪst 〕 *n.* 社會
主義者
<u>society</u>² 〔 sə'saɪətɪ 〕 *n.* 社會

89. **socks**² 〔 sɑks 〕 *n. pl.* 短襪
<u>socket</u>⁴ 〔'sɑkɪt 〕 *n.* 插座

socket

DAY 16

90. **sofa**[1] 〔ˈsofə〕 *n.* 沙發
　　<u>Sofia</u> 〔ˈsofɪə〕 *n.* 蘇菲亞
　　（女子名）

91. **soft**[1] 〔sɔft〕 *adj.* 柔軟的
　　<u>software</u>[4] 〔ˈsɔftˌwɛr〕 *n.* 軟體

92. **soil**[1] 〔sɔɪl〕 *n.* 土壤
　　<u>solid</u>[3] 〔ˈsɑlɪd〕 *adj.* 固體的；
　　堅固的

93. **solar**[4] 〔ˈsolɚ〕 *adj.* 太陽的
　　<u>solar energy</u>　太陽能

94. **sold** 〔sold〕 *v.* 賣
　　【sell 的過去式】
　　<u>soldier</u>[2] 〔ˈsoldʒɚ〕 *n.* 軍人

soldier

95. **lid**[2] 〔lɪd〕 *n.* 蓋子
　　<u>solid</u>[3] 〔ˈsɑlɪd〕 *adj.* 固體的；
　　堅固的

96. **some**[1] 〔sʌm〕 *adj.* 一些；某個
　　<u>somebody</u>[2] 〔ˈsʌmˌbɑdɪ〕 *pron.*
　　某人
　　<u>someone</u>[1] 〔ˈsʌmˌwʌn〕 *pron.*
　　某人（= *somebody*[2]）

97. **something**[1] 〔ˈsʌmθɪŋ〕 *pron.*
　　某物
　　<u>sometimes</u>[1] 〔ˈsʌmˌtaɪmz〕
　　adv. 有時候
　　<u>somewhere</u>[2] 〔ˈsʌmˌhwɛr〕
　　adv. 在某處

98. **how**[1] 〔haʊ〕 *adv.* 如何
　　<u>somehow</u>[3] 〔ˈsʌmˌhaʊ〕 *adv.*
　　以某種方法

99. **son**[1] 〔sʌn〕 *n.* 兒子
　　<u>song</u>[1] 〔sɔŋ〕 *n.* 歌曲

100. **soon**[1] 〔sun〕 *adv.* 不久
　　<u>noon</u>[1] 〔nun〕 *n.* 正午

101. **sorrow**[3] 〔ˈsaro〕 *n.* 悲傷
　　<u>sorrowful</u>[4] 〔ˈsarofəl〕 *adj.*
　　悲傷的

102. **sorry**[1] (ˈsɔrɪ) *adj.* 抱歉的；
難過的
worry[1] (ˈwɝɪ) *v. n.* 擔心

103. **sort**[2] (sɔrt) *n.* 種類　*v.* 分類
resort[5] (rɪˈzɔrt) *n.* 渡假勝地

104. **so-so** (ˈso͵so) *adj.* 馬馬虎虎的
soul[1] (sol) *n.* 靈魂

105. **sound**[1] (saʊnd) *n.* 聲音
v. 聽起來
pound[2] (paʊnd) *n.* 磅

106. **soup**[1] (sup) *n.* 湯
souvenir[4] (͵suvəˈnɪr) *n.*
紀念品

107. **our**[1] (aʊr) *pron.* 我們的
sour[1] (saʊr) *adj.*
酸的

sour

108. **south**[1] (saʊθ) *n.* 南方
southern[2] (ˈsʌðən) *adj.*
南方的
【注意兩個 ou 發音不同】

109. **southeast** (ˈsaʊθ͵ist) *n.*
東南方

southwest (ˈsaʊθ͵wɛst) *n.*
西南方

110. **sow**[5] (so) *v.* 播種
tow[3] (to) *v.* 拖

tow

111. **space**[1] (spes) *n.* 空間；太空
spaceship (ˈspes͵ʃɪp)
n. 太空船

112. **spade**[3] (sped) *n.* 鏟子；
【紙牌】黑桃
spider[2] (ˈspaɪdə)
n. 蜘蛛

spade

113. **spare**[4] (spɛr) *adj.* 空閒的
v. 騰出（時間）；吝惜
sparrow[4] (ˈspæro) *n.* 麻雀

sparrow

114. **speak**[1] (spik) *v.* 說
speech[1] (spitʃ) *n.* 演講
speaker[2] (ˈspikə) *n.* 說話者

Day 16 Exercise

※ 請根據上下文意，選出一個最正確的答案。

1. Our family wishes to _____ congratulate you on your success.
   - (A) shortly
   - (B) sincerely
   - (C) sideways
   - (D) somehow　　　　　　　　　　　　　　(　)

2. Early _____ in Western Australia suffered many hardships.
   - (A) socialists
   - (B) soldiers
   - (C) settlers
   - (D) servants　　　　　　　　　　　　　　(　)

3. This soft-bristled toothbrush is designed for people with _____ teeth.
   - (A) selfish
   - (B) shallow
   - (C) shabby
   - (D) sensitive　　　　　　　　　　　　　　(　)

4. Taipei 101 is by far the most dominant _____ in the city.
   - (A) skateboard
   - (B) seminar
   - (C) skyscraper
   - (D) software　　　　　　　　　　　　　　(　)

5. This shirt will _____ if you wash it in hot water.
   - (A) sharpen
   - (B) shrink
   - (C) shave
   - (D) simplify　　　　　　　　　　　　　　(　)

DAY 16

6. The crowd observed a moment of _____ in memory of the soldiers who died in battle.

    (A) silence

    (B) signal

    (C) sorrow

    (D) session   (   )

7. Jane always spends the last day of a vacation buying _____ for her family, friends, and co-workers.

    (A) soccer

    (B) sparrows

    (C) sockets

    (D) souvenirs   (   )

8. If you get locked out of the house, there is a _____ key under the welcome mat.

    (A) spare

    (B) specific

    (C) solid

    (D) solar   (   )

9. Some conference attendees are opting to _____ the opening ceremony on Friday night.

    (A) slip

    (B) skip

    (C) slide

    (D) sniff   (   )

10. Trevor acknowledged his _____ as a student and promised to do better next semester.

    (A) significances

    (B) situations

    (C) shortcomings

    (D) signatures   (   )

DAY 16

第十七天 ⇨ DAY 17

1. **pear**[2]〔pɛr〕*n.* 西洋梨
   【注意發音】
   spear[4]〔spɪr〕*n.* 矛
   【注意 pear 的發音】

spear

2. **special**[1]〔'spɛʃəl〕*adj.* 特別的
   specialist[5]〔'spɛʃəlɪst〕*n.* 專家
   specific[3]〔spɪ'sɪfɪk〕*adj.*
   特定的

3. **spend**[1]〔spɛnd〕*v.* 花費
   speed[2]〔spid〕*n.* 速度

4. **spell**[1]〔spɛl〕*v.* 拼 (字)
   spelling[2]〔'spɛlɪŋ〕*n.* 拼字

5. **pin**[2]〔pɪn〕*n.* 別針
   spin[3]〔spɪn〕*v.*
   紡織；旋轉

spin

6. **spirit**[2]〔'spɪrɪt〕*n.* 精神
   spiritual[4]〔'spɪrɪtʃʊəl〕*adj.*
   精神上的

7. **did**[1]〔dɪd〕*aux.* do 的過去式
   splendid[4]〔'splɛndɪd〕*adj.*
   壯麗的

8. **spit**[3]〔spɪt〕*v.* 吐出；吐痰
   split[4]〔splɪt〕*v.* 使分裂；分攤
   Don't spit. 不要吐痰。

9. **spoken**〔'spokən〕*adj.*
   口語的
   spokesman[6]〔'spoks,mæn〕
   n. 發言人【注意字中有 s】
   spokeswoman[6]
   〔'spoks,wʊmən〕*n.* 女發言人

spokesman

10. **response**[3]〔rɪ'spɑns〕*n.*
    回答；回應
    sponsor[6]〔'spɑnsɚ〕*n.* 贊助者
    v. 贊助【注意字尾是 or】

11. **spoon**[1]〔spun〕*n.* 湯匙
    spoonful〔'spunfəl〕*n.* 一湯
    匙的量

spoonful

DAY 17

12. **sport**[1] 〔 sport 〕 *n.* 運動

    spot[2] 〔 spat 〕 *n.* 地點

13. **ray**[3] 〔 re 〕 *n.* 光線

    spray[3] 〔 spre 〕

    v. 噴灑

spray

14. **spread**[2] 〔 sprɛd 〕 *v.* 散播

    spring[1,2] 〔 sprɪŋ 〕 *n.* 春天

    v. 跳躍

15. **spy**[3] 〔 spaɪ 〕 *n.* 間諜

    spice[3] 〔 spaɪs 〕 *n.* 香料；趣味

16. **square**[2] 〔 skwɛr 〕 *n.* 正方形

    adj. 平方的

    Times Square　時代廣場

Times Square

17. **squeeze**[3] 〔 skwiz 〕 *v.* 擠壓

    squeezer 〔'skwizɚ 〕 *n.* 榨汁機

    lemon squeezer　檸檬榨汁機

lemon squeezer

18. **quarrel**[3] 〔'kwɔrəl 〕 *n. v.* 爭吵

    squirrel[2]

    〔'skwɝəl, skwɝl 〕

    n. 松鼠

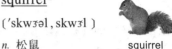

squirrel

19. **table**[1] 〔'tebḷ 〕 *n.* 桌子

    stable[3] 〔'stebḷ 〕 *adj.* 穩定的

20. **stadium**[3] 〔'stedɪəm 〕 *n.*

    （露天）體育場

    gymnasium 〔 dʒɪm'nezɪəm 〕 *n.*

    體育館；健身房（= *gym*）

stadium

21. **staff**[3] 〔 stæf 〕 *n.* 職員

    【集合名詞】

    stuff[3] 〔 stʌf 〕 *n.* 東西

22. **state**[1] 〔 stet 〕 *n.* 州；狀態

    v. 敘述

    stage[2] 〔 stedʒ 〕 *n.* 舞台；階段

stage

DAY 17

23. **stain**⁵ 〔 sten 〕 *v.* 弄髒　*n.* 污漬
    <u>stainless</u> 〔'stenlɪs 〕 *adj.* 不銹鋼
    的；無污點的
    <u>stainless steel</u>　不銹鋼

24. **stair** 〔 stɛr 〕 *n.* 樓梯
    <u>stare</u>³ 〔 stɛr 〕 *v.* 凝視；
    瞪眼看 ｝同音字

25. **stamp**² 〔 stæmp 〕 *n.* 郵票
    <u>swamp</u>⁵ 〔 swɑmp 〕 *n.* 沼澤

stamp

26. **stand**¹ 〔 stænd 〕 *v.* 站著；
    忍受；位於
    <u>standard</u>² 〔'stændəd 〕 *n.* 標準

27. **star**¹ 〔 stɑr 〕 *n.* 星星；明星
    <u>starve</u>³ 〔 stɑrv 〕 *v.* 饑餓；餓死
    <u>starvation</u>⁶ 〔 stɑr'veʃən 〕 *n.*
    饑餓；餓死

28. **start**¹ 〔 stɑrt 〕 *v.* 開始
    <u>startle</u>⁵ 〔'stɑrtḷ 〕 *v.* 使嚇一跳

29. **state**¹ 〔 stet 〕 *n.* 州；狀態
    v. 敘述
    <u>statement</u>¹ 〔'stetmənt 〕 *n.*
    敘述

30. **statesman**⁵ 〔'stetsmən 〕 *n.*
    政治家
    <u>stateswoman</u>⁵
    〔'stets,wumən 〕 *n.* 女政治家

31. **station**¹ 〔'steʃən 〕 *n.* 車站
    <u>train station</u>　火車站

32. **statistics**⁵ 〔 stə'tɪstɪks 〕 *n. pl.*
    統計數字；*n.* 統計學
    <u>statistical</u>⁵ 〔 stə'tɪstɪkḷ 〕 *adj.*
    統計的

33. **statue**³ 〔'stætʃu 〕 *n.*
    雕像
    <u>status</u>⁴ 〔'stetəs 〕 *n.*
    地位

statue

34. **stay**¹ 〔 ste 〕 *v.* 停留；保持
    <u>stray</u>⁵ 〔 stre 〕 *adj.* 迷途的；
    走失的
    <u>stray dog</u>　流浪狗

35. **ready**[1] 〔ˈrɛdɪ〕 *adj.* 準備好的
    <u>steady</u>[3] 〔ˈstɛdɪ〕 *adj.* 穩定的

36. **break**[1] 〔brek〕 *v.* 打破
    <u>great</u>[1] 〔gret〕 *adj.* 大的；
    很棒的
    <u>steak</u>[2] 〔stek〕 *n.* 牛排

    * 這三個 ea 都讀 /e/，
    是發音的例外字。

steak

37. **steal**[2] 〔stil〕 *v.* 偷 ⎫
    <u>steel</u>[2] 〔stil〕 *n.* 鋼 ⎬ 同音字
                              ⎭

38. **team**[2] 〔tim〕 *n.* 隊伍
    adj. 團隊的
    <u>steam</u>[2] 〔stim〕 *n.* 蒸氣

39. **steer**[5] 〔stɪr〕 *v.* 駕駛
    <u>steep</u>[3] 〔stip〕 *adj.* 陡峭的

40. **step**[1] 〔stɛp〕 *n.* 一步；步驟
    <u>stepmother</u>[3] 〔ˈstɛpˌmʌðɚ〕 *n.*
    繼母

41. **steward**[5] 〔ˈstjuwɚd〕 *n.* 管家
    <u>stewardess</u>[5] 〔ˈstjuwɚdɪs〕 *n.*
    女服務員；空姐

42. **stick**[2] 〔stɪk〕 *n.* 棍子
    v. 刺；黏
    <u>sticky</u>[3] 〔ˈstɪkɪ〕 *adj.* 黏的
    <u>sticky rice</u> 糯米

sticky

43. **still**[1] 〔stɪl〕 *adv.* 仍然
    adj. 靜止的
    <u>instill</u> 〔ɪnˈstɪl〕 *v.* 灌輸

44. **stock**[5,6] 〔stɑk〕 *n.*
    股票；存貨
    <u>stocking</u>[3] 〔ˈstɑkɪŋ〕
    n. 長襪

stocking

45. **stomach**[2] 〔ˈstʌmək〕 *n.* 胃
    <u>stomachache</u> 〔ˈstʌməkˌek〕
    n. 胃痛

46. **tone**[1] 〔ton〕 *n.* 語調
    <u>stone</u>[1] 〔ston〕 *n.* 石頭

47. **stop**[1] 〔stɑp〕 *v.* 停止；阻止
    <u>stopwatch</u> 〔ˈstɑpˌwɑtʃ〕 *n.*
    碼錶

48. **store**¹ 〔 stor 〕 *n.* 商店
    v. 儲存
    <u>storage</u>⁵ 〔 'storɪdʒ 〕 *n.* 儲藏

49. **storm**² 〔 stɔrm 〕 *n.* 暴風雨
    <u>stormy</u>³ 〔 'stɔrmɪ 〕 *adj.* 暴風
    雨的

50. **out**¹ 〔 aut 〕 *adv.* 向外;外出
    <u>stout</u>⁵ 〔 staut 〕 *adj.* 粗壯的;
    堅固的

51. **store**¹ 〔 stor 〕 *n.* 商店　*v.* 儲存
    <u>stove</u>² 〔 stov 〕 *n.* 爐子

stove

52. **straight**² 〔 stret 〕 *adj.* 直的
    <u>straightforward</u>⁵
    〔ˌstret'fɔrwəd 〕 *adj.* 直率的

53. **strait**⁵ 〔 stret 〕 *n.* 海峽
    <u>Taiwan Strait</u> 台灣海峽

54. **strange**¹ 〔 strendʒ 〕 *adj.* 奇怪的
    <u>stranger</u>² 〔 'strendʒə 〕 *n.*
    陌生人

55. **straw**² 〔 strɔ 〕 *n.* 稻草;吸管
    <u>strawberry</u>² 〔 'strɔˌbɛrɪ 〕 *n.*
    草莓

56. **steam**² 〔 stim 〕 *n.* 蒸氣
    <u>stream</u>² 〔 strim 〕 *n.* 溪流

57. **street**¹ 〔 strit 〕 *n.* 街
    <u>streetcar</u> 〔 'stritˌkɑr 〕 *n.* 市區
    電車

streetcar

58. **strength**³ 〔 strɛŋθ 〕 *n.* 力量
    <u>strengthen</u>⁴ 〔 'strɛŋθən 〕 *v.*
    加強

59. **stress**² 〔 strɛs 〕 *n.* 壓力
    <u>pressure</u>³ 〔 'prɛʃə 〕 *n.*
    壓力

    同義字

60. **strict**² 〔 strɪkt 〕 *adj.* 嚴格的
    <u>restrict</u>³ 〔 rɪ'strɪkt 〕 *v.* 限制;
    限定

DAY 17

61. **strike**[2] 〔 straɪk 〕 v. 打擊
n. 罷工
<u>striking</u> 〔'straɪkɪŋ 〕 adj. 引人
注目的；顯著的

62. **wrong**[1] 〔 rɔŋ 〕 adj. 錯誤的
<u>strong</u>[1] 〔 strɔŋ 〕 adj. 強壯的

63. **struggle**[2] 〔'strʌgl 〕 v. 掙扎
<u>smuggle</u>[6] 〔'smʌgl 〕 v. 走私

64. **born**[1] 〔 bɔrn 〕 adj. 天生的
<u>stubborn</u>[3] 〔'stʌbən 〕 adj.
頑固的

65. **study**[1] 〔'stʌdɪ 〕 v. 讀書；
研究 n. 研究
<u>student</u>[1] 〔'stjudn̩t 〕 n. 學生

66. **stupid**[1] 〔'stjupɪd 〕 adj. 愚笨的
<u>studio</u>[3] 〔'stjudɪ,o 〕 n. 工作室

67. **style**[3] 〔 staɪl 〕 n. 風格；方式
<u>stylish</u>[5] 〔'staɪlɪʃ 〕 adj. 時髦的

stylish

68. **subject**[2] 〔'sʌbdʒɪkt 〕 n. 科目；
主題
<u>subjective</u>[6] 〔 səb'dʒɛktɪv 〕
adj. 主觀的

69. **permit**[3] 〔 pə'mɪt 〕 v. 允許
<u>submit</u>[5] 〔 səb'mɪt 〕 v. 提出

70. **subscribe**[6] 〔 səb'skraɪb 〕 v.
訂閱
<u>subscription</u>[6]
〔 səb'skrɪpʃən 〕 n. 訂閱

71. **substitute**[5] 〔'sʌbstə,tjut 〕
v. 用…代替
<u>substitution</u>[6]
〔,sʌbstə'tjuʃən 〕 n. 代理

72. **succeed**[2] 〔 sək'sid 〕 v. 成功；
繼承
<u>success</u>[2] 〔 sək'sɛs 〕 n. 成功
<u>successful</u>[2] 〔 sək'sɛsfəl 〕 adj.
成功的

73. **such**[1] 〔 sʌtʃ 〕 adj. 那樣的
<u>suck</u>[3] 〔 sʌk 〕 v. 吸

suck

74. **sudden**² 〔'sʌdn̩〕 *adj.* 突然的
    suddenly 〔'sʌdn̩lɪ〕 *adv.*
    突然地

75. **suffer**³ 〔'sʌfɚ〕 *v.* 受苦；罹患
    suffering 〔'sʌfərɪŋ〕 *n.* 痛苦；
    苦難

76. **sugar**¹ 〔'ʃʊgɚ〕 *n.* 糖
    sugar cane 甘蔗

sugar cane

77. **suggest**³ 〔səg'dʒɛst〕 *v.* 建議
    suggestion⁴ 〔səg'dʒɛstʃən〕
    n. 建議

78. **suit**² 〔sut〕 *v.* 適合
    n. 西裝
    suitable³ 〔'sutəbl̩〕
    adj. 適合的
    suitcase⁵ 〔'sut,kes〕 *n.*
    手提箱

79. **suite**⁶ 〔swit〕 *n.* 套房
    【注意發音】
    sweet¹ 〔swit〕 *adj.* 甜的
    〕同音字

80. **summer**¹ 〔'sʌmɚ〕 *n.* 夏天
    summary³ 〔'sʌmərɪ〕 *n.* 摘要

81. **sun**¹ 〔sʌn〕 *n.* 太陽
    sunburnt 〔'sʌn,bɝnt〕 *adj.*
    曬傷的
    sunglasses 〔'sʌn,glæsɪz〕
    n. pl. 太陽眼鏡

 sunglasses

82. **sunny**² 〔'sʌnɪ〕 *adj.* 晴朗的
    sunlight 〔'sʌn,laɪt〕 *n.* 陽光

sunlight

83. **sunrise** 〔'sʌn,raɪz〕 *n.* 日出
    sunset 〔'sʌn,sɛt〕 *n.* 日落
    sunshine 〔'sʌn,ʃaɪn〕 *n.* 陽光

DAY 17

84. **super**[1] 〔'supɚ〕 *adj.* 極好的；
超級的
<u>superb</u>[6] 〔su'pɝb〕 *adj.* 極好的

85. **superior**[3] 〔sə'pɪrɪɚ〕
adj. 較優秀的
<u>inferior</u>[3] 〔ɪn'fɪrɪɚ〕 *adj.*
較差的

反義詞

86. **supermarket**[2]
〔'supɚ,mɑrkɪt〕 *n.* 超級市場
<u>superman</u> 〔'supɚ,mæn〕 *n.*
超人

superman

87. **apply**[2] 〔ə'plaɪ〕 *v.* 申請；
應徵；運用
<u>supply</u>[2] 〔sə'plaɪ〕 *v. n.* 供給
<u>reply</u>[2] 〔rɪ'plaɪ〕 *v.* 回答；
回覆

88. **port**[2] 〔port〕 *n.* 港口
<u>support</u>[2] 〔sə'port〕 *v.* 支持；
支撐

89. **pose**[2] 〔poz〕 *n.* 姿勢
v. 擺姿勢
<u>suppose</u>[3] 〔sə'poz〕 *v.* 假定；
認為

90. **supreme**[5] 〔sə'prim〕 *adj.*
最高的
<u>supreme court</u> 最高法院

91. **sure**[1] 〔ʃur〕 *adj.* 確定的
<u>assure</u>[4] 〔ə'ʃur〕 *v.* 向～保證

92. **surf**[4] 〔sɝf〕 *v.* 衝浪；瀏覽
（網路）
<u>surface</u>[2] 〔'sɝfɪs〕 *n.* 表面

surf

93. **surgeon**[4] 〔'sɝdʒən〕 *n.* 外科
醫生
<u>surgery</u>[4] 〔'sɝdʒərɪ〕 *n.* 手術

surgery

94. **plus**[2] 〔plʌs 〕*prep.* 加上
    <u>surplus</u>[6] 〔'sɝplʌs 〕*n.* 剩餘

95. **surprise**[1] 〔sə'praɪz 〕*v.*
    使驚訝　*n.* 驚訝
    <u>comprise</u>[6] 〔kəm'praɪz 〕*v.*
    組成；包含

96. **surround**[3] 〔sə'raund 〕*v.*
    環繞；包圍
    <u>surroundings</u>[4] 〔sə'raundɪŋz 〕
    n. pl. 周遭環境

97. **survive**[2] 〔sɚ'vaɪv 〕*v.* 生還；
    自…中生還
    <u>survival</u>[3] 〔sɚ'vaɪvl̩ 〕*n.* 生還

98. **suspect**[3] 〔sə'spɛkt 〕*v.* 懷疑
    〔'sʌspɛkt 〕*n.* 嫌疑犯
    <u>suspension</u>[6] 〔sə'spɛnʃən 〕*n.*
    暫停

99. **swap**[6] 〔swɑp 〕*v.* 交換
    <u>swallow</u>[2] 〔'swɑlo 〕
    v. 吞　*n.* 燕子

100. **wear**[1] 〔wɛr 〕*v.* 穿；戴；
    磨損；使疲倦

<u>swear</u>[3] 〔swɛr 〕*v.* 發誓

swear

101. **sweat**[3] 〔swɛt 〕*v.* 流汗
    <u>sweater</u>[2] 〔'swɛtɚ 〕*n.* 毛衣

sweat

102. **weep**[3] 〔wip 〕*v.* 哭泣
    <u>sweep</u>[2] 〔swip 〕*v.* 掃

weep

103. **well**[1] 〔wɛl 〕*adv.* 很好
    <u>swell</u>[3] 〔swɛl 〕*v.* 膨脹；
    腫起來

104. **quick**[1] 〔kwɪk 〕*adj.* 快的
    <u>swift</u>[3] 〔swɪft 〕*adj.*
    快速的　}同義字

DAY 17

105. **swim**[1] 〔 swɪm 〕 *v.* 游泳
　　 <u>swimming</u> 〔'swɪmɪŋ 〕 *n.* 游泳
　　 <u>swimming pool</u> 游泳池

swim

106. **wing**[2] 〔 wɪŋ 〕 *n.* 翅膀
　　 <u>swing</u>[2] 〔 swɪŋ 〕 *v.* 搖擺
　　 n. 鞦韆

swing

107. **witch**[4] 〔 wɪtʃ 〕 *n.* 女巫
　　 <u>switch</u>[3] 〔 swɪtʃ 〕 *n.* 開關
　　 v. 交換

witch

108. **word**[1] 〔 wɜd 〕 *n.* 字；話
　　 <u>sword</u>[3] 〔 sord 〕 *n.* 劍

sword

109. **symbol**[2] 〔'sɪmbḷ 〕 *n.* 象徵
　　 <u>symbolic</u>[6] 〔 sɪm'bɑlɪk 〕 *adj.*
　　 象徵性的

110. **sympathy**[4] 〔'sɪmpəθɪ 〕 *n.*
　　 同情
　　 <u>antipathy</u> 〔 æn'tɪpəθɪ 〕 *n.*
　　 反感【pathy (= *feeling*)】

111. **symphony**[4] 〔'sɪmfənɪ 〕 *n.*
　　 交響樂；交響樂團
　　 <u>symptom</u>[6] 〔'sɪmptəm 〕 *n.*
　　 症狀

symphony

112. **system**[3] 〔'sɪstəm 〕 *n.* 系統
　　 <u>systematic</u>[4] 〔ˌsɪstə'mætɪk 〕
　　 adj. 有系統的

Day 17 Exercise

※ 請根據上下文意，選出一個最正確的答案。

1. The _____ of the writing contest is a publishing company in Vermont.
   (A) specialist
   (B) statesman
   (C) surgeon
   (D) sponsor　　　　　　　　　　　　　（　）

2. Phil attends church every Sunday and enjoys listening to the _____ music performed during the ceremony.
   (A) stout
   (B) steep
   (C) spiritual
   (D) stubborn　　　　　　　　　　　　（　）

3. Mr. Thompson is very _____ and speaks what's on his mind.
   (A) straightforward
   (B) sudden
   (C) suitable
   (D) superb　　　　　　　　　　　　　（　）

4. In many recipes, yogurt can be _____ for milk or cream.
   (A) submitted
   (B) subscribed
   (C) struggled
   (D) substituted　　　　　　　　　　　（　）

5. All the _____ of the former dictator were torn down.
   (A) statues
   (B) squirrels
   (C) surplus
   (D) summaries　　　　　　　　　　　　（　）

DAY 17

6. The appreciation of music is _____. Not everybody likes the same thing.

   (A) strict

   (B) subjective

   (C) suitable

   (D) specific   ( )

7. The boy was critically injured but he's expected to _____ the crash.

   (A) squeeze

   (B) swallow

   (C) surround

   (D) survive   ( )

8. Vineyards in Napa Valley produce wines of _____ quality compared to those of nearby Sonoma County.

   (A) swift

   (B) superior

   (C) sunburnt

   (D) systematic   ( )

9. The Prime Minister began the event by expressing _____ for the people of Russia following last week's disaster.

   (A) symptom

   (B) symphony

   (C) sympathy

   (D) symbol   ( )

10. Nothing ever came easy for Don Morris; he had to _____ for every penny he earned.

   (A) swear

   (B) sweat

   (C) swell

   (D) switch   ( )

DAY 17

第十八天 ⇨ DAY 18

1. **table**¹ 〔'tebḷ〕 *n.* 桌子
   <u>tablet</u>³ 〔'tæblɪt〕 *n.* 藥片

   tablet

2. **tail**¹ 〔tel〕 *n.* 尾巴
   <u>tailor</u>³ 〔'telɚ〕 *n.* 裁縫師

   tail

3. **take**¹ 〔tek〕 *v.* 拿
   <u>stake</u>⁵ 〔stek〕 *n.* 木樁；賭注

   stake

4. **tale**¹ 〔tel〕 *n.* 故事
   <u>talent</u>² 〔'tælənt〕 *n.* 才能

5. **talk**¹ 〔tɔk〕 *v.* 說話；說服
   <u>talkative</u>² 〔'tɔkətɪv〕 *adj.* 愛說話的

6. **tall**¹ 〔tɔl〕 *adj.* 高的
   <u>stall</u>⁵ 〔stɔl〕 *n. v.* 使不動；使動彈不得

7. **tank**² 〔tæŋk〕 *n.* 油箱；坦克車
   <u>tanker</u> 〔'tæŋkɚ〕 *n.* 油輪

   tank

8. **tap**⁴,³ 〔tæp〕 *v.* 輕拍 *n.* 水龍頭
   <u>lap</u>² 〔læp〕 *n.* 膝上

   tap

9. **tape**² 〔tep〕 *n.* 錄音帶
   <u>tape recorder</u> 錄音機

10. **tar**⁵ 〔tɑr〕 *n.* 焦油；黑油
    <u>target</u>² 〔'tɑrgɪt〕 *n.* 目標

11. **ask**¹ 〔æsk〕 *v.* 問
    <u>task</u>² 〔tæsk〕 *n.* 工作；任務

12. **taste**¹ 〔test〕 *v.* 嚐起來　*n.* 品味
    <u>tasteless</u> 〔'testlɪs〕 *adj.* 無滋味的
    <u>tasty</u>² 〔'testɪ〕 *adj.* 美味的

13. **tax³** 〔 tæks 〕 *n.* 稅
    <u>tax-free</u> 〔'tæksɪ.fri 〕 *adj.* 免稅的
    <u>taxpayer</u> 〔'tæks.peə 〕 *n.* 納稅人

14. **taxi¹** 〔'tæksɪ 〕 *n.* 計程車
    (= *cab*)
    <u>taxi driver</u>　計程車司機

15. **tea¹** 〔 ti 〕 *n.* 茶
    <u>teapot</u> 〔'ti.pɑt 〕 *n.*
    茶壺

teapot

16. **teach¹** 〔 titʃ 〕 *v.* 敎
    <u>teacher</u> 〔'titʃə 〕 *n.* 老師

17. **team²** 〔 tim 〕 *n.* 隊伍
    adj. 團隊的
    <u>teamwork</u> 〔'tim.wɜk 〕 *n.* 團隊
    合作

18. **tear²** 〔 tɪr 〕 *n.* 眼淚
    <u>tease</u>³ 〔 tiz 〕 *v.* 嘲弄

19. **technical³** 〔'tɛknɪkḷ 〕 *adj.*
    技術上的

<u>technique</u>³ 〔 tɛk'nik 〕 *n.* 技術；
方法
<u>technology</u>³ 〔 tɛk'nɑlədʒɪ 〕 *n.*
科技

20. **teens²** 〔 tinz 〕 *n.* 十幾歲的年齡
    <u>teenager</u>² 〔'tin.edʒə 〕 *n.* 青少年

21. **telephone²** 〔'tɛlə.fon 〕 *n.* 電話
    v. 打電話
    <u>telephone box</u>　電話亭
    (= *telephone booth*)

22. **scope⁶** 〔 skop 〕 *n.* 範圍
    <u>telescope</u>⁴ 〔'tɛlə.skop 〕
    n. 望遠鏡

23. **vision³** 〔'vɪʒən 〕 *n.* 視力
    <u>television</u>² 〔'tɛlə.vɪʒən 〕 *n.*
    電視 (= *TV*)
    【字尾 ion，重音在前一音節上，
    但此字為例外】

24. **tell¹** 〔 tɛl 〕 *v.* 告訴；分辨
    <u>teller</u>⁵ 〔'tɛlə 〕 *n.* 出納員

25. **temper³** 〔'tɛmpə 〕 *n.* 脾氣
    <u>temperature</u>² 〔'tɛmprətʃə 〕
    n. 溫度

26. **tempo**[5] (ˈtɛmpo) *n.* 節奏

　　tempe[2] (ˈtɛmpḷ) *n.* 寺廟

temple

27. **tempt** (tɛmpt) *v.* 引誘

　　temptation[5] (tɛmpˈteʃən)
　　n. 誘惑

28. **tend**[3] (tɛnd) *v.* 易於；傾向於

　　tendency[4] (ˈtɛndənsɪ) *n.*
　　傾向；趨勢

29. **tense**[4] (tɛns) *adj.* 緊張的

　　tension[4] (ˈtɛnʃən) *n.* 緊張

　　tennis[2] (ˈtɛnɪs) *n.* 網球

tennis

30. **tent**[2] (tɛnt) *n.* 帳篷

　　tentative[5] (ˈtɛntətɪv) *adj.*
　　暫時的

31. **term**[2] (tɝm) *n.* 名詞；用語；
　　關係

　　terminal[5] (ˈtɝmənḷ) *adj.*
　　最後的；終點的　*n.* 航空站；
　　（公車）總站

terminal

32. **terror**[4] (ˈtɛrɚ) *n.* 恐怖

　　terrify[4] (ˈtɛrəˌfaɪ) *v.* 使害怕

　　terrible[2] (ˈtɛrəbḷ) *adj.* 可怕的

33. **test**[2] (tɛst) *n.* 測驗

　　text[3] (tɛkst) *n.* 內文；教科書

　　textbook[2] (ˈtɛkstˌbʊk) *n.*
　　教科書

textbook

34. **thank**[1] (θæŋk) *v.* 感謝

　　thankful[3] (ˈθæŋkfəl) *adj.*
　　感激的

35. **heater**² (ˈhitɚ) *n.* 暖氣機
theater² (ˈθiətɚ) *n.* 戲院

36. **thief**² (θif) *n.* 小偷
theft⁶ (θɛft) *n.* 偷竊

thief

37. **theme**⁴ (θim) *n.* 主題
theme park 主題公園

38. **then**¹ (ðɛn) *adv.* 那時;然後
lengthen³ (ˈlɛŋθən) *v.* 加長

39. **theory**³ (ˈθiərɪ) *n.* 理論
theoretical⁶ (ˌθiəˈrɛtɪkl̩) *adj.*
理論上的

40. **there**¹ (ðɛr) *adv.* 那裡
therefore² (ˈðɛrˌfor) *adv.*
因此

41. **thermos** (ˈθɝməs)
n. 熱水瓶
thermometer⁶ (θəˈmɑmətɚ)
n. 溫度計

42. **thin**² (θɪn) *adj.* 薄的;
瘦的
thick² (θɪk) *adj.* 厚的 } 反義詞

43. **thing**¹ (θɪŋ) *n.* 東西
clothing² (ˈkloðɪŋ) *n.* 衣服
【集合名詞】

44. **think**¹ (θɪŋk) *v.* 想;認為
thinking (ˈθɪŋkɪŋ) *n.* 想法

45. **thirst**³ (θɝst) *n.* 口渴
thirsty² (ˈθɝstɪ) *adj.* 口渴的

thirsty

46. **though**¹ (ðo) *conj.* 雖然
thorough⁴ (ˈθɝo) *adj.* 徹底的
thought¹ (θɔt) *n.* 思想

47. **thread**³ (θrɛd) *n.* 線
threat³ (θrɛt) *n.* 威脅

thread

48. **thrill**⁵〔θrɪl〕*v.* 使興奮

    n. 興奮；刺激

    thriller⁵〔'θrɪlɚ〕*n.* 充滿刺激的

    事物；驚險小說或電影

49. **throat**²〔θrot〕*n.* 喉嚨

    <u>sore throat</u> 喉嚨痛

50. **through**²〔θru〕*prep.* 通過；藉由

    throughout²〔θru'aut〕*prep.*

    遍及

51. **row**¹〔ro〕*n.* 排　*v.* 划（船）

    throw¹〔θro〕*v.* 丟

row the boat

52. **thunder**²〔'θʌndɚ〕*n.* 雷

    thunderstorm〔'θʌndɚ‚stɔrm〕

    n. 雷雨

53. **thus**¹〔ðʌs〕*adv.* 因此 ⎤同

    hence⁵〔hɛns〕*adv.* 因此 ⎦義字

54. **tide**³〔taɪd〕*n.* 潮水

    tidy³〔'taɪdɪ〕*adj.* 整齊的

55. **tie**¹〔taɪ〕*v.* 綁；打（結）

    n. 領帶

    necktie³〔'nɛk‚taɪ〕*n.*

    領帶

    ⎱同義字

56. **tight**³〔taɪt〕*adj.* 緊的

    tiger¹〔'taɪgɚ〕*n.* 老虎

tiger

57. **time**¹〔taɪm〕*n.* 時間；時代；

    次數

    timetable〔'taɪm‚tebl̩〕*n.*

    時刻表

TIMETABLE				
Monday	Tuesday	Wednesday	Thursday	Friday
History	Languages	Math	Biology	History
Math	Art	Economics		Art
Biology		Self-Defense	P.E	P.E
	Biology	History	Technology	Languages
Economics	Technology	Languages	Math	Technology
Self-Defense	Self-Defense	P.E	Art	Economics

58. **tin**⁵〔tɪn〕*n.* 錫

    tiny¹〔'taɪnɪ〕*adj.* 很小的

59. **tip**²〔tɪp〕*n.* 小費；尖端

    tiptoe⁵〔'tɪp‚to〕*n.*

    趾尖

tiptoe

60. **tire**¹〔taɪr〕*v.* 使疲倦　*n.* 輪胎
    tired¹〔taɪrd〕*adj.* 疲倦的
    tiresome⁴〔'taɪrsəm〕*adj.* 令人
    厭煩的

61. **issue**⁵〔'ɪʃʊ , 'ɪʃjʊ〕*n.* 議題
    tissue³〔'tɪʃʊ〕*n.* 面紙

62. **title**²〔'taɪtḷ〕*n.* 標題；名稱；
    頭銜
    subtitle〔ˌsʌb'taɪtḷ〕*n.* 字幕

subtitle

63. **roast**³〔rost〕*v.* 烤
    toast²〔tost〕*n.* 吐司；
    敬酒；乾杯

toast

64. **disco**³〔'dɪsko〕*n.* 迪斯可舞廳
    (= *discotheque*)
    tobacco³〔tə'bæko〕*n.* 菸草

65. **day**¹〔de〕*n.* 一天；日
    weekday²〔'wik,de〕*n.* 平日

66. **toil**⁵〔tɔɪl〕*v.* 辛勞
    toilet²〔'tɔɪlɪt〕*n.* 馬桶；廁所

toilet

67. **tolerate**⁴〔'tɑlə,ret〕*v.* 容忍
    tolerance⁴〔'tɑlərəns〕*n.*
    容忍；寬容

68. **photo**²〔'foto〕*n.* 照片
    (= *photograph*²)
    tomato²〔tə'meto〕*n.* 蕃茄

tomato

69. **comb**²〔kom〕*n.* 梳子
    tomb⁴〔tum〕*n.* 墳墓
    【字尾 mb 的 b 不發音】

70. **tonight**¹ 〔 tə'naɪt 〕 *adv.* 今晚
    tomorrow¹ 〔 tə'mɔro 〕 *adv.*
    明天

71. **ton**³ 〔 tʌn 〕 *n.* 公噸
    tongue² 〔 tʌŋ 〕 *n.*
    舌頭；語言

tongue

72. **too**¹ 〔 tu 〕 *adv.* 也
    tool¹ 〔 tul 〕 *n.* 工具

73. **tooth**² 〔 tuθ 〕 *n.* 牙齒
    toothache 〔'tuθ,ek 〕 *n.* 牙痛

toothache

74. **toothbrush** 〔'tuθ,brʌʃ 〕 *n.* 牙刷
    toothpaste 〔'tuθ,pest 〕
    n. 牙膏

75. **top**¹ 〔 tɑp 〕 *n.* 頂端
    topic² 〔'tɑpɪk 〕 *n.* 主題

76. **turtle**² 〔'tɜtl̩ 〕 *n.* 海龜
    tortoise³ 〔'tɔrtəs 〕
    n. 陸龜
    *The Tortoise and the
    Hare* 龜兔賽跑

77. **total**¹ 〔'totl̩ 〕 *adj.* 全部的；
    總計的
    totally 〔'totl̩ɪ 〕 *adv.* 完全地

78. **touch**¹ 〔 tʌtʃ 〕 *v.* 觸摸　*n.* 接觸
    tough⁴ 〔 tʌf 〕 *adj.* 困難的

79. **tour**² 〔 tʊr 〕 *n.* 旅行
    tourist³ 〔'tʊrɪst 〕 *n.* 觀光客
    tourism³ 〔'tʊrɪzm̩ 〕 *n.* 觀光業

80. **ornament**⁵ 〔'ɔrnəmənt 〕 *n.*
    裝飾品
    tournament⁵ 〔'tɜnəmənt 〕 *n.*
    錦標賽

81. **ward**⁵ 〔 wɔrd 〕 *n.* 病房；囚房
    v. 躲避
    toward¹ 〔 tə'wɔrd 〕 *prep.*
    朝向 (= *towards*)

82. **tower**² 〔'taʊə 〕 *n.* 塔
    towel² 〔'taʊəl 〕 *n.* 毛巾

tower

DAY 18

83. **toy**[1]〔tɔɪ〕*n.* 玩具

　　joy[1]〔dʒɔɪ〕*n.* 喜悅

toy

84. **rack**[5]〔ræk〕*n.* 架子

　　track[2]〔træk〕*n.*
　　足跡；痕跡

rack

85. **actor**[1]〔'æktɚ〕*n.* 演員

　　tractor〔'træktɚ〕*n.* 拖拉機

tractor

86. **trade**[2]〔tred〕*n.* 貿易

　　trademark[5]〔'tred,mɑrk〕*n.*
　　商標

87. **tradition**[2]〔trə'dɪʃən〕*n.* 傳統

　　traditional[2]〔trə'dɪʃənḷ〕*adj.*
　　傳統的

88. **traffic**[2]〔'træfɪk〕*n.* 交通

　　traffic lights 交通
　　號誌燈；紅綠燈

89. **train**[1]〔tren〕*v.* 訓練

　　trainer〔'trenɚ〕*n.* 敎練

　　training〔'trenɪŋ〕*n.* 訓練

90. **ram**〔ræm〕*n.* 公羊

　　tram〔træm〕*n.* 有軌電車

tram

91. **transform**[4]〔træns'fɔrm〕
　　v. 轉變

　　transformation[6]
　　〔,trænsfɚ'meʃən〕*n.* 轉變

Transformers

92. **translate**[4]〔'trænslet,
　　træns'let〕*v.* 翻譯

　　translation[4]〔træns'leʃən〕
　　n. 翻譯

　　translator[4]〔træns'letɚ〕
　　n. 翻譯家

93. **parent**[1] 〔ˈpɛrənt〕*n.* 父（母）親
    <u>transparent</u>[5] 〔trænsˈpɛrənt〕
    adj. 透明的

transparent

94. **transport**[3] 〔trænsˈport〕*v.* 運輸
    <u>transportation</u>[4]
    〔ˌtrænspəˈteʃən〕*n.* 運輸

95. **rap** 〔ræp〕*n. v.* 輕敲
    <u>trap</u>[2] 〔træp〕*v.* 使困住　*n.* 陷阱

trap

96. **travel**[2] 〔ˈtrævḷ〕*v.* 旅行；行進
    <u>traveler</u>[3] 〔ˈtrævlɚ〕*n.* 旅行者

97. **treasure**[2] 〔ˈtrɛʒɚ〕*n.* 寶藏
    v. 珍惜
    <u>treasury</u>[5] 〔ˈtrɛʒərɪ〕
    n. 寶庫；寶典

treasury

98. **treat**[5,2] 〔trit〕*v.* 對待；
    治療；認為　*n.* 請客
    <u>treatment</u>[5] 〔ˈtritmənt〕*n.*
    對待；治療

99. **tree**[1] 〔tri〕*n.* 樹
    <u>free</u>[1] 〔fri〕*adj.* 自由的；
    免費的

100. **tremble**[3] 〔ˈtrɛmbḷ〕*v.* 發抖
     <u>tremor</u>[6] 〔ˈtrɛmɚ〕*n.* 微震

101. **trend**[3] 〔trɛnd〕*n.* 趨勢
     <u>trench</u>[5] 〔trɛntʃ〕*n.* 壕溝

trench

102. **trial**[2] 〔ˈtraɪəl〕*n.* 審判
     <u>triangle</u>[2] 〔ˈtraɪˌæŋgḷ〕*n.*
     三角形

triangle

103. **trick**² 〔 trɪk 〕 *n.* 詭計；把戲
v. 欺騙
tricky³ 〔'trɪkɪ 〕 *adj.* 棘手的；
難以處理的

104. **trip**¹ 〔 trɪp 〕 *n.* 旅行 *v.* 絆倒
strip³ 〔 strɪp 〕 *v.* 脫掉；剝去

trip

105. **trolley** 〔'tralɪ 〕 *n.* 手推車；
無軌電車
trolleybus 〔'tralɪ,bʌs 〕 *n.*
無軌電車

trolley

106. **troop** 〔 trup 〕 *v.* 成群結隊地走
troops³ 〔 trups 〕 *n. pl.* 軍隊

107. **trouble**¹ 〔'trʌbḷ 〕 *n.* 麻煩
troublesome⁴ 〔'trʌbḷsəm 〕
adj. 麻煩的

108. **trousers**² 〔'trauzɚz 〕 *n. pl.*
褲子
pants¹ 〔 pænts 〕
n. pl. 褲子

同義字

109. **truck**² 〔 trʌk 〕 *n.* 卡車
trunk³ 〔 trʌŋk 〕 *n.* (汽車的)
後車廂；樹幹

trunk

110. **true**¹ 〔 tru 〕 *adj.* 真的
truly¹ 〔'trulɪ 〕 *adv.* 真正地
truth² 〔 truθ 〕 *n.* 事實

111. **rust**³ 〔 rʌst 〕 *v.* 生銹
trust² 〔 trʌst 〕 *v. n.* 信任

112. **try**¹ 〔 traɪ 〕 *v.* 嘗試
dry¹ 〔 draɪ 〕 *adj.* 乾的

113. **tube**² 〔 tjub 〕 *n.* 管子
tune³ 〔 tjun 〕 *n.* 曲子

tube

Day 18 Exercise

※ 請根據上下文意，選出一個最正確的答案。

1. The CEO's style of leadership encourages good _____ and collaboration.
   - (A) thunder
   - (B) tension
   - (C) tendency
   - (D) teamwork ( )

2. In 1610, Galileo Galilei turned a _____ to the sky and became the first person to observe Saturn's rings.
   - (A) thermos
   - (B) tobacco
   - (C) telescope
   - (D) tractor ( )

3. Refugees from the war zone are being housed in a _____ shelter.
   - (A) temporary
   - (B) tentative
   - (C) terminal
   - (D) traditional ( )

4. Mr. O'Hara wouldn't _____ loud arguments in the office.
   - (A) tolerate
   - (B) tremble
   - (C) treasure
   - (D) terrify ( )

5. Brandon cleared his _____ again and began to speak.
   - (A) tongue
   - (B) tooth
   - (C) throat
   - (D) temple ( )

6. Scientists can only make _____ guesses about the possibility of life on other planets.

(A) thorough

(B) tiresome

(C) transparent

(D) theoretical ( )

7. The badminton _____ will take place this weekend at Taipei Arena.

(A) thunderstorm

(B) temperature

(C) treatment

(D) tournament ( )

8. He was arrested for _____ stolen goods across international boundaries.

(A) transforming

(B) transporting

(C) translating

(D) thrilling ( )

9. If you want a good business suit that fits properly, go see a _____.

(A) tailor

(B) teenager

(C) taxpayer

(D) translator ( )

10. The ocean is full of _____ living creatures that play an important role in our ecosystem.

(A) tidy

(B) tiny

(C) tight

(D) tense ( )

第十九天 ⇨ DAY 19

1. **turkey²** (ˋtɝkɪ) *n.* 火雞　`}` 同音字
   <u>Turkey</u> (ˋtɝkɪ) *n.* 土耳其

twins

6. **type²** (taɪp) *n.* 類型　*v.* 打字
   <u>typical</u>³ (ˋtɪpɪkḷ) *adj.* 典型的；
   特有的

2. **turn¹** (tɝn) *v.* 轉向　*n.* 輪流
   <u>turning</u> (ˋtɝnɪŋ) *n.* 轉彎處；
   轉角處

7. **typewriter³** (ˋtaɪpˏraɪtɚ) *n.*
   打字機
   <u>typist</u>⁴ (ˋtaɪpɪst) *n.* 打字員

3. **actor¹** (ˋæktɚ) *n.* 演員
   <u>tutor</u>³ (ˋtutɚ) *n.* 家庭教師

actor

typewriter

8. **typhoon²** (taɪˋfun) *n.* 颱風
   <u>cartoon</u>² (kɑrˋtun) *n.* 卡通

4. **ice¹** (aɪs) *n.* 冰
   <u>twice</u>¹ (twaɪs) *adv.* 兩次

5. **twin³** (twɪn) *n.* 雙胞胎之一
   <u>twist</u>³ (twɪst) *v.* 扭曲；扭傷

typhoon

DAY 19

9. **ugly**² 〔ˈʌglɪ 〕*adj.* 醜的
   plain² 〔 plen 〕*adj.* 平凡的
   n. 平原 ⎬ 同義字

ugly

10. **villa**⁶ 〔ˈvɪlə 〕*n.* 別墅
    umbrella² 〔 ʌmˈbrɛlə 〕*n.*
    雨傘

villa

11. **able**¹ 〔ˈebḷ 〕*adj.* 能夠的
    unable 〔 ʌnˈebḷ 〕*adj.*
    不能的 ⎬ 反義詞

12. **bear**²,¹ 〔 bɛr 〕*v.* 忍受　*n.* 熊
    unbearable² 〔 ʌnˈbɛrəbḷ 〕*adj.*
    令人無法忍受的

13. **believe**¹ 〔 bɪˈliv 〕*v.* 相信
    unbelievable² 〔ˌʌnbəˈlivəbḷ 〕
    adj. 令人難以置信的

14. **certain**¹ 〔ˈsɝtṇ 〕*adj.* 確定的
    uncertain¹ 〔 ʌnˈsɝtṇ 〕*adj.*
    不確定的 ⎬ 反義詞

15. **uncle**¹ 〔ˈʌŋkḷ 〕*n.* 叔叔
    ankle² 〔ˈæŋkḷ 〕*n.* 腳踝

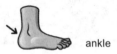
ankle

16. **comfortable**² 〔ˈkʌmfɚtəbḷ 〕
    adj. 舒適的；舒服的
    uncomfortable
    〔 ʌnˈkʌmfɚtəbḷ 〕*adj.* 不舒服的 ⎬ 反義詞

17. **condition**³ 〔 kənˈdɪʃən 〕*n.*
    情況；條件
    unconditional 〔ˌʌnkənˈdɪʃənḷ 〕
    adj. 無條件的

18. **conscious**³ 〔ˈkɑnʃəs 〕*adj.*
    知道的；察覺到的
    unconscious 〔 ʌnˈkɑnʃəs 〕
    adj. 不省人事的 ⎬ 反義詞

unconscious

DAY 19

19. **under**[1] (ˈʌndɚ) *prep.* 在…之下
underground (ˈʌndɚ,graʊnd)
adj. 地下的　*n.* 地鐵
underwear[2] (ˈʌndɚ,wɛr) *n.*
內衣

underwear

20. **underline**[5] (,ʌndɚˈlaɪn) *v.*
在…畫底線
undertake[6] (,ʌndɚˈtek) *v.*
承擔；從事

21. **understand**[1] (,ʌndɚˈstænd)
v. 了解
understanding
(,ʌndɚˈstændɪŋ) *n.* 了解

22. **employment**[3]
(ɪmˈplɔɪmənt) *n.* 雇用；工作 ⎫
unemployment[6] ⎬ 反義詞
(,ʌnɪmˈplɔɪmənt) *n.* 失業 ⎭

23. **fair**[2] (fɛr) *adj.* 公平的 ⎫
unfair (ʌnˈfɛr) *adj.* 不公 ⎬ 反義詞
平的 ⎭

24. **fit**[2] (fɪt) *v.* 適合 ⎫
unfit (ʌnˈfɪt) *adj.* 不適合的 ⎬ 反義詞

25. **unfortunate** (ʌnˈfɔrtʃənɪt)
adj. 不幸的
unfortunately (ʌnˈfɔrtʃənɪtlɪ)
adv. 不幸地

26. **unit**[1] (ˈjunɪt) *n.* 單位
uniform[2] (ˈjunə,fɔrm) *n.* 制服

uniform

27. **union**[3] (ˈjunjən) *n.* 聯盟；工會
unique[4] (juˈnik) *adj.* 獨特的

28. **unite**[3] (juˈnaɪt) *v.* 使聯合
university[4] (,junəˈvɝsətɪ) *n.*
大學

29. **universe**[3] (ˈjunə,vɝs) *n.* 宇宙
universal[4] (,junəˈvɝsḷ) *adj.*
普遍的；全世界的

universe

DAY 19

30. **less**¹ 〔 lɛs 〕 *adj.* 較少的
    <u>unless</u>³ 〔 ən'lɛs 〕 *conj.* 除非

31. **like**¹ 〔 laɪk 〕 *v.* 喜歡
    prep. 像
    <u>unlike</u> 〔 ʌn'laɪk 〕 *prep.* 不像 } 反義詞

32. **unrest** 〔 ʌn'rɛst 〕 *adj.* 不安的
    <u>unsafe</u> 〔 ʌn'sef 〕 *adj.* 不安全的

33. **till** 〔 tɪl 〕 *prep. conj.* 直到
    <u>until</u>¹ 〔 ən'tɪl 〕 *prep. conj.*
    直到 } 同義字

34. **unusual** 〔 ʌn'juʒʊəl 〕 *adj.*
    不尋常的
    <u>unwilling</u> 〔 ʌn'wɪlɪŋ 〕 *adj.*
    不願意的

35. **date**¹ 〔 det 〕 *n.* 日期；約會
    <u>update</u>⁵ 〔 ʌp'det 〕 *v.* 更新

36. **on**¹ 〔 ɑn 〕 *prep.* 在…之上
    <u>upon</u>² 〔 ə'pɑn 〕 *prep.*
    在…之上 } 同義字

37. **upper**² 〔 'ʌpɚ 〕 *adj.* 上面的
    <u>supper</u>¹ 〔 'sʌpɚ 〕 *n.* 晚餐

38. **set**¹ 〔 sɛt 〕 *v.* 設定　*n.* 一套

---

upset³ 〔 ʌp'sɛt 〕 *adj.* 不高興的

upset

39. **stairs**¹ 〔 stɛrz 〕 *n. pl.*
    樓梯
    <u>upstairs</u>¹ 〔 'ʌp'stɛrz 〕
    adv. 到樓上

40. **up**¹ 〔 ʌp 〕 *adv.* 往上
    <u>upward</u>⁵ 〔 'ʌpwɚd 〕 *adv.* 向上

41. **urban**⁴ 〔 'ɝbən 〕 *adj.* 都市的
    <u>rural</u>⁴ 〔 'rʊrəl 〕 *adj.* 鄉村的 } 反義詞

42. **urge**⁴ 〔 ɝdʒ 〕 *v.* 力勸；催促
    <u>urgent</u>⁴ 〔 'ɝdʒənt 〕 *adj.* 迫切的；
    緊急的

43. **use**¹ 〔 juz 〕 *v.* 使用
    <u>used</u>² 〔 just 〕 *adj.* 習慣於…的
    <u>user</u>² 〔 'juzɚ 〕 *n.* 使用者

44. **useful**¹ 〔 'jusfəl 〕 *adj.* 有用的
    <u>useless</u> 〔 'juslɪs 〕 *adj.* 無用的 } 反義詞

45. **usual**² 〔 'juʒʊəl 〕 *adj.* 平常的
    <u>usually</u> 〔 'juʒʊəlɪ 〕 *adv.* 通常

46. **vacant**³ 〔ˈvekənt〕 *adj.* 空的
    <u>vacancy</u>⁵ 〔ˈvekənsɪ〕 *n.*
    （職務的）空缺；空房間

47. **vacation**² 〔veˈkeʃən〕 *n.*
    假期
    <u>vocation</u>⁶ 〔voˈkeʃən〕 *n.*
    職業

48. **vague**⁵ 〔veg〕 *adj.* 模糊的；
    不明確的
    <u>vogue</u>⁶ 〔vog〕 *n.* 流行
    （= *fashion*³）

49. **vain**⁴ 〔ven〕 *adj.* 徒勞無功的
    <u>in vain</u>　徒勞無功

50. **valid**⁶ 〔ˈvælɪd〕 *adj.* 有效的
    <u>valley</u>² 〔ˈvælɪ〕 *n.* 山谷

valley

51. **value**² 〔ˈvælju〕 *n.* 價值
    <u>valuable</u>³ 〔ˈvæljuəbḷ〕 *adj.*
    有價值的

52. **vary**³ 〔ˈvɛrɪ〕 *v.* 改變；不同
    <u>various</u>³ 〔ˈvɛrɪəs〕 *adj.* 各式各
    樣的
    <u>variety</u>³ 〔vəˈraɪətɪ〕 *n.* 多樣性；
    種類

53. **base**¹ 〔bes〕 *n.* 基礎；基地
    <u>vase</u>³ 〔ves〕 *n.* 花瓶

vase

54. **cast**³ 〔kæst〕 *v.* 投擲
    <u>vast</u>⁴ 〔væst〕 *adj.* 巨大的

55. **CD**⁴ *n.* 雷射唱片
    （= *compact disk*）
    <u>VCD</u>⁷ *n.* 影音光碟
    （= *versatile compact disk*）

56. **vegetable**¹ 〔ˈvɛdʒətəbḷ〕 *n.* 蔬菜
    <u>vegetarian</u>⁴ 〔ˌvɛdʒəˈtɛrɪən〕 *n.*
    素食主義者

DAY 19

57. **article** [2,4]〔'ɑrtɪkḷ〕 *n.* 文章；
物品
<u>vehicle</u> [3] 〔'viɪkḷ〕 *n.* 車輛

58. **verse** [3] 〔vɝs〕 *n.* 韻文；詩
<u>version</u> [6] 〔'vɝʒən〕 *n.* 版本；
說法

59. **vertical** [5] 〔'vɝtɪkḷ〕 *adj.*
垂直的
<u>horizontal</u> [5] 〔ˌhɑrə'zɑntḷ〕
adj. 水平的

反義詞

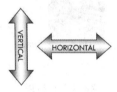

60. **vest** [3] 〔vɛst〕 *n.* 背心
<u>invest</u> [4] 〔ɪn'vɛst〕 *v.*
投資

vest

61. **via** [5] 〔'vaɪə〕 *prep.* 經由
<u>visa</u> 〔'vizə〕 *n.* 簽證

62. **vice** [6] 〔vaɪs〕 *n.* 邪惡
<u>vice-president</u> [3]
〔'vaɪs'prɛzədənt〕 *n.* 副總統

63. **victim** [3] 〔'vɪktɪm〕 *n.* 受害者
<u>victimize</u> [6] 〔'vɪktɪmˌaɪz〕 *v.*
使受害

64. **victor** [6] 〔'vɪktɚ〕 *n.* 勝利者
<u>victory</u> [2] 〔'vɪktrɪ〕 *n.* 勝利

65. **video** [2] 〔'vɪdɪˌo〕 *n.* 錄影帶
(= *videotape*)
<u>videophone</u> 〔'vɪdɪoˌfon〕 *n.*
視訊電話

videophone

66. **view** [1] 〔vju〕 *n.* 景色；看法
<u>viewer</u> [5] 〔'vjuɚ〕 *n.* 觀眾

67. **village** [2] 〔'vɪlɪdʒ〕 *n.* 村莊
<u>villager</u> 〔'vɪlɪdʒɚ〕 *n.* 村民

68. **vine** [5] 〔vaɪn〕 *n.* 葡萄藤
<u>vinegar</u> [3] 〔'vɪnɪgɚ〕 *n.* 醋

vine

69. **violate**[4] (ˈvaɪəˌlet) v. 違反
violation[4] (ˌvaɪəˈleʃən) n. 違反

70. **violent**[3] (ˈvaɪələnt) adj. 暴力的
violence[3] (ˈvaɪələns) n. 暴力

71. **violin**[2] (ˌvaɪəˈlɪn) n. 小提琴
violinist[5] (ˌvaɪəˈlɪnɪst) n.
小提琴手

violinist

72. **virtue**[4] (ˈvɜtʃu) n. 美德
virtual[6] (ˈvɜtʃuəl) adj. 實際上
的；虛擬的

73. **us**[1] (ʌs) pron. 我們 (we 的受格)
virus[4] (ˈvaɪrəs) n. 病毒

74. **Lisa** (ˈlɪzə) n. 麗莎 (女子名)
visa[5] (ˈvizə) n. 簽證

75. **visit**[1] (ˈvɪzɪt) v. 拜訪；遊覽
visitor[2] (ˈvɪzɪtə) n. 觀光客；
訪客

76. **visual**[4] (ˈvɪʒuəl) adj. 視覺的
visualize[6] (ˈvɪʒuəlˌaɪz) v.
想像

77. **vital**[4] (ˈvaɪtl̩) adj. 非常重要的；
維持生命所必需的
vitamin[3] (ˈvaɪtəmɪn) n.
維他命

vitamin

78. **vivid**[3] (ˈvɪvɪd) adj. 生動的；
栩栩如生的
vividly (ˈvɪvɪdlɪ) adv. 生動地；
栩栩如生地

79. **February**[1] (ˈfɛbruˌɛrɪ) n.
二月
vocabulary[2] (vəˈkæbjəˌlɛrɪ)
n. 字彙

80. **voice**[1] (vɔɪs) n. 聲音
vocal[6] (ˈvokl̩) adj. 聲音的

81. **volcano**[4] 〔 vɑl'keno 〕 *n.* 火山
    <u>volcanic</u> 〔 vɑl'kænɪk 〕 *adj.*
    火山的

volcano

82. **volley** 〔'vɑlɪ 〕 *n.* 連續發射
    <u>volleyball</u>[2] 〔'vɑlɪ,bɔl 〕 *n.*
    排球

volleyball

83. **voluntary**[4] 〔'vɑlən,tɛrɪ 〕 *adj.*
    自願的
    <u>volunteer</u>[4] 〔,vɑlən'tɪr 〕 *v.*
    自願 *n.* 自願者

84. **vote**[2] 〔 vot 〕 *v.* 投票 *n.* 票
    <u>voter</u>[2] 〔'votɚ 〕 *n.* 投票者

vote

85. **voyage**[4] 〔'vɔɪ·ɪdʒ 〕 *n.* 航行
    <u>bon voyage</u> 〔 bɑn və'jɑʒ 〕 *n.*
    一路順風
    (= *have a pleasant trip*)

86. **wag**[3] 〔 wæg 〕 *v.* 搖動
    (尾巴)
    <u>wage</u>[3] 〔 wedʒ 〕 *n.* 工資

87. **waste**[1] 〔 west 〕 *v.* 浪費 ⎱ 同
    <u>waist</u>[2] 〔 west 〕 *n.* 腰 ⎰ 音字

waist

88. **wait**[1] 〔 wet 〕 *v.* 等
    <u>waiting room</u> 候車室

89. **waiter**[2] 〔'wetɚ 〕 *n.* 服務生
    <u>waitress</u>[2] 〔'wetrɪs 〕 *n.* 女服務生

90. **wake**[2] 〔 wek 〕 *v.* 醒來;叫醒
    <u>awake</u>[3] 〔 ə'wek 〕 *v.* 醒來
    adj. 醒著的
    Don't wake him. 不要叫醒他。
    She is awake now. 她現在醒了。

91. **walk**[1] 〔 wɔk 〕 *v.* 走　*n.* 散步
    <u>walkman</u> 〔'wɔk,mæn 〕 *n.*
    隨身聽

walkman

92. **wall**[1] 〔 wɔl 〕 *n.* 牆壁
    <u>wallet</u>[2] 〔'wɑlɪt 〕 *n.* 皮夾

wallet

93. **nut**[2] 〔 nʌt 〕 *n.* 堅果
    <u>walnut</u>[4] 〔'wɔlnət 〕 *n.* 核桃

walnut

94. **wander**[3] 〔'wɑndɚ 〕 *v.* 徘徊；
    流浪
    <u>wonder</u>[2] 〔'wʌndɚ 〕 *v.* 想知道
    n. 驚奇；奇觀
    <u>wonderful</u>[2] 〔'wʌndɚfəl 〕 *adj.*
    很棒的

95. **want**[1] 〔 wɑnt 〕 *v.* 想要
    <u>swan</u>[2] 〔 swɑn 〕 *n.* 天鵝

swan

96. **war**[1] 〔 wɔr 〕 *n.* 戰爭
    <u>warn</u>[3] 〔 wɔrn 〕 *v.* 警告
    <u>warning</u> 〔'wɔrnɪŋ 〕 *n.* 警報

97. **ware**[5] 〔 wɛr 〕 *n.* 用品
    <u>warehouse</u>[5] 〔'wɛr,haʊs 〕 *n.* 倉庫

98. **warm**[1] 〔 wɔrm 〕 *adj.* 溫暖的
    <u>warmth</u>[3] 〔 wɔrmθ 〕 *n.* 溫暖
    <u>warm-hearted</u> 〔'wɔrm'hɑrtɪd 〕
    adj. 熱心的

99. **wash**[1] 〔 wɑʃ 〕 *v.* 洗
    <u>washroom</u> 〔'wɑʃ,rum 〕 *n.* 盥洗室
    <u>washing machine</u> 洗衣機

washroom

DAY 19

100. **watch**[1] 〔watʃ〕 *n.* 手錶

　　　<u>patch</u>[5] 〔pætʃ〕 *n.* 補丁

patch

101. **water**[1] 〔'wɔtɚ〕 *n.* 水

　　　v. 給…澆水

　　　<u>waterfall</u>[2] 〔'wɔtɚ͵fɔl〕 *n.* 瀑布

waterfall

102. **wave**[2] 〔wev〕 *n.* 波浪

　　　<u>microwave</u>[3] 〔'maɪkrə͵wev〕

　　　n. 微波；微波爐　　*adj.* 微波的

103. **ax**[3] 〔æks〕 *n.* 斧頭 (= *axe*)

　　　<u>wax</u>[3] 〔wæks〕 *n.* 蠟

104. **way**[1] 〔we〕 *n.* 路；方式；樣子

　　　<u>hallway</u>[3] 〔'hɔl͵we〕 *n.* 走廊

105. **weak**[1] 〔wik〕 *adj.* 虛弱的

　　　<u>weakness</u> 〔'wiknɪs〕 *n.* 弱點；

　　　缺點

106. **wealth**[3] 〔wɛlθ〕 *n.* 財富

　　　<u>wealthy</u>[3] 〔'wɛlθɪ〕 *adj.* 有錢的

107. **wear**[1] 〔wɛr〕 *v.* 穿；戴；

　　　磨損；使疲倦

　　　<u>bear</u>[2,1] 〔bɛr〕 *v.* 忍受　　*n.* 熊

　　　<u>pear</u>[2] 〔pɛr〕 *n.* 西洋梨

　　　【注意發音】

108. **weather**[1] 〔'wɛðɚ〕 *n.* 天氣

　　　<u>weatherman</u> 〔'wɛðɚ͵mæn〕 *n.*

　　　氣象員

weatherman

109. **web**[3] 〔wɛb〕 *n.*

　　　網狀物；蜘蛛網

　　　<u>website</u>[4] 〔'wɛb͵saɪt〕 web

　　　n. 網站

110. **wed**[2] 〔wɛd〕 *v.* 與…結婚

　　　<u>wedding</u>[1] 〔'wɛdɪŋ〕 *n.* 婚禮

Day 19 Exercise

※ 請根據上下文意，選出一個最正確的答案。

1. Alkmaar is a _____ North Holland town, with tree-lined canals and brightly colored 17th-century houses.
   - (A) typical
   - (B) valid
   - (C) urgent
   - (D) vague   (　　)

2. There are an estimated hundred billion galaxies in the _____.
   - (A) valley
   - (B) warehouse
   - (C) volcano
   - (D) universe   (　　)

3. James Bond used a metal pipe to knock the villain _____.
   - (A) unconditional
   - (B) unbearable
   - (C) unbelievable
   - (D) unconscious   (　　)

4. The old house has been _____ ever since the owner died.
   - (A) vacant
   - (B) unique
   - (C) various
   - (D) vertical   (　　)

5. The girl had _____ memories of her childhood.
   - (A) vivid
   - (B) vital
   - (C) vast
   - (D) violent   (　　)

6. The _____ chose not to press charges against the homeless man who assaulted her on the subway.
   - (A) typewriter
   - (B) victim
   - (C) underwear
   - (D) waist   (   )

7. Most American families celebrate Thanksgiving Day by roasting a _____.
   - (A) walnut
   - (B) vinegar
   - (C) turkey
   - (D) watermelon   (   )

8. The journalist planned to _____ a cross-country journey by motorcycle.
   - (A) underline
   - (B) undertake
   - (C) twist
   - (D) violate   (   )

9. We need to install the latest _____ of the software on all our computers.
   - (A) variety
   - (B) virtue
   - (C) version
   - (D) virus   (   )

10. He _____ to help clean up the beach on Sunday mornings.
    - (A) urged
    - (B) wandered
    - (C) volunteered
    - (D) united   (   )

第二十天 ⇨ DAY 20

1. **weekday**² ('wik,de) *n.* 平日
   <u>weekend</u>¹ ('wik'ɛnd) *n.* 週末

2. **weekly**⁴ ('wiklɪ) *adj.* 每週的
   n. 週刊
   <u>monthly</u>⁴ ('mʌnθlɪ) *adj.*
   每月的

3. **weep**³ (wip) *v.* 哭泣
   <u>deep</u>¹ (dip) *adj.* 深的

4. **weigh**¹ (we) *v.* 重⋯
   <u>weight</u>¹ (wet) *n.* 重量

5. **welcome**¹ ('wɛlkəm) *v.* 歡迎
   <u>Wellcome</u> ('wɛl,kʌm) *n.*
   頂好超市

6. **fare**³ (fɛr) *n.* 車資
   <u>welfare</u>⁴ ('wɛl,fɛr) *n.* 福利

7. **well**¹ (wɛl) *adv.* 很好
   <u>well-known</u> ('wɛl'non) *adj.*
   有名的

8. **west**¹ (wɛst) *n.* 西方
   <u>western</u>² ('wɛstən) *adj.* 西方的

9. **Westerner** ('wɛstənɚ) *n.*
   西方人
   <u>westwards</u> ('wɛstwədz) *adv.*
   向西

10. **wet**² (wɛt) *adj.* 濕的
    <u>bet</u>² (bɛt) *v.* 打賭

11. **pale**³ (pel) *adj.* 蒼白的
    <u>whale</u>² (hwel) *n.* 鯨

whale

DAY 20

12. **what**¹ 〔 hwɑt 〕 *pron.* 什麼
<u>whatever</u>² 〔 hwɑt'ɛvɚ 〕 *pron.*
無論什麼

13. **wheat**³ 〔 hwit 〕 *n.* 小麥
<u>wheel</u>² 〔 hwil 〕 *n.* 輪子

wheel

14. **when**¹ 〔 hwɛn 〕 *adv.* 何時
<u>whenever</u>² 〔 hwɛn'ɛvɚ 〕 *conj.*
無論何時

15. **where**¹ 〔 hwɛr 〕 *adv.* 哪裡
<u>wherever</u>² 〔 hwɛr'ɛvɚ 〕 *conj.*
無論何處

16. **whether**¹ 〔'hwɛðɚ 〕
conj. 是否
<u>feather</u>³ 〔'fɛðɚ 〕 *n.* 羽毛

17. **white**¹ 〔 hwaɪt 〕 *adj.* 白色的
<u>while</u>¹ 〔 hwaɪl 〕 *conj.* 當…的
時候;然而

18. **whistle**³ 〔'hwɪsl̩ 〕 *v.*
吹口哨　*n.* 哨子
<u>whisper</u>² 〔'hwɪspɚ 〕 *v.* 小聲說

whistle

19. **whole**¹ 〔 hol 〕 *adj.* 全部的;
整個的
<u>wholesome</u>⁵ 〔'holsəm 〕 *adj.*
有益健康的

20. **wide**¹ 〔 waɪd 〕 *adj.* 寬的
<u>widespread</u>⁵ 〔'waɪd'sprɛd 〕
adj. 普遍的

21. **window**¹ 〔'wɪndo 〕 *n.* 窗戶
<u>widow</u>⁵ 〔'wɪdo 〕 *n.* 寡婦

22. **life**¹ 〔 laɪf 〕 *n.* 生活;生命
<u>wife</u>¹ 〔 waɪf 〕 *n.* 妻子

23. **wild**² 〔 waɪld 〕 *adj.* 野生的;
瘋狂的
<u>wildlife</u>⁵ 〔'waɪld,laɪf 〕 *n.* 野生
動物【集合名詞】

24. **will**¹ 〔 wɪl 〕 *aux.* 將會
n. 意志力
<u>willing</u>² 〔'wɪlɪŋ 〕 *adj.* 願意的

25. **win**¹ 〔 wɪn 〕 *v.* 贏

    <u>winner</u>² 〔'wɪnɚ 〕 *n.* 優勝者

    <u>winter</u>¹ 〔'wɪntɚ 〕 *n.* 冬天

wireless

26. **wind**¹ 〔 wɪnd 〕 *n.* 風

    <u>windy</u>² 〔'wɪndɪ 〕 *adj.* 多風的

windy

30. **wise**² 〔 waɪz 〕 *adj.* 聰明的

    <u>wisdom</u>³ 〔'wɪzdəm 〕 *n.* 智慧

31. **wish**¹ 〔 wɪʃ 〕 *v.* 希望;祝…

    n. 祝福;願望

    <u>best wishes</u> 萬事如意

27. **wine**¹ 〔 waɪn 〕 *n.* 酒;葡萄酒

    <u>swine</u> 〔 swaɪn 〕 *n.* 豬

    Cast pearls before swine.

    【諺】對牛彈琴。

32. **with**¹ 〔 wɪð 〕 *prep.* 和…一起;用…

    <u>within</u>² 〔 wɪð'ɪn 〕 *prep.* 在…之內

    <u>without</u>² 〔 wɪð'aʊt 〕 *prep.* 沒有

swine

33. **wit**⁴ 〔 wɪt 〕 *n.* 機智

    <u>witness</u>⁴ 〔'wɪtnɪs 〕 *n.* 目擊者;

    證人　*v.* 目睹

28. **wipe**³ 〔 waɪp 〕 *v.* 擦

    <u>ripe</u>³ 〔 raɪp 〕 *adj.* 成熟的

34. **draw**¹ 〔 drɔ 〕 *v.* 畫;拉;吸引

    <u>withdraw</u>⁴ 〔 wɪð'drɔ 〕 *v.* 撤退;

    提(款)

wipe

35. **wolf**² 〔 wʊlf 〕 *n.* 狼

    <u>golf</u>² 〔 gɑlf , gɔlf 〕 *n.* 高爾夫球

29. **wire**² 〔 waɪr 〕 *n.* 電線;鐵絲

    <u>wireless</u> 〔'waɪlɪs 〕 *adj.* 無線的

wolf

36. **woman**¹〔'wʊmən〕 *n.* 女人

　　woman̲e̲n̲¹〔'wɪmən〕 *n. pl.* 女人

37. **wood**¹〔wʊd〕 *n.* 木頭

　　woode̲n̲² 〔'wʊdn̩〕 *adj.* 木製的

wood

38. **wool**²〔wʊl〕 *n.* 羊毛

　　wool̲e̲n̲〔'wʊlən〕 *adj.* 羊毛的

39. **work**¹〔wɝk〕 *n.* 工作;作品

　　v. 起作用

　　worke̲r̲¹〔'wɝkɚ〕 *n.* 工人

40. **world**¹〔wɝld〕 *n.* 世界

　　worldw̲i̲d̲e̲〔'wɝld'waɪd〕 *adj.*

　　遍及全世界的

　　world-famous̲〔'wɝld'feməs〕

　　adj. 世界聞名的

41. **worm**¹〔wɝm〕 *n.* 蟲

　　silkw̲o̲r̲m̲〔'sɪlk,wɝm〕 *n.* 蠶

42. **worn**〔wɔrn〕 *adj.* 用舊的;

　　疲憊的

　　worn-out̲〔'wɔrn,aʊt〕 *adj.* 疲憊

　　不堪的

worn-out

43. **worry**¹〔'wɝɪ〕 *v. n.* 擔心

　　worrie̲d̲²〔'wɝɪd〕 *adj.* 擔心的

44. **worth**²〔wɝθ〕 *adj.* 值得…

　　worthy̲⁵〔'wɝðɪ〕 *adj.* 值得的

　　worthwhile̲⁵〔'wɝθ'hwaɪl〕

　　adj. 值得的;值得花時間的

45. **wound**²〔wund〕 *n.* 傷口

　　wounded̲〔'wundɪd〕 *adj.*

　　受傷的

wounded

46. **wrestle**⁶〔'rɛsḷ〕*v.* 扭打；摔角

    <u>wrestler</u>⁶〔'rɛslɚ〕*n.* 摔角選手

    wrestle

47. **wrinkle**⁴〔'rɪŋkḷ〕*n.* 皺紋

    v. 起皺紋

    <u>sprinkle</u>³〔'sprɪŋkḷ〕*v.* 撒；灑

    sprinkle

48. **fist**³〔fɪst〕*n.* 拳頭

    <u>wrist</u>³〔rɪst〕*n.* 手腕

49. **write**¹〔raɪt〕*v.* 寫

    <u>writing</u>〔'raɪtɪŋ〕*n.* 書寫

50. **ray**³〔re〕*n.* 光線

    <u>X-ray</u>³〔'ɛks're〕*n.* X 光

    X-ray

51. **yard**²〔jɑrd〕*n.* 院子

    <u>yarn</u>⁵〔jɑrn〕*n.* 紗；線

    yarn

52. **lawn**³〔lɔn〕*n.* 草地

    <u>yawn</u>³〔jɔn〕*v.* 打呵欠

    yawn

53. **ear**¹〔ɪr〕*n.* 耳朵

    <u>year</u>¹〔jɪr〕*n.* 年

54. **yell**³〔jɛl〕*v.* 大叫

    <u>yellow</u>¹〔'jɛlo〕*adj.* 黃色的

55. **yes**¹〔jɛs〕*adv.* 是

    <u>yesterday</u>¹〔'jɛstɚˌde〕*adv.*
    昨天

DAY 20

DAY 20

56. **yet**[1] 〔 jɛt 〕 *adv.* 還（沒）

    not yet 尚未

57. **yoga**[5] 〔ˈjogə 〕 *n.* 瑜伽

    yogurt[4] 〔ˈjogət 〕 *n.* 優格

yoga

58. **you**[1] 〔 ju 〕 *pron.* 你

    youth[2] 〔 juθ 〕 *n.* 年輕；年輕人

59. **yummy**[1] 〔ˈjʌmɪ 〕 *adj.* 好吃的

    tummy[1] 〔ˈtʌmɪ 〕 *n.* 肚子

yummy

60. **zebra**[2] 〔ˈzibrə 〕

    n. 斑馬

    zebra crossing 斑馬線

zebra crossing

61. **zero**[1] 〔ˈzɪro 〕 *n.* 零

    hero[2] 〔ˈhɪro 〕 *n.* 英雄

62. **zip**[5] 〔 zɪp 〕 *v.* 拉拉鍊

    zipper[3] 〔ˈzɪpə 〕 *n.* 拉鍊

    zip code 郵遞區號

yummy

63. **zone**[3] 〔 zon 〕 *n.* 地區；地帶

    ozone 〔ˈozon 〕 *n.* 臭氧

64. **zoo**[1] 〔 zu 〕 *n.* 動物園

    zoom[5] 〔 zum 〕 *v.* 將畫面推進
    或拉遠

zoom in   zoom out

Day 20 Exercise

※ 請根據上下文意，選出一個最正確的答案。

1. The author's new book attracted _____ interest.

    (A) western
    (B) wonderful
    (C) widespread
    (D) willing ( )

2. The woman bent down and _____ something in the man's ear.

    (A) whispered
    (B) wiped
    (C) withdrew
    (D) wondered ( )

3. The train _____ as it arrived at the station.

    (A) wrestled
    (B) yawned
    (C) wept
    (D) whistled ( )

4. Mr. Miller was a _____ to the bank robbery.

    (A) worker
    (B) widow
    (C) witness
    (D) winner ( )

5. Melissa baked us some of her _____ chocolate brownies.

    (A) woollen
    (B) yummy
    (C) windy
    (D) wild ( )

6. The streets of Pacific Grove were quiet during the _____ but full of life on Saturdays and Sundays.

(A) weekdays

(B) weekends

(C) wool

(D) wounds　　　　　　　　　　　　　( )

7. Contrary to popular belief, only a small number of bird species can safely eat _____.

(A) whales

(B) zebras

(C) wolves

(D) worms　　　　　　　　　　　　　( )

8. The school administration's main priority is the _____ of their students.

(A) youth

(B) welfare

(C) wisdom

(D) weight　　　　　　　　　　　　　( )

9. His eyes are surrounded by _____ when he smiles.

(A) zones

(B) zeroes

(C) wrists

(D) wrinkles　　　　　　　　　　　　( )

10. The _____ on this jacket is broken.

(A) zipper

(B) wheel

(C) wheat

(D) yard　　　　　　　　　　　　　( )

DAY 20

Day 1~20 Exercise 解答

Day 1 1. D 2. A 3. D 4. C 5. D 6. D 7. B 8. A 9. D 10. A

Day 2 1. D 2. B 3. C 4. A 5. D 6. D 7. C 8. B 9. C 10. A

Day 3 1. C 2. B 3. D 4. C 5. A 6. C 7. B 8. A 9. C 10. A

Day 4 1. B 2. A 3. C 4. C 5. A 6. D 7. C 8. C 9. D 10. B

Day 5 1. B 2. C 3. A 4. B 5. D 6. D 7. D 8. D 9. A 10. B

* * *

Day 6 1. D 2. B 3. C 4. D 5. D 6. C 7. A 8. B 9. C 10. A

Day 7 1. C 2. D 3. A 4. C 5. B 6. A 7. C 8. B 9. D 10. B

Day 8 1. D 2. C 3. A 4. D 5. B 6. A 7. B 8. C 9. C 10. A

Day 9 1. A 2. D 3. C 4. A 5. D 6. C 7. B 8. A 9. D 10. C

Day 10 1. C 2. A 3. C 4. B 5. D 6. C 7. B 8. A 9. D 10. A

* * *

Day 11 1. A 2. C 3. D 4. C 5. B 6. D 7. B 8. A 9. C 10. B

Day 12 1. C 2. A 3. B 4. D 5. D 6. A 7. C 8. C 9. D 10. B

Day 13 1. D 2. A 3. D 4. D 5. D 6. A 7. C 8. C 9. C 10. C

Day 14 1. B 2. D 3. C 4. C 5. A 6. D 7. A 8. B 9. D 10. D

Day 15 1. A 2. D 3. B 4. A 5. C 6. D 7. C 8. B 9. A 10. C

* * *

Day 16 1. B 2. C 3. D 4. C 5. B 6. A 7. D 8. A 9. B 10. C

Day 17 1. D 2. C 3. A 4. D 5. A 6. B 7. D 8. B 9. C 10. B

Day 18 1. D 2. C 3. A 4. A 5. C 6. D 7. D 8. B 9. A 10. B

Day 19 1. A 2. D 3. D 4. A 5. A 6. B 7. C 8. B 9. C 10. C

Day 20 1. C 2. A 3. D 4. C 5. B 6. A 7. D 8. B 9. D 10. A

解答

20 天背完詞彙 3500
Memorize 3500 Words in 20 Days!

售價：280 元

主　　　編 / 劉　毅

發　行　所 / 學習出版有限公司　　　☎ (02) 2704-5525

郵 撥 帳 號 / 05127272 學習出版社帳戶

登　記　證 / 局版台業 2179 號

印　刷　所 / 裕強彩色印刷有限公司

台 北 門 市 / 台北市許昌街 10 號 2 F　　☎ (02) 2331-4060

台灣總經銷 / 紅螞蟻圖書有限公司　　　☎ (02) 2795-3656

本公司網址 / www.learnbook.com.tw

電 子 郵 件 / learnbook@learnbook.com.tw

2018 年 7 月 1 日初版

4713269383024

劉毅老師千人公開課、全國校長師訓
上海站成功舉辦

—— 菁尚教育沈韜校長

　　2017年10月14日晚上，由菁尚教育主辦的「劉毅一口氣英語千人講座」在上海交大菁菁堂舉行，齊聚各路大咖、彙集了千人學子，共同見證大師風采，領略「一口氣英語」的獨特魅力。

劉 毅老師熱情地與學員分享「一口氣英語」

由菁尚教育在上海主辦的「劉毅一口氣英語千人講座」座無虛席

「一口氣英語」是根據最科學的分析和實際檢測的背誦經驗，以特殊的組合，三句為一組，九句為一段。它要求學習者大聲朗讀，反覆練習，然後背誦，自然加快速度，最終能夠在5秒鐘之內背出這九句話，達到英文脫口而出的水準。此時，所有的內容，就會變成自己大腦裡存儲記憶的一部分，一輩子也不會忘記，需要用時隨時取用，依照此法日積月累，自然就能出口成章，能夠說最道地的英語了。此方法的發明，震撼兩岸教育界，數以萬計的學子因此而受益。

　　緊接著，10月17日、18日全國校長師訓拉開帷幕。此次師訓彙集了全國英語教培機構的精英校長們，全國一口氣英語明星講師，更有瘋狂英語李陽校長知名大咖到場出席本場英語盛宴。

劉毅老師與李陽校長、沈韜校長

　　劉毅老師、李陽校長現場即興互飆一口氣英語演講，帶領全場校長們高呼 "Follow our passion. Follow our hearts. Anything is possible." 令來自海峽兩岸的知名校長們激情澎湃。兩岸教培天王齊聚上海，同堂飆課的精彩師訓場面，成為此次活動中，激動人心而又令人難忘的一幕。

劉毅老師師訓金句：

1. 教材要能讓老師能夠教學相長，越教越喜歡教。只有全身心投入，才能真正感受到教書的魅力。
2. 每一位學生都是老師的恩人，要不斷鼓勵孩子。英文不好，要誇國文好；功課不好，要誇身體好；身體不好，要誇品格好。
3. 課堂上的每一分鐘，都要讓學生驚喜和感動，讓孩子下課後回家很振奮，要想盡辦法不斷提高學生成績。
4. 只有用心編寫、震撼靈魂的書，才不會隨著時間流逝被大家遺忘。你無我有，是勝過別人的關鍵。

為期兩天的精彩師訓課程，令全國校長們意猶未盡。劉毅老師獨創的英語教學法，以及研發的教材，經過長年的努力，令大陸老師們大受啟發，決心在傳承教學理念和技巧的同時，努力將學習英語的獨特方法發揚光大。

授課過程中，由劉毅老師精心編製的適合不同人群、不同程度學生的教材，不斷免費贈予與會老師，無不體現著一名教育者的大愛情懷。《一分鐘背九個單字》、《用會話背7000字》、《英語自我介紹》等演講、《臺灣、大陸高考全真試題》等書籍，切中學生學習痛點及弱點，必將掀起大陸英文學習革命的新高潮。

劉毅老師與菁尚教育全體老師合影

劉毅老師親傳大弟子──Windy老師帶領30名「一口氣英語」代言學生帶來精采開場。"You always put me first, You make me feel so special." 《感恩父母之英文演講篇》的朗朗背誦聲震撼全場，小演說家們精準的發音、翩翩的台風、一氣呵成的現場演講，贏得聽眾們陣陣掌聲。

劉毅老師與Windy老師合影

重磅級嘉賓──劉毅老師的登台，更是把氛圍推向了高潮。為什麼學英文容易忘記，背了很多卻不能學以致用，單詞量總感覺不夠？劉毅老師獨創的「一口氣英語」學習法對症下藥，全面助力孩子提升英語成績。